目录 | Contents

馬を売る女

卖马的女人

紧急停车

画家石冈寅治一个星期总要光顾两次银座。他住在杉并区久我山的一个街区里。久我山就在杉并区西端，也是东京都二十三个区的最西端。这位老画家也常到三鹰市的井之头公园里散步。

老画家之所以频频光顾银座，多半是为了出席聚会之类的场合。作为一个爱酒如命的人，回程自然也少不了喝上一杯，甚至还会特地到酒吧里去过过瘾。当然了，这样一来，回家的时间也就不会太早，回程通常只能搭出租车了。

一般来说，等到他乘出租车从霞关出口进入高速公路时，都要差不多十一点了，偶尔还会过了午夜时分。到了这样的时间，高速公路上往相同方向行驶的汽车依然延绵不绝。卡车倒是不多见。但私家车、包车和出租车往往一辆接一辆，红色的汽车尾灯不断发出耀眼的光来，排成一队长龙驶过，那场面实在壮观如提着灯笼的游街队伍。

这段路上还有许多接连不断的弯道，很是考验驾车者的车技。不过，等到过了外苑出口和新宿出口，就彻底变成笔直的了。驾车人一旦从那些连番的曲折迂回中解放出来，无一例外都会提高自己的车速。从这里到高井户出口方向，一路都是径直向前的。

近来，由于这条高速还连接了通往山梨县方向的中央高速，首都方向开过来的车辆也在不断增加。不过，老画家在高井户出口就要下高速了，因而，之后的路况他并不太清楚。

说他不太清楚，是因为近来他在新宿到高井户间的高速上，留意到一个奇怪的情况。而之后的路段他并没有走过，是否也是这样的情况，他就不清楚了。

就在新宿到高井户之间的高速公路边上，随处可见延伸出去的紧急停车带。其中，有些地带只够停放一台车，有些可以容纳两台。停在里面的车辆全都亮着尾灯，都是些白色牌照[1]的私家车。车上一律灯光熄灭，一片漆黑，俨然是休息中的状态。

当车流驶在公路的正中央时，车前灯发出的灯光只会在经过的一瞬，斜扫过那些停在路旁的汽车车身。因为公路是如此笔直，所以照不到这些车的正面。

老画家其实很早就留意到了那些车辆，只不过当时并没有勾起特别的疑问。汽车出故障时，需要开进这些应急避让地点，本就是理所应当的。

可是，之后白天再搭车经过时，老画家却忽然发觉完全看不

1　在日本，家庭用汽车的牌照是白色的。——译注（如无特别说明，本书中注释均为译注）

到那些故障车的身影了。按理说，汽车要出故障应当是不分昼夜的。那么，为什么只有晚上，并且是在老画家从银座晚归的夜里十一点或午夜时分，这样的车辆才会多起来呢？并且，各个避让地点停放的汽车，还都熄掉了车内的灯光。

这让时常从银座酒吧晚归的老画家石冈渐渐心生好奇，他开始留意起那些停放在高速边上的汽车来。

自己所乘的出租车，只是前灯灯光斜扫了一下路旁的车辆就驶过去了。可是，那些车辆的车窗本就会透出对面的灯光来。由于高速公路位于高处，下面街上的灯火会从低处向高处照射过来。当中也包括一些高层楼宇里发出来的亮光。各种光线透过那些车窗交相辉映。若是有人坐在车里，即便关掉了车内照明，透过那些映在车窗上的灯光，应该也可以看见里面黑幢幢的人影。可自己每次路过时却完全看不到这样一幕。驾驶位也好，后排座位也罢，车窗上总是看不到一丝人影。

所有停在避让地点的汽车无一例外，全都是这样的情形。

假如汽车出了什么故障，驾车人要么应当到车外打开引擎盖，探身进去检查，要么应当站在车旁，等候救援车的到来。可是，这样的情形老画家却一次也没有见过。那么，驾驶这些汽车的，究竟是什么人呢？

一天夜里，老画家如往常一样坐在出租车上，盯着路旁那些车辆。他向正在开车的出租车司机开口提出了自己的疑问。

“啊，那些多出来的地方啊，肯定是避让地点嘛。名字叫紧急停车带呀，这位客人。”

听到司机敷衍了事的回应，老画家也不禁觉得自己有些多管闲事了。

“紧急停车带吗？就是说，停在里面的都是些故障车喽？”

“应该是吧。”

司机正专心地全速驾驶着，只对停放在路旁的车辆漫不经心地投去一瞥。话说回来，假如司机真打算认真地看上一眼，可就要减速行驶了。一旦突然减速，又势必会被后面的车辆追尾。此刻，身后排成长龙的汽车正在风驰电掣般驶来。

“说是故障车，却看不见人影啊。”

“肯定是在休息啊。”

“休息？”

要说是休息，所有的紧急停车带里都不约而同“停满”了汽车，可真是诡异啊。看看时间，的确应当是驾车的人困意袭来的时候。可是，难道每台车都刚巧在休息吗？

过了一段时间，另一名出租车司机给了他一个让人满意的答案。

“呵呵。那些车里啊，全都是一对一对的啊。都是情侣们在车上亲热呢。”

“情侣？原来如此。怪不得这种时间段会有那么多汽车停在那里。”

萦绕在老画家脑里许久的疑团，终于一下子解开了。

“……可是，车窗上怎么会看不到人影呢？”

“自然是两个人都躺在里面的座椅上喽，鬼知道在搞些什么名堂！”

——听上去，司机似乎颇有些不忿。

年末的长期天气预报说，新年过后，今冬的寒冷程度要超过往年。

二月十四日是个星期三。当天天气晴好，夜间却还是很冷。从高速公路向下望去，辉煌的万家灯火仿佛有些暖意。抬头仰望时，满天的星斗依然泛着凛冽的寒光。说是万家灯火，可一旦过了外苑，开到幡之谷到永福出口之间，作为首都中心来讲，灯火的数量就实在算不上太多了。若是再往前走下去，过了高井户，上了中央高速以后，就越发显得灯火寂寥了。

晚上十点前后，首都中心方向驶过来一台私家车。这台车刚一过永福出口，就突然放慢了车速，尾灯上显示出左拐的信号来。这显然让紧随其后的出租车吃了一惊，出租车连忙鸣起喇叭，躲避追尾。其实到高井户出口还有一段距离，出租车根本没有料到前面的车辆会在此处突然拐向左侧[1]。也因此，跟在出租车后面的汽车长龙霎时间乱了阵脚，其中多是些从银座方向驶向归途的私家车或业务车。

这台打出左拐信号的汽车沿着公路边缘减速慢行，驶近了一处如同露台般伸出的紧急停车带。

“啊，这里也被人抢了先呢。”车上一名年纪在三十岁上下的驾车男子，紧盯着车前窗说道。

“哎呀！”坐在副驾驶位上的女子也看到了。

只见一台灰色的汽车正停在伸出去的格子里。

怎么办？女子带着询问的眼神抬头望向握着方向盘的男子。她的侧脸上，还淡淡地映着自下而上照射过来的灯光。女子长相艳丽，看上去二十五六岁的模样。

1　日本的汽车为左侧通行。

“没关系，这儿有两个车位呢。我们插到前面去吧。”男子说道。

“可是，这对人家那台车不大好吧。再找找别的地方？”女子有些犹豫。

“前面倒是还有些紧急停车带。可是，都这个点儿了，应该全都是满的了吧。刚才路过的那些，不都是停满了车吗？这里还能有个空位，已经是万幸啦。就对不起先来的喽，让我们插到前面去吧。”

男子将方向盘向左打，车身缓缓地向前移动。

男子一边停车，一边朝那台停着的车内瞥了一眼。前灯灯光刚好扫过那台车，他看到车内一片漆黑。透过灯火照亮的车窗，可以看到里面并无人影。驾车男子眼角浮起一抹笑意，女子低下了头。

这台私家跑车驶入露台一样的紧急停车带后，男子手握方向盘，确认好位置，踩下了刹车，前灯也随之熄灭了。

男子又回头望向后面，看了一眼那台捷足先登的汽车。灯火辉映下的车窗上依然看不到人影，只有一团漆黑的影子停在那里。

“明知道我们的车进来了，也不肯起来一下啊。”男子转回头来，说道。

“好像是我们打扰了人家吧。”坐在副驾驶位上的女子向男子凑过去说道。

“没办法呀，又没有别的地方停车，只能大家互相将就一下啦。”

“哎呀，讨厌啦。”

“我们又不会跑过去偷窥。他们也可以放心大胆的啦。”

“这旁边可是有那么多车开过去呢，车灯也都亮着的。”

“没事的，那也只能照到下半边呢。”

“看不见吗？”

“你说这车里？看不见啦。个个都是那样嗖的一下就开过去了。就算从灯光角度来讲，也没可能照到这边啊。”

“可是，一直停在这种地方，不会让外人起疑吗？”

“谁有那工夫啊，哪台车不是急着赶回去的。你瞧，不都是那样目不斜视地开过去的吗？”男子抬起下巴，朝飞驰而过的车流示意了一下。

“想想看，要想来场车上约会，没有比这里更安全的啦。”他继续说道，“既然这里是高速，也就不会有行人。当然，也就不可能被人偷窥，更用不着担心有什么偷窥狂过来，搞些下三烂的手段。要是像多摩川河岸那边，可能就会有坏蛋来吓唬人了。报纸上不是也经常可以见到吗？”

“那可糟了，报纸上要是登出我们的名字……”女子颇有些不安地轻声说道。

“这里就不会有那种担心。人家的车都是那样一辆辆开过去的，谁会关心你呀。只要花上三百块高速费，就能待在让人放心的专座里，绝对划算。”

“说这种怪话……”

“是真的啊。所以说嘛，差不多每个紧急停车带都这么抢手的。大家都心知肚明喽。后面那台车，知道我们的车开进来，还不是连屁都不敢放一个吗？”

男子一只手扳动着座位旁边的手杆，驾驶位和副驾驶位全都向后倒了下去。

倒向后方的驾驶位和副驾驶位卡在后排座位上停下来，整体形成了一张卧铺。这种结构设计，原本是为了驾车人困倦的时候，可以停车躺下来休息或是小睡一阵。

男子把手臂伸向并排躺在旁边的女子肩膀下面。然后，又稍稍支起身体，低下头去，正对着女子的脸。

“有点怕啊。”女子忽然躲开男子的嘴唇，睁大双眼望向车窗。车窗上不断有刺眼的车前灯灯光掠过，忽明忽灭，耳边也不断传来引擎发出的声音和车轮碾过的声音。

“这有什么好怕的，不会有人来看的。”男子安抚着女子，试图使她镇定下来。

“可是，我总感觉会有人来的。”女子肩膀发冷似的颤抖着。

“这里不会有那些好事之人的。你看，后面那台车都不知道停多久了，不是也没人靠过去吗？人家不是一样逍遥自在的嘛。”

“那巡逻车也不会过来吗？”

“巡逻车只是为了查那些超速驾驶才会过来一下的，可是我们现在什么也没做啊。就算他们来了，我们停在紧急停车带里，也算不上违反交通规则啊。只要说是引擎出了问题，正在等打电话联系的救援车赶来就行了嘛。看到男女亲热这种事，人家肯定是睁一只眼闭一只眼的。”

男子说着，又想把脸重新贴到女子脸上，却被女子的手指轻轻推开了。她深吸了一口气。车窗上疾闪而过的汽车灯光犹如一道道闪电般划过。

“怎么了？”

“再等一会儿。”女子把吸进去的气又长长地吐了出来，手放在胸前，合上双眼，“……不知道为什么，心在怦怦地跳。”

男子听到女子的央求，又躺回到自己的座椅上。

“这种事偶尔来一次也不赖吧，挺刺激的呀。”

“也太刺激了吧。我可不知道你居然有这种奇怪的嗜好呢。”

“喂，别说这种怪话。”

“你是不是跟别的女人也搞过这种车震？”

“怎么会呢？我跟你可都是头一次啊。”

“总觉得奇奇怪怪的呢。”

“我也是听朋友提起的嘛，就是想试一下而已。”

“呀！”

“怎么了？”

“我听见女人的声音了。是不是后面那台车？”

男子坐起身，伸长脖子向后面的车窗张望着。

“什么都看不见啊。”

男子回过头来，一只手肘撑在座椅上向女子靠近。这一回，对方也没有反抗，只是呼吸格外急促。

“你说有女人的声音？”男子把嘴贴近女子耳边。

“嗯，只是隐约听到点儿。你没听到吗？”

“没有。什么样的声音？”

“……说不清。”

女子皱起鼻子。男子的嘴贴上她的嘴唇，她的手也顺势搂住了男子的脖子。

“哎！”女子在嘴唇重获自由之后，说道，“……你说，后面的人会是什么样的人呢？”

“什么样的人？”

“是年轻的呢，还是说，跟我们一样的呢？”

“这个嘛……又不能为了这个去偷窥人家。”

“男的有老婆，女的刚刚离婚……”

“哪有那么巧都跟我们一样的啊。”

“亲爱的，今年夏天之前，你真的能跟你老婆离婚吗？”女子的声音变得格外认真起来。

“肯定的啊。正在一步步做准备呢。”

“真的吗？”

“难道还能有假？”

“可是，你老婆会答应吗？”

“没那么容易吧。”

“离婚这事儿，可是从前年春天就说好了的。眼看这都快三年了。我可是去年就离了呀。”

“那我的责任可是重大了。这一回绝对会离的。多少可能得有点儿麻烦，不过我已经做好心理准备了，因为爱你嘛。”

“我也爱你啊。”女子用力收紧了箍在男子脖子后方的手，贪婪地吸吮着他的嘴唇，“爱你。我爱你，我好爱你啊。”

“为了你，我什么牺牲都愿意做。”

“真的？太开心了。”

男子紧贴住女子的身体，搂在她腰间的手也开始向下滑。

突然，女子睁开了紧闭的双眼。男子也把脸移开了，手里依然抱着女子。

“听见没？”女子喃喃地问道。

“嗯。”

“有声音。现在又听不见了。”

“不，好像又有女人的声音了。就像你发出的那种叫声一样，很短。”

“讨厌啦。”

“这种地方，不管发出什么样的响动来，都不会有外人靠近的。你看，旁边那些车还不是一辆辆嗖嗖地开过去了吗？放心吧。”

男子的手开始放心大胆地游走起来。

在女子眼中，车窗上掠过的一束束灯光宛如流星划过一般。

过了大约五分钟，后面的车窗突然亮如白昼。车内的男女顿觉一惊，慌忙分开了身体。

紧接着，汽车发出的引擎声在二人耳里轰鸣。

女子不由得想要坐起身来。

“别起来，不要动。”男子按住她的肩膀，制止道。

后面那台车发动了。后窗上，耀眼的灯光向左右大幅晃动着，显然是为了出发正在确认方向。而这台车里的男女，依然保持着躺在车上的姿势，屏住了呼吸。

侧面车窗上，仍有汽车灯光不断掠过。从后车发出的灯光来看，它显然是为了汇入那些车流，正在缓缓地向前移动，寻找着恰当的时机。最终，它成功了。就在后车经过车旁的一瞬，侧面车窗上瀑布般流泻了一阵令人头晕目眩的前灯灯光，喇叭声也随之响起。

女子把头埋在男子肩上。

“好啦好啦，走掉了。应该是往高井户或是中央高速方向去了吧。”男子松了一口气，说道。

接着，他条件反射似的坐起身，探身向前车窗望去，刚好看到那台汽车亮着红色的尾灯汇入长长的车流之中。那灰色的汽车背影让人一看便知，正是N品牌的快捷豪华型中型车。只不过，车上实在是太暗了，看不见驾车的人。

女子紧紧地抱住男子的手臂。“我们也赶紧离开这里吧，已经十点二十分了啊。”透过依稀的亮光，她看着男子手上的手表，忐忑地说道。

“怎么了？这里不是只剩我们了吗？太好啦，这下可以彻底放松了。不用怕喽。”男子再一次平躺到“卧铺”上说道。

“可是，说不定还会有别的车开进来呢。”

“哦，是啊。”男子点点头，似乎也意识到了。

“那也没事啊。刚才那台车在我们开进来的时候，还不是照样优哉游哉的吗？就照那样不就行了嘛。”他低声笑道。

“可是，我们的车不是打扰到人家了吗？要是我们不开进来，人家说不定还能待久一点儿呢。”

“怎么会？那台车应该来了很久了。再说，我们也没有打扰到他们。你看，不是还听到女人和椅子的声音了吗？那些开过去的车里，绝对听不到这种尖叫声、吱嘎声的。看来，这一对儿可是相当激烈啊。”

“别说这种怪话啦。”

“人家可是心满意足地走了，我们才没有打扰到人家呢。”

男子说着，又一次贴近了女子的脸……

男女二人重新把座椅恢复到了原位。

男子发动引擎，引擎发出阵阵轰鸣声，震动着车身。可是，轰鸣声断了三四次后，就彻底停下了。这样反复了有四五次。

“奇怪啊。”男子转过头道。

“怎么了？”正在黑暗的副驾驶位上补妆的女子问道。她手里还拿着粉饼盒，正忙着把粉扑在脸上。

“好像不太对劲。”

“哎呀。能马上修好吗？”

“应该能吧，我去看一眼。”

“讨厌啊！在这种地方抛锚。”女子心虚地说道。

“嗯，应该没问题的。”

男子从座位底下拿出一只大手电筒和简单的工具来，打开车门。

“这下可真成紧急停车啦。”说着，他下了车。

“快点儿啊。已经很晚了。”

“知道。有五分钟就可以了吧。”

男子打开汽车的引擎盖，探身进去。他上身伏在引擎上，借着手电筒的光线查看着里面。

女子坐在原位上等候着，身旁依旧有车灯不断地掠过。可是，没有一台车放慢速度向这边看过来。随着夜色加深，公路下面的灯火数量也在一一减少。三颗排成竖列的耀眼星辰——猎户座——升上了夜空。

男子把头伸进去窸窸窣窣地搞了一阵之后，站起身，走回到副驾驶位旁。

女子打开车窗，男子对着里面说道：“不行。进油系统坏了，麻烦啦。”

“搞不定吗？”

“搞不定。我去打个电话吧。”

“电话？”

“这条公路上总该会有公用电话的。我联系一下首都高速公路公团[1]的救援车吧。”

“那可要拖到太晚了。真是糟糕啊。”

女子借着他手里的手电筒光又看了一下手表。十一点零五分。

“晚也没办法啊，又不能把车撂在这儿不管。”

“再有半个小时能搞定吗？”女子很是担心回家的时间。

“救援车赶过来应该要十五分钟吧。修理故障，大概有十分钟就够了。那些人可是专业人士。”

“所以说，就不该停在这种地方的呀。”

“现在抱怨也没有用喽，反正也及时行乐了。”

男子离开车窗，沿着高速公路边缘向前寻找着电话机。

等这对男女的汽车下了高井户出口，又折返上行线入口时，时间已经是十一点五十分了。

从打完电话，到公路公团救援车闪着黄色的顶灯来到紧急停车带，一直到救援车离开故障现场，总共花了三十分钟左右。果然如男子所说，只花了十分钟就修好了。

副驾驶位上的女子总算松了一口气。其实，男子的心情也颇为急切。只不过，车驶到收费站时，还有四五台中央高速方向驶来的车辆堵在那里。到了这个时间段，下行方向的车辆开始增

1　主要负责收费公路建设、管理的特殊法人。

多，上行方向的车辆逐渐稀疏。出口处之所以会稍微有些拥堵，是因为中央高速驶过来的车辆都要在这里为进入首都高速缴费。眼下，二人车前就堵着一台卡车，车身上面写着几个白色的大字——“山梨运输”。

过了收费站，车辆又开始减少，每台车辆都如重获自由般加速行驶起来，男子也开出了八十公里的时速。堵在前面的卡车见此，连忙向左侧避让，男子立刻加大油门冲了出去。

忽然，男子抬起下巴指了指右侧，那里正是刚才停留过的紧急停车带。女子没有作声，眼角却泛起了一丝笑意。

前面不再有卡车挡路，男子更进一步加足了马力。

“小心点！别太着急了。”女子说。

“没问题，我有自信呢。”

“哦……送完我你再回家，就会很晚了啊。”

“现在几点了？”男子手握方向盘，眼睛盯着前方问道。

“马上就十二点了。”

“呵。”

“你到家都要一点钟了。那么晚，你老婆肯定会不开心的吧。”

男子没有作答。

“咦，那台车？”他抬起下巴朝前方示意了一下。

“哪台？”女子也望向了车前窗。

“那不是刚才停在我们后面那台吗？快捷豪华型的啊。”

此时，那台车正在三十米开外。这边的车灯发出的光线，还不足以照射到它的车身。只能看见一团黑黢黢的影子正朝前奔驰着，而且是在超速行驶中。

“车型一样，也未必就是那台啊。”

“那倒是。可是，我总觉得就是它。”

眼看着，那台车又继续加速，超过了前面的车辆。

“哟，开得真快啊。可能也是太晚了，急着赶路吧。”

男子也跟着提高了车速。

“开这么快，吓死人啊！”

副驾驶位上的女子斜着身子，向驾车男子发出抱怨。时速表针正在一百公里处微微颤动着。

“哪有。哪台车没开出这个速度！尤其是前面那台。你看，不是又超了一台车吗？”男子紧紧地握住方向盘说道。

“是啊，怎么会那么急呢？”

“大家想法肯定都一样。估计是去哪里把约会对象送回了家，现在又折返的吧。都这么晚了，当然急着往家里赶啊。”

“你怎么知道呢？”

“你看啊，那车上不就只有那一个男的吗？副驾驶和后排座位都没有人影啊！”

借着对面下行方向的汽车车灯发出来的光线，透过前车的后窗可以看见车内。此时，两车间还有一定距离，里面的确只能看到驾车人一个小小的黑影。

“这么说，女的应该住在中央高速沿线啦？”

“应该是吧。不过，就算是女的住在沿线，也应该在离出口不算很近的地方。你看，这个时间才返回来。那台车离开紧急停车带有多久了？”

“一个半小时了吧？”

“那肯定是住在相当不顺路的地方喽，那个女的。或者说，两个人又在别的地方难分难舍了一阵。你瞧，那台车在这条高速上可都跑到时速一百公里了。”

新宿交会处那里是个大弯道，从那里开始，到首都中心方向要经过连续不断的迂回转弯。前面那台车就在接近转弯处略微减慢了一下车速，这对男女的汽车也只得跟着放慢了速度。两车之间的距离显然一时还难以拉近。

“好想看看车牌号码啊。”

“不要啦，这样不好啊。你就是为了这个才加速的？”

“嗯……还是看不见号码啊。”

“都说了不要了嘛。”

“啊！出外苑啦！”

男子眼睛紧盯着前方，只见前面那台灰色汽车已脱离车流，冲上了左侧的出口陡坡。

“是一个方向啊！”

两车虽向同一个方向行驶，却只是同行到离开外苑出口之前。开过出口后，男子眼看着前车朝右侧环绕外苑的公路方向疾驰而去了。再往前走，应该会经过绘画馆附近，到达青山大街那一带。

“可惜啦！”男子目送着那台车远去，小声地笑道。

他把方向盘向左打，驶向了国电信浓町车站方向。因为女子的家就在牛入[1]附近。

1　东京新宿区的地名。

赛马消息

午休时间，星野花江从日东商会大楼出来，沿着人行道向北走去。

这一带有着为数众多的批发行，日东商会是其中一家布料批发行。公司大楼共有五层，在这条批发街上算是较为引人注目的一栋。包括分公司和办事处在内，员工大约有二百五十人。

正值午休时分，附近许多批发行的员工陆陆续续向南边走去。吃个快餐也好，喝杯清茶也罢，南边热闹的商业街上，有着许多这样的店铺。通常这些批发行员工会一面散着步，一面不由自主地朝南边走过去。对于关在写字楼里，整日面对发票、账目的人们来说，在商业街上信步闲逛片刻，可以带来心情上的愉悦满足。有人会驻足瞄上一眼商店的橱窗，也有人会钻进书店里看一看。正是春光明媚的季节，年轻的女办事员们彼此牵着手走着。

不过，从这儿往北边去的话，周围可就没有这类店铺了。此刻，朝那个方向走去的人，要说从日东商会里出来的员工，就只有星野花江一个。往南去的人们步履往往闲散而适意，而她却行色匆匆，略显急切。

其间她也曾一度停下过脚步。那时她刚走出日东商会大楼不久，一名二十七八岁的男子从后面追上了她。

“星野小姐！星野小姐！”

男子显然同为日东商会的员工，这从他佩戴的员工胸牌便可得知。她停下脚步，转回头看时，只见这名凑到身旁来的男子嘿嘿地笑着，一只手还在挠着头。

“那笔借款……本该这个月就还给你的。不过，能不能请你再宽限一阵？”男子低声央求道。

星野花江的眼睛里眼白部分相对较多，小小的瞳仁因此看起来格外犀利，眼角处也有了细细的皱纹。

“山冈先生，您那笔应该是九万五千块吧？”她说起话来，嗓音倒是清脆悦耳。

“是的。利息我会照付的。”

“利息我当然会照收的。那么，您打算几时还呢？”

“两个月后吧。”

“好吧，那就说好两个月后还给我。”

“嗯……还有件事实在是难以启齿……除掉这笔钱，我还想再借五万块，可以吗？”

星野花江默不作声，小小的瞳仁径直地盯着山冈。他是日东商会内衣部的股长。

“因为这一阵我老婆病了，花销不是一般大……”

——这一幕，其实是发生在二月十四日夜间高速公路紧急停车带里驶入两台车再往前大约一年的事了。

星野花江默默注视着山冈远去的背影，随后挥手拦下了一辆出租车。她向司机嘱咐的地址，是越过两国桥之后的一条街道。

这条街道上僻静无人。拐角处有幢小小的建筑，是一家银行的分行。她伸手推开银行门，只见正面柜台一字排开，坐着五六个女柜员。

“请问，做外勤的森田先生在吗？”

“哦，请稍等。”

女柜员起身进了里面。过了两三分钟，一名高个子的方脸男子走了出来。男子看上去刚刚吃过午餐。

“欢迎欢迎。”

森田看到星野花江，微微一笑，伸手示意她到柜台前去，自己也朝柜台后走了过去。

“感谢您再次光临。”他双手扶在柜台上点头致谢。

“每次都要麻烦您啦。这个月的进款情况怎么样了？”她问道。

“请稍等。我查一下流水。”

森田是负责外勤的，派发给客户的名片上印的头衔是“代理分行行长”。他走到负责存款的员工那里，跟对方一起逐个翻检卡片盒和账目，查看流水，并把它记录下来。

在这期间，星野花江倚着柜台，细细观察了一下银行里的情形。坐在柜台后面的女柜员们，个个模样年轻可人，对待客人的态度也充满着向上的朝气和女性的娇柔。每个女孩子都仿佛下一刻就要赶赴相亲约会，俨然是一副恋爱中的模样。身上的制服都是那么漂亮得体，深蓝色的制服上，领口和袖口处是红色的，华丽得宛如空姐一般。

时年三十一岁的星野花江用那双细细的眼睛望着她们，脸上带着微笑，但那微笑并非发自心底。她对自身的外表是毫无自信的。她的身材干干瘦瘦，偏于肌肉型，与打扮入时的同龄人相比，衣着显得格外寒酸。

“让您久等了。”森田手上拿着纸条回到了她的面前。

“目前，进账只有这些。”

他把纸条放在柜台上。但是，为了防止其他客户看到，用手遮住了。

星野花江拿出记事本，抄下了转账人的名字，共有七笔。

“今天是三月二十三日，离月底还有一段时间。应该还会有不少进账吧。”森田说道。

抄完了转账人名单的星野花江点了点头说：“嗯，是啊。”

可是，进款的账户上，开户人姓名却不是星野花江。

这家银行分行与星野花江上班的日东商会之间毫无业务上的往来。这个用化名开立的普通账户，是她不为公司知晓的秘密账户。也因此，她才会舍近求远，选择光顾这家小小的分行。

星野花江出了银行，走过一条街，进了一家店面颇为狭小的中餐馆。一个背着婴儿的妇人过来招呼她点餐。她点了份炒饭。墙上挂着的牌子上，写着“炒饭二百五十元”。牌子下面还落了一只小小的苍蝇。

她拿出记事本，入神地盯着上面从银行抄来的转账人名单。

前谷惠一，北泽武，安田保，奥田秀夫，三井七郎，广濑顺三，土屋功——这些是这个月十日以后的进款。一日到十日之间还有五笔。像银行的森田说的，到月底应该还有接近二十笔吧。

这个“会费”是每个月都有的。不过，并没有什么长期合同。只是口头上约定要每个月转账过来，实质上也就是按月付费。不付费的人视作退会，首次转账过来的人视为新入会。只不过，她会尽量控制会员的人数。

炒饭端上餐桌来了，桌上铺着廉价的塑料桌布。一只与茶杯相差无几的白瓷碗里盛着汤。

星野花江用勺子舀起浅褐色的炒饭送进嘴里，饭粒里夹杂着几粒火腿丁和罐装青豆。她的吃相全无礼节可言，并且看上去火急火燎，时不时再吸溜几口漂着葱花和油星的汤。盛汤的碗沿儿上还有个缺口。

即便在吃饭期间，她的视线也一刻未曾离开过旁边放着的一份印刷品。那是她从包里拿出来的，原本折成了四方形，此刻摊开来了。上面画着些横竖格线，空格内是铅印的片假名。

吃饭花了十五分钟。她折起印刷品，连同记事本一起塞进手拎包里。接着又掏出粉饼盒来，对着镜子敷衍地扑了两下粉，连口红都没涂一下，甚至都没仔细照照镜子，检查一下妆容。她道了谢，向背着婴儿的妇人付了饭钱。

到了店外，星野花江又拦了一辆出租车。出租车开过两国桥时，她瞄了一眼手表，还差十分钟到一点。

在离日东商会五十米远处，她下了车，然后步行过去。可以看到对面都是公司的员工，从南边商业街散步回来的男男女女，三三两两地信步走着，初春耀眼的阳光肆意地洒在肩头。

星野花江却总是一个人独来独往。

星野花江搭电梯上了四楼。

公司大楼里，一楼是前台和展示产品的展厅，厅内立着各种塑料模特，身上穿着各色服装。如同百货公司一般，陈列着男装、女装、和服、童装，角落里还陈列着棉被和窗帘等等。也正因此，外来的人进门以后，一眼望去花红柳绿，艳丽异常。

去二楼的营业部员工，无须搭乘电梯，直接走楼梯上去。那里有女装、童装、男装、内衣、和服各个部，是公司营业部的中心。午休时分散步归来的员工，多数都上到了二楼。

三楼也有一部分营销人员，是室内装饰部和床上用品部。室内装饰部以窗帘为主，床上用品部的主要业务是睡衣、枕头和棉被等。另外，财务部和总务部占去了半个楼层。

四楼以电梯口为中心，左侧是董事长办公室、秘书室、会议室，右侧是人事部和企划室。之所以没有设董事办公室，是因为董事们都兼任了部长头衔，人在各个办公地点。

五楼整个楼层是一间比一楼展厅要宽敞许多倍的展销大厅。邀请零售商们参加的展销会也往往在这里举行。

沿楼梯走上二楼的员工们，看着星野花江搭乘的电梯关上了门，彼此迅速交换了一下会意的眼神。闲言碎语在哪里都是平常的事，可她的口碑却实在不怎么好。

眼下，一名负责一楼展厅的男子，便走到前台两名年轻的接待小姐那里，主动聊起了星野花江。他刚刚看见星野搭电梯上楼了。

“星小姐居然出去吃了午餐才回来呢。真是稀奇！她可是一向只吃食堂里一百三十块的咖喱饭哪。”

员工食堂是设在地下的，由外部人员经营，公司内部会提供部分补助。里面贵点儿的套餐也不过二百五十日元而已，口味上自然是欠佳的。再加上地下室的阴气，相邻的楼面大部分用作了货物搬运入口或是车库，甚是煞风景，因而这家食堂的人气并不旺。星野花江却毫不在意，常常去那里用餐。

“到底人家享用了什么美味回来呢？”负责展厅的男子半讥讽地向两名年轻的前台接待问道。

一般来说，负责前台的接待小姐，每家公司都会选用予人好感的女孩子。她们并没有回答男子的问话，只是露出整齐的牙齿微微地笑着。

“差不多每十天就有一回，星小姐会狠下心去吃一顿豪华大餐回来哟。不然的话，早就营养失调了吧。”

“这样不太好啊。”一名接待小姐莞尔一笑说道。

星野花江一直以来在公司里的形象，就是个生活简朴至极的女子。换句话说，极其抠门儿。

去三楼、四楼的电梯里，共有四男三女。

到了三楼，总务部和财务部的人下去了，剩下的男人们低声谈论着玩了半小时的弹子游戏成绩。两名女员工则在一旁默默无语。有星野花江在这里，员工们感到局促不安，周围的空气安静得有一丝诡异。

到了四楼，两名男员工和一名女员工沿着走廊朝右侧走去，那里分别是企划室和人事部。男员工们颇有些不自然地忽略了朝左侧走去的星野花江，女员工则默默地行了个注目礼。

左侧走廊尽头是董事长办公室和秘书室。星野花江推开秘书室的门走了进去。

秘书室的大小还不足两坪[1]。一侧摆着一张办公桌和一把椅子，另一侧靠墙放着一张长椅，用来接待要向董事长引见的客人。

桌上的两部电话机，权当了室内的装饰。一只蓝色的窄口玻璃花瓶里，还插着枝康乃馨。甚至，连装饰画都仅仅采用了一些印着日历的原色照片，绝对的实用主义。董事长秘书仅有星野花江一人。

就在旁边还有一间办公室，房门的磨砂玻璃上赫然刻着“董事长办公室”几个嵌金大字。落座前，她走过去轻轻地敲了敲

1 坪是日本的面积计算单位，1坪约合3.3平方米。

门，然后伸手把它推开了。房门半开之际，她把头伸进去，向里面张望了一下。

董事长办公室足足有秘书室的十倍大。窗边一张硕大的办公桌旁，挂着公司自产自销的窗帘。桌上是如同艺术品般的墨水瓶和笔筒，旁边整齐有序地摞着资料纸张，包括各类已办结和未办结的文件信函。正中央有张巨大的待客桌，周围几把椅子。边桌上摆着青瓷花瓶，红白两色玫瑰从花瓶里争相斜逸出腰身来。些许华丽的墙上挂着大大小小的油画。其中，雕着蔓草花纹的金色画框里有一幅八十号左右的肖像画，气势上压过了其余所有的南欧风景画。在椭圆形的大画框里，画着一位白胡子老人，正是公司的创始人米村重左卫门。显然，肖像是依照一张老照片画出来的。

靠墙一侧是一面高到天花板的书架。各种从未掀开过一页的美术全集和百科全书，金光闪闪地摆在上面充当装饰。高处有本厚厚的大部头，书脊上印着“日东商会七十年历史”的字样。另一侧角落里的桌子上，摆着一尊青铜半身像。一张鹅蛋脸，身着晨礼服，胸前佩着蓝色的绶带勋章。此人是公司的第二代董事长。第一代早在明治末年便开始从原产地的织布店批发些成品，在整个东京城内的和服店兜售。之后，开了一间小小的批发行。第二代又继续把事业发展壮大，完成了公司的现代化。现在的第三代，也就是米村重一郎，目前既没能成为肖像画，也没能成为半身像。而他本人，此刻也没有在屋子里。

星野花江掩上房门，回到了自己的座位上。面前那部白色的电话机响了。

“喂，我是河西纺织化工的河西。请问，董事长在吗？”

听上去对方也是秘书室的女性，声音温柔甜美。光凭那话语声，也能想象得出是位楚楚动人的美人。

“他现在外出不在。”星野花江一副娴熟地道的办公口吻答道。

“大概几点钟能回来呢？”

“预计五点钟。”

对方稍稍犹豫了片刻，却并未留下什么要转达的内容，说了句谢谢，就挂断了电话。

三分钟之后，内线电话响了。

“董事长呢？”

这个声音是采购部的山崎达夫。她差不多可以辨认出三十名公司干部的声音来。

“他不在。”

“几点回来？”

“预计五点钟吧。我知道他去哪儿了，要不要通知他联系你？”她瞥了一眼记录说道。

“嗯……哎呀，算了。”

电话挂断了。

之后的三个小时里，一共打来了十一个电话。五个是外线，六个是内线。

五点前，外线电话铃声响起。

“我是泷泽……”

这个声音是公司外面的人，不过，她也同样一听便知。此人说话时向来语气低沉，发音也含糊不清。

她告诉泷泽，董事长五点过后才能赶回来，说不定还要再迟一点。泷泽有些犹豫不决道：“我亲戚去世了，必须马上赶到横滨去，有件事能请您转告董事长一声吗？”

“好的。”

“请您按我说的记下来。可以吗？”

“好的，您说吧。”

“大锦的事。明白吗？大锦。”

“明白。”

“训练完之后，腿热乎乎的……是热乎乎的哟。”

“嗯。”

她手里的圆珠笔在便笺上龙飞凤舞地记着。

“腿部热乎乎的，屈肌好像有点发炎了……是屈肌。”

“嗯，屈肌对吧？”

“对。然后，看上去很痛，只能强撑着上场，所以这次大概不行了……就这些，能帮我转告一下吗？”

“好的。”

她把写好的便笺拿在手上。

“我重复一遍。”她说。

说完这句话，她看着便笺上记录下的内容，重复道：“大锦在训练之后，腿部热乎乎的，屈肌好像有点发炎了。看上去很痛，只能强撑着上场，所以这次大概不行了……这样可以吗？”

泷泽似乎正侧着耳朵，仔细倾听着。

“可以了。请把这话转告给董事长吧。”随即，泷泽挂断了电话。

泷泽是东京赛马场涩川马舍里的一名舍务员，听声音大概在四十岁上下。大锦是米村董事长养的一匹赛马。

星野花江又看了一遍便笺。这段话的真正含义应当是这样的："训练完马匹后摸了一下马的体温。本该冰凉的膝盖以下的腿部居然微微地发热，可能是患上了屈肌炎。看上去，马匹的健康状况堪忧，只能勉为其难地让它参赛，这次比赛恐怕赢不了了。"

这种解读方式，她是在不知不觉中学会的。所谓这次比赛，指的是三月二十六日（星期日）在中山赛马场举行的"珊瑚奖"大赛。

大锦被视为二十二匹参赛的马匹里最具实力的一匹。即便不能拿第一，第二名也是稳操胜券。

泷泽会把周日赛事的内幕消息透露给董事长，是因为董事长今天傍晚或明天就要跟其他马主互通消息了，所以才在电话中交代了这些资料。本应等到董事长回来再打给他本人的。可惜，不巧亲戚去世，泷泽必须立刻赶到横滨去，因此就只能请秘书代劳了。

大锦的父亲曾在德比赛[1]中获胜，母亲也在橡树赛[2]中胜出，它的血统纯正至极。董事长花了巨资才把它买了下来。前年初，它刚过四岁就在德比赛上斩获第二，去年春天又在天皇杯大赛上名列第三，秋天在重赏大赛上更是一举夺冠，是目前最热门的赛马之一。

五点四十分前后，董事长从外线打来了电话。

"太晚了，我就不赶回公司了。马上要有大川赛，我要去浅草的金春。我不在期间，有什么电话打过来了吗？"

星野花江转达了各方来电内容后，把泷泽的留言念给他听。

"哦，这样啊。"

1 Derby，赛马比赛的一种。此处指日本东京赛马场举办的德比赛。

2 Oaks，赛马比赛的一种。此处指日本东京赛马场举办的橡树赛。

董事长没说什么，就挂断了电话，声音里明显带着失望。

六点钟，星野花江离开了日东商会。她从人形町站搭地铁，来到了国铁秋叶原站的站台上。

下班的路上她也一向是独自一人。日东商会的同事里，本也有同路的，可谁也不肯过来跟她搭话。跟隶属于秘书室的她，彼此部门不同，并不能成为一个理由。真正的理由是：年轻的女孩子们觉得她高不可攀；同龄的女员工们觉得她实在难以打交道；男员工们则认为她是个沉闷无趣的女人。或者说，假若她能年轻些，漂亮些，即便不漂亮，只要可爱些，有气质些，或许，就会有人亲密地凑过来和她一起下班了吧。

而现在，即便坐在地铁上，男乘客们的视线也绝不会看向她一秒钟。她那肌肉型的体格，瘦瘦的身材，穿上套装倒是挺贴体合身，但干瘪的脸颊上颧骨突出，嘴唇薄薄，眼睛细小，仿佛刚刚摘下眼镜，额头宽大，头发还微微卷曲着。

星野花江早已习惯了这种没有人际交往的生活。不论是看到女员工们成群结队去喝茶，还是某个女员工被男人们众星捧月，她都丝毫不会感到羡慕。

不过话说回来，公司里与她有借贷关系的人——主要是男员工们，表面上还是对她充满了“好意”的。不然的话，也就无法从她那里借到款项，更无法宽限还款的日期了。

星野花江手里小有积蓄，这件事在公司内部众所周知。

她常年孑然一身。日东商会里，男女的收入差别也不大。这一点上，公司相当民主。再加上她高中毕业后就进入公司工作了，至今已连续工作了十三年。虽没有家属津贴，但她的基本工资也很高，其中还包括了通过秘书工作获得的相应报酬。按能付酬制度也是这里区别于其他拥有工会的公司之处。董事长即为公司拥有人，这里尽管不能组建工会，工资体系却是建立在“实力主义”之上的。

至于秘书补贴的金额究竟达到了多少，除了财务部的人员，无人知晓。大部分员工对此事也只能依靠想象。

不过，多数员工认为数字应该相当可观。毕竟，她是董事长唯一的秘书。而她也的确是有能力的，处理起工作来干净利落，绝不拖泥带水。此外，作为秘书，也要接触到许多董事长的个人秘密，这些秘密董事长显然不想被一般员工知情。在这方面，她也能做到守口如瓶，分寸掌握得恰到好处。

不过，也有人说，那是因为董事长夫人是个醋坛子，所以才选择了毫无魅力可言的星野花江来担任秘书一职。

星野花江究竟是从何时开始向公司内部员工放贷的，已无从得知。

因为像这种事情，借款人本人是不会轻易开口提及的。不过，最开始应该也就是个别一两个人吧。也许是五六年前——那个时候人们还纯朴得只会暂借一时，应应急而已。

慢慢地，她开始提出条件，要求对方支付固定利息了。一个月百分之七。

按说一个月的利息百分之七，也算无可厚非。假若按照时下流行的高利贷来计算的话，日息换算成一个月，应该差不多要到百分之十了。再说，提到借高利贷，总会让人有种向外人借债的压力，以及面子上的难堪。自己跑去借贷也非常麻烦，万一被人追到公司里来，被同事知道可就给人笑柄了。从这一点来看，向同公司的星野花江借款是最安全省事的了。

还款日是发工资那一天。财务发放工资袋一般是在下午三点左右，五点前借款人就要还款给星野花江了。直接到董事长秘书室里还款是不可能的，一般是打个电话，约在哪个楼层的走廊上。

事实上，借款人根本无须打电话给她。只要到了当天下午四点半或五点前后，她就会主动从四楼下来，若无其事地出现在对方的工作地点附近。甚至，六点钟下班的时候，还会再到那个地方转上一圈。还不上本金的借款人，要在那个时候把利息交给她。

星野花江私下放贷的事情，在公司内部是个公开的秘密。

原本，她的收入维持自己的生活绰绰有余。只因她一向过得节衣缩食，绝不浪费一分钱。身上穿的衣服全都是商场里的甩卖货，从不佩戴任何金银首饰，手拎包也是挑最最廉价的。吃的方面，从她在食堂里点的东西就可以得知。而这些还都是在人前，至于回到公寓里，一个人的时候吃的什么，就无从想象了。这也是大家的一致看法。更何况，还有内部放贷的利息。每个月的利息，毫无疑问应该是存在了银行里。

存了那么多钱，究竟要做什么呢？人们对此议论纷纷，那议论里包含了对她的羡慕与好奇。有些人说，要做什么？跟钱结婚呗。也有些人，举出了报上有个老女人留下大笔财产病故的新闻说，她也会是那样的结局吧。不，不，有人猜测说，她是要拿这笔钱去投资天大的买卖呢。甚至还有人预言说，存下这么一大笔钱，迟早会被哪个坏男人骗光卷走的呢。

星野花江在秋叶原站台内的小卖部买了一份报纸。

报纸是体育晚报，头版上印着“珊瑚奖大赛赛前训练”的红白两色大铅字。此时距赛事还有三天，因此并未公布参赛马匹的名单，只是列着热门赛马，写着早上训练的情况。

她动作麻利地把报纸折起，塞进了手拎包里。一名女子当着外人的面，看这些赌马的新闻，绝非什么值得称道的好事。更何况，这总武线的电车里，下班的人可是挤得水泄不通的。

她在小岩站下了车。站在站前广场一角，她把报纸从手拎包里拿出来展开，故意装出一副等人的模样，眼睛却一刻不离地紧盯着报上的新闻。

“○名仓乔治：109→64.3→50.5→37.3。全力奔驰。今晨马况仍堪称完美。前半程略微控制缰绳，于正面第三角处开始缓缓加速。直线，沿着栅栏，川又骑师手臂猛挥，马步上佳。距离终点前一弗隆[1]处开始冲刺，37秒3，为该马最好成绩之一。马身与之前相比更显利落，动作也更加流畅，备受瞩目。

“○哈尔珀茨：110→66.1→51.6→37.8。其马身的完美，动作的敏捷，均在该赛马场训练的马匹中稳居前二。

“○大锦：104→64.2→50.5→37.0。任马奔驰。轻松进入第二圈。阪元紧紧拉住缰绳，速度仍有如风驰电掣。到正面还未加速，但飞奔的步伐轻快流畅。全程听任马匹自由奔驰，速度仍十分惊人……”

还有评论说：“上午刚过八点十分，阪元骑师即骑在备受关注的大锦背上现身。他轻松地握住长长的缰绳，在一英里标前开始加速，终点前强势冲刺，旋即结束全程。一路上看似没有多快，却仅

1　赛马用语，相当于八分之一英里，约合二百米。

计时104秒。最后的一弗隆仅费时11秒2，简直令人不敢置信。

“在训练师最前排的涩川训练师，盯着爱马的一举一动，表情满意地说道：‘当然了，一切都在意料之中。’即便任马随意驰骋，也仅计时104秒，冲刺阶段37秒。照这个纪录看，训练师眉开眼笑也是在情理之中了。

“训练结束后，记者们纷纷涌向了阪元与涩川的周围，人群里掀起一阵骚动。果然是当下最炙手可热的赛马，一场采访大战就此拉开了帷幕。”

她把目光从报纸上移开了。看着从站台上走下楼梯的人人头攒动，耳边回响起泷泽打来电话时的声音。

会员制度

小岩车站前，等候巴士的乘客已经排起了长龙。出租车一辆接一辆载上乘客，又陆续驶离。傍晚七点左右，广场上到处都是下班后刚下电车的乘客。

站在广场上放眼看去，右侧往南的大街是一条商业街，入口处高挂的拱形招牌上写着“百花大街”。相比之下，左侧往南的路上就显得冷清许多。星野花江就走在这条路上。她走起路来目不斜视，晚归的下班人流偶尔也会从身旁掠过。

过了大约七分钟，她来到一条大街上。街上热闹非凡，正是一片繁华街区。街道两旁云集着各种灯红酒绿的俱乐部和酒吧。星野花江拐向大街的左侧，转身进了一家蔬果店，在店里买了土豆、洋葱和两个鸡蛋。就在她购物期间，旁边一家小型电影院里不断地传出响铃的声音来。

走出蔬果店，她又重新回到了熙熙攘攘的大街上。

“呀！才回来吗？”

对面的俱乐部门口，一名穿着运动衫的三十多岁男子笑着向她搭讪。此人是俱乐部里专门招揽客人的，对常常经过此处的花江已经熟识。星野花江一脸事不关己地拐过了同一排的咖啡店角。再晚些时候，那个位置上就会摆出一个小摊来，专卖关东煮。

这是条极窄的巷子，从大街上一拐入巷内，立刻变得昏暗得出奇。巷子两侧一家挨着一家的，都是些早已关门大吉的店铺。当中有间小小的旅馆，此外还有些日本舞培训和编织培训之类的招牌。

窄巷在中途还分成了岔路，曲曲折折之后又继续分出岔路来。这块地原本属于乡间的耕地田埂，后来才七七八八盖上了房子。初次到访这里的人，十有八九都会迷路。小巷内部窄到与对面的行人擦肩而过都有些艰难，当中，还时不时立着一些“遇到可疑人员请打110报警”之类的宣传告示牌。

下班归来的人们陆陆续续向小巷深处走去。每遇到岔路，行人就会分流掉一些。行人归去的目的地多是些小型公寓。

这一带集中了许多小型公寓。没有太高的建筑，几乎都是些二层小楼，里面隔成了八到十间屋子。据说，这些出租屋是当地农户们卖掉耕地之后的副业。眼下，花江正沿着这样一栋小公寓的楼梯走上二楼，铁制的楼梯就外设在一楼大门口旁。房东在千叶市内的工厂里打工。

楼上楼下各有四户两室的房子，房东也住在院内的背面一侧。公寓里入住的租客基本上都是拖家带口的，只有二楼北角的花江是单身一人。

她从手拎包里掏出钥匙，打开房门走了进去。一进门，先是一个三叠[1]左右的小小厨房间。往里走，还有两个四叠半的小房间。其中一个小房间里，供着一只小小的黑漆佛龛。她打开佛龛的小门，燃起蜡烛，坐在前面念诵起经文来。这是一种新兴宗教的经文，面前的牌位上写着她母亲的名字。父亲在乡下已经另娶，如今年事已高。

冰箱里还剩着些前一日买回来的猪肉丝。猪肉丝一百克只要一百三十日元，可是她每次只会买五十克回来。虽说这样的做法会遭店里人白眼，其他顾客也会侧目而视，星野花江却依然故我，并不在意。她用现成的高汤料把剩下的猪肉丝和土豆洋葱放在一起炖煮，再把一点剩下的竹荚鱼鱼干烤熟。

星野花江的晚餐无非都是这样一些东西，每天大同小异。不过是只身一人，随便吃些什么都无妨。再说，她既不会邀外人来家里做客，也不会受邀去旁人家里造访。

草草吃过晚餐之后，她立刻收拾好餐桌，把自己用过的碗盘拿到厨房里去洗刷干净。这方面她绝对是一丝不苟的。洗碗的时候，她也总是一副若有所思的神情。

要搞定这些琐事，总共花不上十分钟。之后，她就会在书桌前坐下来，从上了锁的抽屉里取出一本实用日记本来。本子上面并没有记着什么日记，而是一些人名和进账月份、日期之类的内容。

隔壁传来电视机的声音，音量很大。楼下也传来孩童嬉戏喧

1 日式房间的面积单位，一大叠约为1.65平方米，一小叠约为1.5平方米。

闹的声音。

她看着摊开的日记本：

○田中俊夫、×白石贞雄、×迫田武勇、○前谷惠一、○三井七郎、×石川佐市、○北泽武、○安田保、×大田铁太郎、×笠井义正、○奥田秀夫、○土屋功一、×户岛正之、×中岛秀太郎、○长谷川隆助、○细川直一、×松冈芳彦、○桥本正夫、○樋田幸雄、×福井留太郎、○平尾银藏……

再后面，还记着一长串的人名，地址和电话号码也都分别写在了上面。

画圈的人已经把本月会费转入了她用化名开设的银行账户内，画叉的是没有转入的。

每个月末前要转入下个月的会费，这是定好了的规矩。未支付会费的人次月就不再是会员了，她也不会再联系对方提供消息。可是，如果对方又转账过来，那么随时可以恢复他下个月的会员身份，之后就又能重新收到消息了。会费一个月要支付一万日元。

这个月画圈的共有三十一人，大概每个月就是在这个数字上下浮动。也就是说，她每个月大概能收入三十万日元。

她翻到记录电话号码的那一页，拨通了电话。

"喂，请问是田中先生府上吗？"

"是的。"听上去似乎是对方太太的声音回答道。

"本人姓滨井，请问您先生在家吗？"

"请稍等。"说完这句话之后，换成了男人的声音。

"啊，晚上好。"

"田中先生，这次大锦不会来了。"

“滨井静枝”这个名字，是她在银行开立账户时使用的化名。

星野花江向本月三十一名会员中的二十三人致电，轮番通知了“大锦情况有变”一事。这一流程花了大约一个小时。

按理说，这样一句话讲起来简单得很，连一分钟都花不上。可是，要等到本人接听电话还是需要一段时间的。

由于对方留下的电话号码基本都是家里的电话，最开始都是由太太接听的。若是每个月续费的会员常客，家人自然也熟悉“滨井”这个名字。

“晚上好，我是滨井。请问您先生在家吗？”

她在电话里说话时，使用的是通过常年秘书工作熏陶出来的既礼貌又得体的办公口吻。

对于这句问候，很少有太太会直接回复她“晚上好”。多数人会说，你等一下。声音听上去对星野花江的来电并无欢迎之意。这是因为，对于丈夫赌马买券的行为，没有多少妻子会表示赞同和支持。

并且，妻子们的话语声里，还常常带着对于女人做赛马预测的轻蔑之意。其中，也有明确对她表示出反感，只回答一声“啊”的；还有接了电话一言不发，叫她一直等着的。

有时候，还会有听上去似乎是刚上小学一年级的小孩子接电话。

爸爸，有个叫滨井的找你！电话另一侧传来高声喊人的声音。

在等候期间，星野花江假扮成的滨井静枝就一直把听筒放在自己耳边，倾听着里面的杂音。通过这些声音，她大致可以推测出会员们的家庭环境。

会员里面，工薪阶层占了一半，中小企业老板占了一半。最初只有寥寥数名会员，后来通过会员们互相介绍，人数才开始逐步增加。可是，她也会控制会员人数的过度增长。

“大锦这次应该不会来了。”

只为告知这么简单的一句话，就要耗上不少工夫。并不是每位会员都刚好在家的。当中有的会员太太还会说他本人在哪里哪里，请你直接打给他什么的。那么，又要往那个地点重新打电话过去。

回家时间太晚的人，还要等到第二天清早重新打过去。眼下还有八个人没能传达成消息，就是出于这个原因。

晚上十点前给她打来电话的，都是刚刚回到家的会员。

“您是滨井女士吧。听说您打来电话了……”

“大锦这次应该不会来了。”

“欸？那匹马！为什么？”

“听说腿脚出了问题。”

“哦。”

大锦本是夺冠热门，因此会员才会发出一声意外的惊呼。此外，她就不会回答更多问题了。所谓言多必失。说得太多，难免会被对方发现自己的消息来源所在。

星野花江预测赛马的消息，并非预测夺冠的马匹。

预测哪一匹赛马能夺冠实在是太困难了，即便是行家里手都难以做到。

她采用的，其实是预测各个赛程里某匹赛马不可能夺得第一、第二的方式。尤其是那些极具实力的赛马，即被视为夺冠热门或是可以与冠军抗衡的赛马中，倘若有哪一匹来不了，会员们就可以从剩下的马中选择马券了。至于选哪一匹，全看会员自己的想法。

这种预测法也就是所谓的排除法。会员们从那些剩下的赛马中选择马券，就非常有可能爆冷中到大彩了。

至今为止，她本人既未踏足过比赛日的赛马场，也没有走进过非比赛日的马舍。

非但如此，她连大锦这匹赛马是何方神圣也没有亲眼见过。包括名仓乔治和哈尔珀茨，以及其他任何一匹赛马，她都只是通过马报上的新闻和赛马杂志里的照片瞄过几眼而已。

可星野花江手里的消息却绝非直接来源于赛马圈内的有关人士。她跟那些有关人士既未私下谋过面，也从未交谈过一次。用排除法来预测赛马，严格来讲也不能说是她的独创。

她也会避免直接跟自己的会员们见面。需要每月向“滨井静枝”的银行账户里转入会费的是会员，而她需要履行的义务，就是把“不能连胜的赛马”预测结果告知各个会员。

倘若用真名星野花江来进行这项“工作”，可是不太妙。会员当中，若是有人特别留心，想要发现滨井静枝其实就是星野花江并非难事。只要把她留给会员的电话号码拿去电话局查一下，就可以知道主人是星野花江了。

幸好，即便拿号码主人的名字去电话局查询，对方也不会轻易告知。据说，这样做是为了防止被人拿去恶意利用。另外，会员们只要能得到准确的赛马“消息”就已足矣，至于通风报信者是何人，本是无关紧要的。

她之所以会使用化名开设银行账户，主要是为了这份兼职收入不被税务局及其他任何人知晓。

另外，她对会员自称滨井静枝，也是为了与银行账户上的名字保持一致。假若使用真名星野花江，难免会被某个会员机缘巧合发现自己的真实身份——布料批发行日东商会的董事长秘书。那样的话麻烦可就大了。

星野花江所假扮成的滨井静枝规定，会员们不得在晚上十点之后给她打电话，并且要求他们严格执行。因为，深夜有人打来电话不但会打扰休息，更有可能被邻居们察觉，风险实在太大。

而对于“滨井静枝”究竟是何许人也，会员当中自然也颇有好奇之人。有些男会员时常会在夜晚时分打来电话：

——多谢您让我赚上了一笔。我想跟您见一下面，聊表谢意……

——除了打电话以外，我还想跟您见个面，请教一下方方面面的消息……

——我想请您吃顿便饭，顺便表示一下感谢……

星野花江对此一概婉拒。

她说话时的声音相当清脆悦耳，听上去年纪轻轻，足以勾起那些素未谋面的男会员的种种兴趣和遐想。

——好像您是住在江户川区啊。我也住在同一区，那我们离得很近哪。您住在江户川区哪个町哪个番地呢?

当然，花江是不会告知的。

这种电话，并不会是在她向会员家中致电之际，而往往是夜晚时分由对方主动打来的。有时，还会来自公用电话。

星野花江所假扮的滨井静枝说过，自己白天不在家中。因此，会员们推测，她应当是位单身的白领丽人。

甚至，还有人把她想象成一名在赛马机构里工作的女办事员，是业余兼职做“赛马预测”的。

知道她真实身份的，只有最初的一名会员。事实上，收到她提供的消息之后，灵光一现想出这项兼职方式的也正是那名男子。他还介绍了几位爱好相同的人士给她，作为最初的“会员”。基于道义上的原因，他是绝不会泄露她的真实身份的。

星野花江假扮成的滨井静枝规定：会员来电要截止到夜间十点，早上则要截止到八点。早上来电通常是因为，会员在前一天晚上听家里人转达了她的电话内容，所以才打过来的。

若说致电会员通知消息的时间，有时会像大锦这次赶在赛事三天以前，有时是临赛前一天。星期六的比赛也可能星期五才通知，星期日的比赛也可能星期六才通知。也因此，星期六的比赛如果在星期五晚上临时通知的话，万一会员不在家，就得在星期六早上再度致电过去。既然上个月已经收取了对方本月的会费，这么做也是她应尽的义务。

对于早上的来电，有些家庭还会有些微妙的反应。正忙着打点丈夫上班的妻子们，此时接听电话的不满情绪还要高过晚上。

“啊，是吗？知道了。”

男人们接起电话来，往往也要顾虑到一旁的妻子，回复的话语声通常匆忙而短促。对于这种微妙的家庭气氛，她就在电话的另一侧静静地聆听着。

“滨井静枝”在电话里提供的赛马消息与一般消息不同，并不是悉数汇报一天全部十余场赛事。这是因为，她所能得到的消息有限，也就两到三场罢了。

买马券的人一般也不会买入当天的所有场次。所以，对于次数都是满意的。并且，她所预测的“不能连胜的赛马”消息一般都有关于赛事中的夺冠热门赛马，而这些对于会员们可是极有价值的。

只要排除了最具实力的赛马，再从其余的马匹中选择，就非常有可能爆冷“中彩”（甚至“中大彩”）了。

为什么会是这样一种消息呢?

原因就在于，她能弄到手的资料性质。

致电会员们通知“大锦情况有变”那一周的星期六，星野花江也到日东商会上班了。

日东商会里，星期六还未采用全休制度。这家布料批发行主要面对的是零售客户，甚至星期六也没有采用半休制，而是沿袭了旧例，从上午九点到下午三点上班。唯独比平常下班时间提早三小时这一点，还能让人稍许体会到时代的气息。这家历经了三代传承下来的布料批发行里，依然残留有暖帘[1]和围裙，给人一种旧式的感觉。

一大早，星野花江一到公司就去警备科取走了董事长办公室的备用钥匙。上了四楼，先用自己的钥匙打开秘书室房门。她匆匆放下手拎包，脱下外套挂起来，马上用备用钥匙打开董事长办公室的门。这时，等候在走廊上的两名清洁女工就会进去打扫地板和待客桌等。董事长的办公桌面则要由她亲自来擦拭。董事长的办公桌及周边放着许多资料文件，清洁人员一概不能接触。

每个星期六，董事长通常要下午四点过后才来上班。那之前，董事长要去赛马场。因此，秘书星野花江星期六一般要在公司里待到六点左右。假如有事的话，说不定还会拖到更晚。可

1　传统日式料理店门口挂着的布门帘。

是，她却丝毫不以为苦，反以为乐。

董事长米村重一郎目前养了七匹赛马。从五年前开始他就沉迷于这项爱好了。最初不过养了三匹，去年曾一度达到十匹，都寄养在口碑甚佳的涩川马舍里。目前所养的七匹当中，有四匹是血统纯正的所谓纯血赛马，还有三匹是在马匹年满三岁之际抽中的抽签赛马。大锦正是那四匹纯血赛马之一。

米村董事长的马主朋友并不仅限于布料批发行业，也包括其他行业里的老板，大家每人手里都有五六匹赛马。其中，关系最为密切的马主之间还会对彼此赛马的消息互通有无。

米村董事长跟马主们互通消息，多数是通过电话进行的。

外线电话都要通过交换台转接到秘书室的星野花江那里。

哪个哪个公司的什么什么人，或是谁谁要找董事长之类的，接线员会口齿伶俐地转接过来。假如董事长在公司里，她就会按下桌上白色电话机的按键，询问一下电话接通到董事长办公室是否合适。如果董事长说可以，她就会按下转换键，再把听筒放回原处。等董事长通话结束时，电话机上的通话指示灯就会自动熄灭。

假如董事长说不方便接听，秘书还要设法找个借口婉拒对方。婉拒的借口一般有几种类型，使用频率最高的自然是“不在”。可以跟对方说，没有问过董事长几时才能回来。如果董事长真心不想理会对方，每天只要重复这样的话就可以了：我已经向董事长转达过您的来电了，还未收到董事长的回复。几次下来，对方就会渐渐心生恼怒，不再打电话来了。

董事长确实不在的话，她就会向对方询问一下具体事宜。至于内容，大多她都能了然于心。之所以这样说，是因为精明能干的秘书通常都会一定程度介入董事长的事务……董事长出门前，通常都要交代一下秘书如何回复外出中可能打来的电话。这种情况与管理部门的负责人之间打交道不同，往往私人因素会或多或少更强一些。

有些董事长对于秘书的越俎代庖可能会感到不快，但这一点上星野花江总是对分寸把握得恰到好处。对董事长的任何私事，她都不会表现出特别的兴趣，言谈举止自始至终保持着办公的态度和镇定的情绪，十年如一日。

董事长对这位守口如瓶的秘书也是信赖有加。她与普通员工之间几无往来，向来独来独往的行事风格更是深得董事长的欢心。

事实上，米村董事长也曾经考虑过星野花江的终身大事，背地里多次想要为她牵线，帮她寻求姻缘。物色的对象里甚至还包括了公司的内部员工。可是，都没能如愿。董事长心里也十分清楚屡屡被拒的原因，因此，他彻底放弃了这个念头。从董事长私心来讲，也未尝没有想过再招一名年轻貌美的秘书过来，可是对于如此忠心不二的秘书，他也实在舍不得放手。

星野花江对董事长交际圈内各人的名字基本上都已熟知。对方也听惯了她在电话里的说话声音，尤其是董事长的马主朋友们。

虽说米村董事长的马主朋友多是同行业的老板，但彼此互通手里赛马消息的只有四五个人。所不同之处是，其中还包括了一名地产老板和一名妇科医生。

似乎多数马主对自己养的赛马都不抱什么信心。驯马师、骑手、马舍的舍务员们倒是在设法让马主们对自己的马匹充满信心。可是，只要不是相当具有实力的马匹，马主们并不愿意相信。他们买入自己的赛马马券通常都是为了表示一下心意，一般也不会买入太多。

相反，对于其他人养的马匹的消息，他们反而可以客观地接受。若说到那些消息资料，除了所谓的“马舍消息”外，基本都是由赛马专家和马报记者们提供的。

喜欢买入马券的马主们与朋友分享着彼此手里的消息，从中再相应地做出周密的分析。

通过电话进行的消息互通，大多数情况下仅有双方在场。米村董事长一旦单独待在办公室里，就会使用些内行专用的术语来跟对方交流。

例如说：“哈曼最近吃得实在太细了。也分开喂了，可是不太好上笼头，可能是长了狼牙吧。这是听某某说的。”

这句话其实是这样的意思：“从赛事前两周就开始给马匹喂食优质燕麦了。可是，日本的燕麦，原本马匹一天能吃下八升，现在却吃不下那么多了。平常都是分开三次喂食的，现在分成五六次喂食也还是不肯吃。马匹罩上笼头之后，不管怎么拉也不肯好好走路，恐怕是因为长了狼牙（马匹的龅牙）。”

这应该是从驯马师或是舍务员那里得来的一手消息。

狼牙从外表是完全看不出来的，要舍务员把手伸进马匹的嘴里仔细检查才能够知道。由于马匹的食量减少，原本480公斤的体重骤降了20公斤，只有460公斤了。这样恐怕很难发挥出实力。

而需要把手伸进马嘴里才能检查到的狼牙，对于那些只有机会摸摸马背的马报记者来说，是没有可能发现的。

也因此，报上就会有这样的预测报道出来：“上次赛事中后来居上的哈曼本场状态依然绝佳，障碍赛也正是其反超其他马匹的绝佳时机。滨田王的成绩也超过了上次，它那擅长沙土跑马道的飞毛腿看上去跃跃欲试。此外，实力正处上升期的艾斯塔德和米兰主力也颇为引人注目。本次赛事必将是一场激烈的鏖战。”

这样看来，哈曼就是最具实力的赛马了，也会被舆论视为夺冠的大热门。

下午四点半左右，米村董事长从外面回到了公司里。

星野花江被一个直通电话叫到董事长办公室里。这位正值壮年的第三代董事长重一郎，正红光满面地坐在硕大的办公桌前。

“今天的电话情况怎么样？”

星野花江看看手里拿着的便笺。

今天上午十点到现在，共有十二个电话是找董事长的。由于今天是星期六，电话也比平常要少一些，全部都是关于业务上的。她按照时间先后顺序，依次汇报了一下。其中，多半对方都是说，既然董事长不在，那就下周一再打电话过来。当中也有个别人简单地讲了一点具体的内容，她把那些内容也简要地跟董事长做了汇报。

米村董事长一边嗯嗯地点头，一边听着。他那张鹅蛋脸，与挂在墙上的第一代董事长重左卫门的肖像画以及第二代的青铜半身像看上去毫无二致。看起来，鹅蛋脸完美地体现了米村家族的纯正血统。可是，也正因太过纯正，反而让人觉得有些莫名的滑稽。

“其他的呢？”董事长听完以上汇报后发问道。

“只有这些了。”

董事长所问的“其他的”，是指业务内容以外的电话。换句话说，也就是跟赛马有关的电话。

“我要在这里待到六点，也辛苦你留到那个时候吧。”

“好的。”

“部长都有谁在？”

“除了女装部长去大阪出差了以外，全都在公司里呢。”

“叫企划部长来一下。”

星野花江回到座位上拿起内线电话，向企划部长传达了指令。

由于当天是星期六，大部分员工下午三点就已下班，正面大门口处的卷闸门也已落下。整个公司里面静悄悄的。既然董事长四点半才来公司，各个部长过了下班时间也不得不留在公司里面。

企划部长走进董事长办公室里。当然，里面说话的声音是听不见的。与秘书室之间相隔的房门相当厚实，而且董事长的办公桌位于窗边，离门口还有相当一段距离。

五点钟，星野花江面前的按键式电话机响了。

“北陆纺织企业工会的堀越理事打来电话，找董事长。”

电话里传来了警备科的男人声音。交换台的人三点钟也已经下班了。

“接进来。”董事长对负责转接的花江说道。

星野花江把电话转接到了董事长办公室，又把自己耳边的听筒放回原处。键盘上，董事长办公室的位置亮起正在通话的指示灯，这边的小灯随之熄灭了。

福井那边的纺织工会理事与赛马毫无关联。此刻，她对于董事长办公室的指示灯亮起全无半点兴趣。

秘书室的按键式电话机上，董事长办公室的通话指示灯亮了三分钟左右后熄灭了。

过了一分钟，警备科的人又打来电话。

“关东纺织的山崎董事长打来电话，找董事长。”

星野花江拨通了董事长办公室的电话。

“什么事？”董事长立刻就接听了。

“关东纺织的山崎董事长找您。”

“接进来。”

外线电话被转接进了董事长办公室。董事长办公室的指示灯亮了。可是，这一次她却没有放下听筒，这边的指示灯也依然亮着。

“我是山崎，昨天失敬了。”话音听上去很是快活。

“呀！你好。”米村董事长也发出爽朗的笑声回应道。

“干脆直说了吧，明天参加第七场比赛的日出杯应该来不了啦。”山崎董事长说道。

“哦？为什么？”米村董事长问道。

“刚才仓谷打来电话说，日出杯坨儿太软。马匹太年轻，性子过烈。看样子，临比赛前就要过完节了啊。”

“哦。原本舆论可是说，日出杯是这次四岁马里最有实力的马匹啊。”

“我原本也以为是这样的呢。”

“那可真是意外啊。还有吗？”

“还有……”

突然，与董事长办公室之间相隔的房门处有人影晃动，星野花江迅速将听筒从耳边拿开，放回原处。

“星野，倒点茶来。”企划部长从门口探出头来说道。

“好的，马上来。”

她连忙找出两只红茶专用的茶杯。企划部长的头立刻缩回去了，似乎并没有注意到自己放回听筒的动作。好险啊。

日出杯一向口碑上佳，因为父母双方都血统优良。可是，由于比赛经验不多，导致赛前过于紧张，粪便也格外稀软。马匹太敏感，赛前处于亢奋状态的话，一旦参加比赛，实力就很有可能大打折扣。这种在赛前马匹就耗完力气的情况，叫作“过完节了”。

星野花江往两只茶杯里放入小小的红茶茶包，一边拿热水壶冲热水进去，一边暗自解读着刚才听到的专业术语。这些都是她通过经验在偷听的过程中总结出来的。

今天晚上一定要抓紧时间通知会员们：“明天日出杯不来了。”

心生疑窦

米村重一郎隐隐感到董事长办公室的电话被秘书星野花江偷听了。并且，偷听的还并非业务上的事宜，而是交流赛马消息的电话。

董事长办公室里的电话一向要通过秘书室来接听。从外面打进来时自不必说，自己打出去时也要找秘书帮忙。

自己的办公室里没有安装外线电话，这的确是当初考虑不周。然而，米村重一郎对此事却无能为力。因为，早从第二代起就已经规定好了，董事长办公室里的电话内容全都要与公司业务相关。第二代继承发扬了第一代的事业，奠定了今天日东商会的基础，一生都在拼搏奋斗，丝毫不去追求个人享乐。也因此，根本不需要为了回避秘书而设置专用的外线电话。

那么，第三代重一郎也必须无条件接受父亲留下来的方针。如同继承公司的经营方针一样，办公室里的电话系统也丝毫不能加以改变。首先，要改变就得当着全体员工的面。假如要在自己的办公室里增设外线电话，很可能会被员工认为自己是为了接打一些不想被人听到的私人电话才那么做的。而重一郎有责任让外人觉得，董事长办公室里的电话当然只能专用于公司的业务。

当然，除掉鹅蛋脸的外貌以外，重一郎并没有继承第二代的刻苦勤勉。他在吃喝玩乐方面虽不至于奢靡无度，却与常人并无两样。例如说，第二代对于赛马之类的娱乐一向是不屑的，而他手里却养了好几匹赛马。此外，他甚至有交往密切的异性。

口风极紧的星野花江作为秘书来讲，堪称无可挑剔。不论是有女性从外面打来电话，还是其他个人私事，她都一概不会向人透露半个字。也因此，重一郎格外信任她。秘书室里只用了她一人，没有加派其他人手，也是出于这个原因。如果是她，某种程度上甚至自己的私事也可以代劳。

重一郎突然意识到赛马方面的电话内容可能被星野花江偷听了，是在一个多月前。秘书室的电话虽然转接到了董事长办公室里，可是，只要把听筒继续放在耳边，秘书就能旁听到所有的通话内容。秘书按下按键把电话转接到董事长办公室里，董事长办公室的位置就会亮起正在通话的指示灯。可是，只要秘书那边不放下听筒继续偷听，她那边的指示灯也同样是亮着的。

然而，坐在一门之隔的董事长办公室里，根本看不见秘书室的情形。尽管这边的电话正在通话中，那边电话机上另一个指示灯也很可能并没有熄灭，还在亮着。只可惜，这种情况他是无从查证的。

尽管如此，米村重一郎一面在董事长办公室里交流着赛马消息，一面却隐约觉得通话内容很有可能正在被秘书星野花江偷听着。这是十年来第一次，他对这名女秘书产生了怀疑。

实际上，就在星期六傍晚五点左右，关东纺织的山崎董事长打来电话提到日出杯“过节”时，坐在一旁的企划部长曾经突然打开秘书室的门，要星野花江帮忙倒茶来着。

“我没看见星野当时是不是把听筒从耳边拿开放回原处。不过，也有可能是因为她意识到了我要过去，就在开门之前把听筒迅速放下了。要说她当时，看起来神色的确有些慌张。”

过后，企划部长悄悄对董事长这样说道。

“那就是说，你并不知道你过去之前，那部电话机上的指示灯是不是还亮着？”

重一郎双手托腮问道。正因为预料到那个时间山崎很可能会打电话来，他才灵机一动，叫来了企划部长。

“当时听筒是放下的，指示灯也是灭的。可是，我过去之前是不是亮着的，还真不能确定。”

“是吗？”

“星野会出于什么样的动机，要偷听董事长您的电话呢？”

“哎呀，还没有搞清楚到底有没有偷听呢。”

“那我来严肃地提醒她一下吧。”

“不要无事生非了。”

董事长喝止住了企划部长一片忠心的提议。

显然，这样做无凭无据。万一提醒得不好，还有可能被星野花江反咬一口。毕竟董事长在私人电话方面也有些把柄握在秘书手里。越是信任对方，落在对方手上的把柄也就会越多。

“你有没有听说，星野星期日会去看赛马场里的比赛，或是在什么场外投注的地方买过马券之类的呢？”

“这个嘛，我倒是不清楚。我私下悄悄问问员工吧。”

“嗯，记住不要声张。”

“星野生性孤僻，还不知道公司内部有没有跟她亲密到了解这些情况的人呢。”

三天后，企划部长在公司外面跟董事长当面汇报说：“公司内部没有任何人听说星野买过马券什么的。不过，她也没有什么朋友能关系亲密到了解她的私生活。只知道星野向员工放高利贷的事。”

星野花江向员工们放贷，借些小钱帮人通融，这种事并不会扰乱公司的风纪和规矩。董事长重一郎对此事也毫不关注。让他放不下的，是对她是否偷听赛马消息的电话的怀疑。

这一怀疑必须趁早解决掉。不然，总是像梅雨季里的阴霾笼罩在心头，这种感觉实在是让人不快。

第二个星期，星期五下午四点左右，坐在董事长办公室里的重一郎接到了秘书的电话。

“娱乐晚报吉原先生来电找您，怎么处理呢？”

吉原是那份报纸专门负责赛马的记者。

“接进来。”

听筒里传来吉原那副含混不清的嗓音，仿佛喉咙坏掉了一般。

“董事长吗？我是吉原。”

“啊，你好。”

“我直说了吧，明天要参加中山第五场的光王恐怕没戏了。”

“哦，怎么了？”

“星期日跑出106，前天冲刺纪录也有37秒，可是……”

“……”

重一郎把话筒重重地抵在耳边。或许是心理作用，他总觉得声音不够清晰。据说，电话被偷听时，灵敏度也会降低一些。

“喂，喂。听得见吗？”

“嗯，听得见。”

“所以说，前天的冲刺成绩，刚才也说了有37秒。可是训练后，看马匹喘气的样子好像不行了啊。”

“那就是说，光王在星期日的训练中跑出了106秒的好成绩，前天最后冲刺的三弗隆也有37秒，成绩都还不错。可是，看训练结束后喘气的样子不太行。那么，难道是有什么问题吗？”

“是啊，就是这样的。”

“那么，导致问题的原因有什么线索吗？”

“能想得到的原因……”

“稍等。”

重一郎将听筒横放在桌上，猛地从座椅上站起身，大步流星地走了出去，打开秘书室的门。

星野花江正在那里检查发票联。她桌上的电话听筒是挂好的，指示灯也是熄灭的，只有董事长办公室的橙色指示灯还亮着，显示正在通话中。

“没有香烟了，去帮我买两包来。”

星野花江接过钱离开了房间，重一郎立刻把秘书桌上的电话指示灯按在自己的手心里。上面还残留着余温。看来，指示灯刚才一直是亮着的。

星野花江果然在偷听。

星期二下午两点左右，米村重一郎搭出租车去了一家位于皇居前的酒店。

进门处侧面大堂的椅子上并排坐着一些客人。其中一名身材高瘦纤弱的男子迅速站起身，走到了重一郎近前。他在离重一郎三步远的地方停了下来，毕恭毕敬地鞠躬致意道："董事长，敝人是八田。"

"啊，你好，你好。好久不见啦。"

重一郎笑眯眯地望着对方的脸，微笑里透着一丝居高临下的气势。

"啊。多谢您关照了。平常，敝公司都是通过平和服饰接到贵公司的订单业务啊。"八田英吉不断地敬礼致意道。

"你受累了。"

"哪里哪里。我们公司能间接跟董事长的公司合作，真是无比荣幸和感谢啊。每次接到贵公司的订单，我们都会认真工作，还会请平和服饰堀内董事长帮忙仔细核查，尽量做到万无一失，您看可以吗？不知货品您是否还满意？"

"呀！没问题。"

重一郎随意评论着那些根本没有亲自过目的货品。

"那真是太感谢您了。"

八田英吉再一次深深地低下了头。

日东商会的女装部有家承包商——制衣工厂平和服饰。平和服饰下面还有个二级承包商，正是八田英吉的城东洋服店，店里专门承接成品女装裙子的缝制工作。通常，要先由平和服饰与日东商会女装部商议后确定好款型，然后由平和服饰负责剪裁。平和的员工大概有六十人，而八田英吉的城东洋服店里则只雇有十来个制衣女工。

重一郎把这名二级承包商店主请到了咖啡厅的桌旁。落座之后的八田英吉依然诚惶诚恐。他与平和服饰的老板倒是时常见面，但跟再上一层的委托公司老板见面就少之又少了，更何况还被对方主动约到酒店里来，真是始料未及。

城东洋服店主要仰仗平和服饰提供的日东商会业务。假若日东商会直接出面断绝这份业务往来，自己可就吃不了兜着走了。因此，三十四岁的八田英吉那张细长的脸上，可以明显看到惴惴不安的表情。原本，他就是一名给人感觉柔弱温顺的男子。

重一郎喝着咖啡，和颜悦色地跟他闲聊了一阵，只为打消他的不安情绪。之后，重一郎开口问道："你有没有时常给我们公司打来电话呢？"

"啊。实在是抱歉。敝人一直是跟平和服饰直接打交道的，我们知道贵公司的规矩。"

八田英吉惶恐地挠着头。在重一郎看来，似乎八田英吉误会了自己的话。

"不，不是的。我说的不是那个意思。"米村重一郎企图纠正八田英吉的误解，"你应该没有给我们公司的女秘书打过电话吧，我就是想确认一下这个事情。"

"啊？"

八田英吉愣愣地望着重一郎，不知为何涨红了脸，用力地摇着头。

"本人绝对没有给董事长的女秘书打过电话。那种事情，敝人也做不出来的。"

看来，八田英吉是再一次误会了。他似乎是以为自己被怀疑打电话去勾搭对方的女秘书了。

“不，我想问的是，你有没有给秘书打电话找过我呢？当然了，是因为公司的业务。我好像不记得跟你通过电话吧。”

“是的，的确一次也没有给董事长您打过电话。敝人不敢做出那么冒昧的事情。从来没有让董事长秘书给您转接过电话。”

由于一再误会了对方的话，八田英吉的眼圈都红了。

“是啊，我也是这么觉得的。”

米村重一郎拿出一根香烟叼在嘴上。八田英吉连忙打开打火机，凑过来点上了。重一郎吐着烟圈，合上双眼，陷入了沉思……

星野花江的工作内容多半是接听电话。因此，她对对方说话声音的熟悉程度不亚于接线员。倘若今后跟八田英吉电话联系时，被花江听出对方是二级承包商城东洋服店的老板八田英吉，可就麻烦了。只有对她来说完全陌生的声音，才是最合适的条件。

事实上，重一郎也曾经一度犹豫，不知今后究竟应该找谁来进行这项调查。也不是没有想过聘个私家侦探什么的。可是，不论外面那些人多么专业，找他们来总不是件光彩的事。说起来，此事还关乎自己的体面。别看公司的销售业绩平平，自己手里却养了六七匹赛马。更何况自己手下的女秘书还偷听电话，把赛马消息拿去不知做了何用。他可不想因为这种糗事闹得满城风雨。怎么可能特地聘请外面的调查人员来解开谜团呢？自己也不是没有隐约听说过那些民间调查机构里的内幕情况。

尽管如此，这种事情也没有办法指派公司的内部人员去做。更不好找那些一级承包商，比如说，平和服饰老板堀内那样的人。那些人给秘书星野花江打电话的次数实在是太频繁了。

若说既是外面的人，又肯忠实地执行这个要求，还愿意帮自己保守秘密，就只能是城东洋服店的八田英吉之流了。像他这种人，既跟日东商会有关联，作为二级承包商，又要彻彻底底地依赖于日东商会。假如他被自己抛弃，那可是关乎公司的生死。忠实地完成这个任务，正是对日东商会表现忠诚的大好时机——重一郎最初想到八田英吉的时候，忍不住要为自己的机智拍手称快。

果然不出所料，八田英吉二话没说就应承下了自己的要求。非但如此，他那张瘦弱的脸上还满是谢意，深深地低下头去表示感谢。

“您能把如此重任托付给敝人，实在是三生有幸啊。敝人一定会效犬马之劳的。”

对于委托公司老板能当面给自己下令，他的声音里充满着感激。

“啊，也算不上多大的重任。只不过是有些在意，就想麻烦你调查一下。不过呢，下次你要是来电跟我汇报的话，用八田这个名字可不大方便啊。还是要通过那个秘书星野花江本人来转接的。”

“的确如此。那么，既然这里刚好是皇居前，为了纪念今天的谈话，我就叫宫城吧，您看怎么样呢？皇居就是宫城，就是宫城县的宫城。”八田英吉提议道。

“宫城？果然有些意思。你还是很有脑子的嘛。”重一郎夸奖道。

“您过奖了。那么，我在电话里向您汇报可以吗？”

“不，那可不方便，很可能会被星野偷听到。就商量一下见面汇报的时间好了。见面地点还是这里比较合适。”

“明白了。那我就自称是高尔夫杂志的编辑宫城吧。”

“好啊。不过呢，一定要保密。”

“这个敝人完全清楚。”

谈话圆满地结束了。

两人一道走出了酒店的大门。重一郎走向正在门口候客的出租车。八田英吉那副豆芽菜般纤细瘦弱的身材走向了广场的停车场方向，走起路来还有些内八字。他是自己开车来的。

重一郎坐在出租车上隔窗向外看去，只见八田英吉正拿出汽车钥匙，插进一辆灰色中型汽车的车门。

出租车开过跟前时，正打开私家车门的八田英吉转过身来，朝出租车上的重一郎鞠躬致意，举止看上去温和有礼。

第三个星期的星期一上午十一点前后，米村重一郎耳边传来了星野花江的声音：“高尔夫杂志有位编辑宫城先生打来电话找您，该怎么处理呢？”

重一郎一想到这通电话其实是调查她本人的，连耳根都发痒起来。

“接进来。”

他听见电话转接的声音。

“喂，您好。敝人是宫城。”

电话里传来二级承包商的声音，重一郎眼前浮现出先前见到的那张瘦弱的脸。

“啊，你好。”

“请问，几点钟能跟董事长您见上一面呢？”

“哦，你稍等。”

他瞄了一眼桌上的日程表。今天下午一点半之后公司内部有个促销会议，只要赶在那之前回到公司就好了。

“那就十二点十分吧。”

“十二点十分是吗？好的。”

电话随即挂断了。

只是短短几句对话，似乎星野花江在转接过程中也并未有所察觉。之后，又因其他事情喊她进来时，她脸上的表情也毫无异样。

星野花江这人，尽管在态度上多少带着些冷淡，完全没有女性的娇柔妩媚，可一旦处理起熟悉的工作来，绝对干净利落，严守各项秘密，不越雷池半步。对于这样一名秘书，董事长实在不忍放弃。即便她当真偷听了电话，只要没有造成太大的损失，他也打算默许了。可是，为此他首先要了解清楚事实真相究竟是怎样的。

十二点二十分，重一郎走进皇居前的酒店里。八田英吉瘦弱的身影从大厅里站起来，向他鞠躬致意道：“董事长，您好，叨扰您了。”

“辛苦啦。”

重一郎喊他一起坐上电梯，两人来到了顶层的餐厅里。

点过菜之后，服务生就离开了。这种破格的礼遇让八田英吉受宠若惊，他再一次毕恭毕敬地道了谢。

之后，他开口说道，经过对星野花江周边将近三个星期的私密调查，可以得知的是，她既没有去过赛马场，也没有在任何场外的投注处买过马券。另外，据说她也没有什么喜好赛马或是买马券的朋友。

只不过，就在自己尾随她回家的时候，发现她经常会在车站等处购买马报。不买马券的人居然会这样做，实在是有些不合情理。

“要说到比较奇怪的事情嘛……”八田英吉略微睁大了温顺的双眼说道。

“就是星野花江的电话……自从上次董事长您告诉我她家里的电话号码后，前几天我突发奇想，晚上八点钟左右试着拨了过去。结果却是占线状态，正在通话中。既然是通话中，星野确定无疑已经回到家中了。因为，没有别人跟她同住。”

八田英吉继续向重一郎说道：“……之后我又连续拨过去多次，对方却始终占线。女人打电话的时间通常都会久一些。可是，那天居然连续两个多小时都是占线状态。”

“两个多小时？其间对方的电话一次也没有空下来过吗？”重一郎擦拭着被汤汁浸湿的嘴角问道。

“不，我打了有七八次，其中只有两次感觉是星野本人接听的声音。一次我说打错了，就马上挂断了。还有一次我没出声，直接挂掉了。其他几次全部都是占线状态。对了，那天刚好是星期五的晚上。于是，第二天星期六早上和晚上，我又分别打了过去，居然还是占线状态。我说的早上，主要是指七点到八点刚过的那段时间吧。”

八田英吉也用餐巾一角擦拭着嘴角，继续说道：“之后，上个星期我也给星野家里打过电话。星期一到星期三之间，电话就可以正常接通。也就是说，我拨通之后可以听到接通的铃声。”

“你这么做的话，星野不就会接听电话了吗？”

“没事的，听到铃声我就会马上挂断。丁零响过一声之后马上就断，一般都是打错的电话。这种情况也是常有的。”

重一郎用餐刀切着盘子里的肉。

“然后，从星期四晚上开始，星野家里的电话就突然多了起来。星期五和星期六一直是占线状态，就连早上都是占线状态。”

“董事长，这究竟是怎么回事呢？”八田英吉一面学着重一郎的动作，用餐刀切着肉，一面说道。

“这个嘛……”

重一郎也有些疑惑不解。这时，承包商停下了手里的餐刀，垂下眼睛淡定地说道：“中央赛马的比赛日是在每个星期六和星期日，这一点想必董事长您也清楚。这两天必定会在某个赛马场举行比赛的。除了东京、中山和关西举行的天皇杯和菊花杯等大型比赛之外，关东的场外投注处也能买得到新潟、福岛等地方赛马的马券。那些星期六、日的赛马预测，不就是要在两天前的星期四左右进行吗？”

“欸？这么说的话，你……”

重一郎紧紧地盯住八田英吉的脸。

根据八田英吉的一番说辞，秘书星野花江兼职做赛马预测这事已经基本属实了，重一郎低声哼了一下。

英吉的推测是这样的：假设董事长在电话中与马主或马舍人员交流参赛马匹的情况时，被星野花江偷听到了，那么，一旦这个假设成立，她家里的电话从赛马开赛日前两天开始早晚都持续占线的谜团，就可以迎刃而解了。

秘书大概是把偷听到的内容拿去做了赛马结果的预测，再通过电话告知各方人员。这一点，从她从不踏足赛马场，也不会瞄一眼场外投注处，却在车站内的小卖店频频购买马报的事实，也可以推断得知。

她致电的对象应该不会是极个别的朋友或熟人之类的。每个星期不但需要固定时间打电话，通话时长还很久，说明不只是打给一个人，而应当是轮番打给了很多人。也因此，这种通知消息的方式恐怕已经接近专业的级别了吧。

她也不可能以许多不固定的“客户”为对象。因此，很可能是固定的会员制度。或许，会费是按月收取的。按个人的推测来说——英吉说道——会有三十人到四十人。

听说，星野秘书在金钱方面极其执着，吃穿用度事事都俭省节约。既无私下的人际交往，又会把存款拿去以每月七分利向员工们放贷。若是以她这种爱财如命的性格推断，通过会员制度做赛马消息兼职的可能性也就相当大了。

“嗯……基本上就是这样一种猜想吧。”

八田英吉说完这番话时，盘子里的肉也被消灭一空了。

让重一郎不得不佩服的，是星野花江这种近乎天衣无缝的做法。由于并未造成实际损失，倒也称不上是养虎为患，可自己脸上也的确有种火辣辣的感觉。

“有什么对策吗？”八田英吉以一种秘不可宣的口吻问道。

“这个嘛……”

没有办法以此为理由从正面责怪她什么。连董事长自己也会时不时获取和交流这些赛马的消息。加之，她也并没有泄露任何公司内部的机密。做了这么久的秘书，一次这样的疏漏她也没有发生过。

她孤身一人，所能依靠的大概也只有金钱了吧。干脆睁一只眼闭一只眼算了，重一郎一度也曾这样想过。

“佐田先生来电找您。”

听筒里传来星野花江的说话声。

“接进来。”

佐田是专门负责赛马场马舍的兽医。重一郎随即条件反射地把便笺纸抓在了手里。

“呀！米村先生。”

电话里传来兽医开朗的声音。

“哎呀，医生。您很忙吧？”

“后天开始就有府中赛了。”

“辛苦啦。”

“话说，是光王子的事……”

“嗯嗯。”重一郎答道。可是，一想到这通电话很有可能正被隔壁房间里的星野花江通过另一个听筒偷听，心情可就不大舒畅了。光王子正是他所养的一匹赛马。

“今天早上检查过了，好像听到不太对劲。”

“啊？”

“训练之后给它做了检查，好像心音不太正常。可能是过度疲劳了吧。”

“啊啊。”

“今天早上训练的时候它还跑出了第一名的成绩呢。可能是训练强度太大了。以后应当会受到舆论追捧的。不过，这次您最好不要寄予太高的希望。”

“多谢您了，医生。”

“那，再见了。”

对方的声音断了。重一郎仍然把听筒放在耳边，没有移开。

隔壁的秘书室里，星野花江有没有听到刚才这番话呢？她面前那部按键电话机上，两个指示灯都是亮着的吗？要是现在马上去隔壁查看，应该已经有一只灭了的。可是如果用手心按一按，一定还留有余温吧。

重一郎放下听筒，支起手肘，双手交叉放在前额上。

应该会像八田英吉所说的那样，秘书今晚回到家后就要依次给“会员”家里致电了吧：

“光王子这次赢不了了。据说，训练之后兽医检查的结果说是心率太弱。可能是过度疲劳了吧。”

光王子是自己养的赛马。也正因为这个理由，董事长心头涌起一股不快。自己养的赛马就跟自己的家人没什么两样。她却要把这匹马即将输掉的事情向各个会员通风报信。而且，还要通过这个行为捞外快。

“得想点办法了。”他喃喃道，当然这也是因为心中十分恼火。

只是，重一郎并不知道的是，秘书通过这一兼职，每个月竟然能赚取差不多三十万日元的外快。

应对策略

当天下午两点左右，米村重一郎在公司外面给城东洋服店的八田英吉打了个电话，叫他一小时后赶到皇居前的酒店里来。

等他到了酒店的时候，大厅里早已有八田英吉那瘦弱的身影在等候了。两人从大厅里走到咖啡厅的桌前落座。

“之前跟你说过的那件事，啊，就是，秘书偷听我的电话把赛马消息拿去兼职一事……”

“嗯。我汇报了那件事，可能对星野小姐影响不太好啊。”八田英吉胆怯地垂下双眼，轻声说道。

“哪里，没事的。只不过，这个问题我也实在不知如何处理才好。假如星野小姐的行为曝光的话，当然对她本人影响不好了。而且，恐怕也会有损我的颜面啊。”

“的确如此。”

“所以呢，我在考虑能不能想点什么办法，既不伤害当事人的面子，又能让她不再染指这样的事情。”

于是，八田英吉也和重一郎一起冥思苦想了起来。

“董事长，往秘书室里再安插一名秘书怎么样？那样的话，我想星野小姐也就不敢造次了吧。”

其实，这个办法重一郎未尝没有想过。可是，要想实现却绝非易事。现在突然毫无来由地把秘书增加到两人，星野花江那根敏感的神经一定会受到触动的。女人嘛，心理都是异常细腻的。尤其像星野花江那种内敛沉闷的性格，又会不同于常人。作为他个人，私心里并不想掀起星野花江心理上太大的波澜。假如对方暗地里对抗自己，工作可就不好进行了。再加上，他还有部分商业机密和个人隐私握在她的手里呢。

“增加秘书一事，目前尚有困难。”重一郎答道。于是，八田英吉双眼直直地盯着放在面前的咖啡，又陷入了苦苦的思索当中。

“那么，董事长，您看这个提议是否可行呢？”他抬起柔弱的双眼，说道，“星野小姐给一些疑似会员的人致电提供赛马消息，这事儿恐怕已成事实。所以，我觉得下次可以找个马主事先商量好，让对方故意在电话里散播些错误的消息出去。”

“嗯？”

“我想，星野小姐偷听到之后一定会把原话转告给会员的。因为消息本来就是假的嘛，自然也就没有可能中彩了。这样的事情重复个五六次下来，会员们也就不会愿意继续相信星野小姐提供的消息，就会逐渐地主动退会了吧。那样一来，我想星野小姐的兼职应该也就没有可能持续下去了。”

这可真是一招绝妙好棋啊，重一郎心里暗忖道。

找马主朋友故意放出些错误的消息，这委实是个好主意。重一郎立刻接受了八田英吉的提议。

“不过呢，董事长，不管是马主也好，马舍员工也好，要用怎样的理由让他们在电话里把假消息放出去呢？要是找他们帮忙，不就得把星野小姐偷听电话、泄露消息的事和盘托出了吗？”

八田英吉一方面为自己的提议被重一郎采纳感到欣喜，另一方面又担心起下一步的实施来。

“这一点就用不着担心了，八田。马主也好，马舍那边的员工也好，当中爱开玩笑的人可是不在少数呢。”重一郎喜笑颜开地说道。

“是吗？原来各位都是些幽默人士啊。”

“是啊。都是些相当机智幽默的人呢。”

虽说就因为机智幽默而牺牲掉星野花江的外快兼职，的确有些让人于心不忍，可这也是无奈之举啊，重一郎心想。

谈话结束了，重一郎抬手看了眼手腕上的表。八田英吉慌忙欠了欠身，为叨扰了公务在身的重一郎致歉。

“哎呀，应该是我道歉嘛，八田。这回委屈你帮忙做这些事，改日一定会好好致谢的。”

“哪里哪里，董事长。平日里承蒙贵公司多方关照了。区区小事，何足挂齿。这对您的恩情连百分之一都报答不上啊。敝人只是通过这次机会，为您尽心效劳而已。”这名彻底依赖于日东商会订单的二级承包商店主柔弱的双眼里透出真挚的目光，说道。

“谢啦。我也会在堀内面前替你们美言几句的。”

堀内就是一级承包商平和服饰的老板。八田英吉一向通过他们公司承接业务。重一郎既然承诺说，要帮城东洋服店向堀内美言几句，自然没有比这更有保障的好事了。

“太感谢了，太感谢了。”

八田英吉双手扶在桌上，深深地鞠了几次躬。

来到酒店门外，八田英吉没有坐上停在外面的汽车，而是站在原地目送重一郎离开。

“这台车就是你的啊。”

重一郎打量着这台先前见过的灰色中型车。里面的驾驶位和副驾驶位都是可调节型的座椅，就是那种放倒后可以与后排座位连成一体形成卧铺的座椅。

这个月，星野花江依旧在临近月末的星期六午休时间，在离公司稍有一段距离处，坐上了一辆出租车。

此行是为了到“交易银行”里确认一下，以“滨井静枝”名义开立的普通账户上是否有会员转账过来。未转账的人下个月就不再致电通知了。

此刻，出租车上的电台里正转播着赛马。

似乎一场比赛刚刚结束，三名赛马评论员正与主持人评论着战绩。

就在评论期间，还公布了中彩的金额。

“单胜2号滨之寿是二百二十日元，复胜2号……连胜复式2–7是三百五十日元。”

星野花江蹙紧了眉头，这一次又预测失误了。自己一早就将“滨之寿”从冠亚军名单中划掉了。

在两个月前，情况可是截然相反的。

那个时候，光王子曾被舆论视为最具实力冲击冠亚军的赛马之一，可实际赛事当中根本没有入围。她的电话预测里也早就排除了光王子。因为，佐田兽医打给米村董事长的电话里已经说了，当天训练之后检查出心率太弱，训练强度太大，马匹有些过劳。

第二天的马报上，舆论也对光王子未能入围一事一片哗然。本以为马匹脱去脂肪是训练得当的结果，甚至连一位喜爱赛马的明星也在报上如是说。结果，那场比赛爆出特大冷门，连胜复式里出现了高达三千五百日元的大彩。

在预测上马失前蹄的评论家们为了保全自己的颜面，发表了各种不负责任的言论。所谓评论家，其实都是些事后诸葛亮，只不过为了自圆其说，就大放厥词。

由于花江当时的电话预测中已事先排除了光王子，会员们根据排除法从剩下的马匹中选择了自己的马券。其中，中得三千五百日元大彩的人应当不在少数。显然，会员们对她佩服得五体投地。只可惜这种声音她是听不到的。不过单是这样想想，她的心中也会感到满足。

可是，近两个月却有十次左右，预测都接连失误了。不论是马舍员工，还是马主，尽管她依旧坐在秘书室里听着他们向米村董事长来电透露相关消息，并在预测中排除状况不佳的马匹，可她预测出的马匹却经常出现夺得冠亚军的情况。

眼下，电台里宣布夺冠的滨之寿也是如此。先前明明听到负责它的舍务员——一名叫斋藤的中年男子亲自致电董事长说，“尽管马匹奔跑的速度仍然飞快，看不出实力上有什么不足，可实际上这场比赛毫无胜算”。

为何近来透露给米村董事长的消息会频频有误呢？

出租车开到了银行门口。

星野花江走进银行里。

她向熟悉的柜员询问“滨井静枝”的账户入账情况。

这个月转账过来的人共有十九名。

与上个月相比，少了七名。而且，上个月与上上个月相比，还要少掉五名。也就是说，上上个月原本有三十一名。在那之前，尽管上下有少许波动，也始终保持着平均三十名的人数。而眼下只剩下十九名转账者，这说明会员数目正在骤减。

走出银行，她推门进了附近一家咖啡店。相对于外面街道上的灼热，店内开放着冷气，一推门就有股凉爽沁入皮肤，使人感到舒适惬意。可她的心情却无论如何好转不起来。

她拿出记事本，盯着这个月没有转账过来的名单：

前谷惠一、奥田秀夫、长谷川隆助、平尾银藏、樋田幸雄、高桥由一、户田鸟太郎。

——再看看上一个月的：

土屋功一、细川直一、松田健造、荒木孝忠、冈部昭三。

——她的目光逐一掠过名单上的人名，耳边也一一回响起对方的话语声。通常，看到人名能回想起来的都是对方的模样，她却只能回想起对方的声音来。

“多谢您帮我赢了某某赛马的某日某场比赛。太感谢了。”

致电通知下一次比赛的消息时，多数人会这样向她表示谢意。

“您的消息实在是太准了。也不知是通过什么渠道得知的，比任何一家马报和预测专家的消息都让人信服。真是太惊人了，非常感谢。今后还请您多多提供消息。本来还觉得会费一个月一万日元有点高，现在觉得一点儿也不贵，真是物有所值啊。”

甚至有人这样说道。

有人说一个月一万日元的会费一点儿也不贵，那都是在预测命中率较高的情况下。现在既然不准了，会费自然也就显得太贵了。会员骤减也正是出于这一原因。命中率连续两个月下滑，必然是这样一种结果。买马券的人也是非常现实的。

“最近这女人的预测突然失去了通天的本事啊。”

仿佛能听到有人这样抱怨自己。

接下来的一个月里，如果预测还继续失误的话，会费入账还会越发减少的。那么，这项电话预测的兼职也就很难维持了。总有一日，会自行消亡的。

每个月要损失掉三十万日元的收入，对她来说可是个绝大的打击。想到这里，星野花江顿觉眼前一片漆黑。

为何给米村董事长通风报信的电话会变得如此不准了呢？

“好像训练强度太大了。比预计是快了三个点，可反超之后却吐了马草出来。”

舍务员向董事长转告的，是这样一条消息。可是，事实上后来的比赛中马匹竟然轻松地夺了冠。

此时，八田英吉正坐在咖啡店的一角，有如舔舐般用吸管吸着冰咖啡。他一面观察着坐在远处桌旁的星野花江，一面留心不被她发觉。

其实，他在星野花江正午时分走出日东商会拦下出租车之际，就坐在自己的车上盯着了。之后，又一路尾随她来到河对岸的银行里。

星野花江应当是采用了会员制度预测赛马结果，会费可能是通过银行转账的方式收取的，这本是他在听过董事长一席话之后做出的推测。

假如果真如此，她必定会去银行亲自查看入账情况。为了保护自己的兼职，不论是银行里的外勤人员亲自登门拜访，还是直接打电话给她，她都应当会严格禁止的。这么看来，星野花江到银行里确认当月的入账情况应当是在月末。于是，这几日，他一直在正午时分守候在那里。

一切果如他所料。从星野花江在银行内从外勤模样的人而并非柜员的手里接过纸条，到她出神地看着纸条，整个过程他都混在顾客中，紧紧地观察着。

摆在星野花江面前的冰淇淋几近融化，记事本也摊开来了。她手指托腮，神情若有所思。这名纤瘦的三十岁女子脸上，两颊凹陷，双眼细小，鼻头朝上，嘴唇单薄，头发稀少，略带卷曲，额头宽大。可以说，这是一名很典型的、不能让异性感受到丝毫魅力的单身女性。

可是，也正是因此，才让人清楚地看到，她是为了自己的晚年生活在拼命存钱，因而形成了以金钱为本的个人哲学。正是这种太过理性的性格使她看上去全无女性的气质和魅力。或者说，是她自己主动抗拒这些特质的。不过作为秘书，她倒是一位工作能力极强、人前不甘示弱的女性。

此刻，星野花江一脸沮丧地坐在咖啡店的椅子里，宛如遭受了巨大打击一般。这一幕也映入了八田英吉的眼帘。至于原因，他可以猜得八九不离十。毫无疑问，这一定是米村重一郎采纳了他的建议并付诸行动的结果。

星野花江保持这一状态足足有二十分钟之久。之后，她又似乎意识到了什么，瞄了一眼手表，将记事本收进手拎包里，迅速起身走向收款台。由于体格纤瘦，身上的连衣裙衬托得她身材十分苗条。她走到外面炎热的街上，伸手拦住了一辆出租车，上车离去。

八田英吉眼睁睁地错过了在咖啡店里接近她的大好时机。自己绝不能轻易找她搭话，这可是一名戒备心极强的女子。倘若过于贸然地行动，难免会招致失败。

下一个星期二的傍晚，八田英吉从日东商会门口暗暗跟在星野花江后面，坐地铁来到了秋叶原站的站台上。她在这里买了份体育晚报，报上登着赛马的报道。瞥了一眼报纸后，她就迅速折起来塞进了手拎包里。看来，是打算带回家中再慢慢仔细研究报道内容了。周围并没有一名异性的视线投向她。八田英吉也匆忙买了份马报的下周预测号。

他在小岩站尾随她走下了车站的楼梯。八田英吉此前通过电话号码簿查询过她的住址，却没有去过实地，因此打算一直紧跟不舍。来到站前广场上，她并没有搭乘巴士，而是向左侧走去。她横穿过广场，走进了一条两旁都是商铺的街道。

本以为她会沿着这条街一直走下去，不料她却转身进了一家灯光闪烁的弹子游戏房。

这让八田英吉实在大跌眼镜。他完全没有料到这名女子居然会进弹子游戏房。

他本以为，对于金钱极度现实和理性的星野花江是绝不会浪费一分钱的。虽说她会向喜爱赛马的人士提供预测，自己却连一张马券都没有买过。他还以为她对所有跟赌博沾边的东西都不屑一顾呢。

八田英吉转念一想，也说不定游戏房里有什么人约好了跟她见面。于是，他等了三分钟左右才走进游戏房。店内正播放着喧闹嘈杂的唱片音乐。正值下班高峰时间，店内人声鼎沸。穿过人群排成的队列，他看到星野花江正坐在一处游戏台对面的椅子上。

此时，八田英吉无处可坐，便站在稍远处望着她打弹子的情形。她的肩膀随着右手手指的移动很有节奏地起伏着，双眼紧紧盯着玻璃板内滚动的弹子移动的方向。显然，她的手法相当纯熟。从弹子盘内的弹子数目来看，她买了三百日元左右。

在八田英吉看来，星野花江这幅光景莫名地显得落寞，很是不可思议。可是，也并非不可理解。即便回到家中，她也照样是形单影只。公司里其他异性或同性也绝不会喊上她一道去喝喝茶什么的。如此独来独往，也只有不花什么大钱的弹子游戏，才可以给她带来片刻的放松吧。尤其是，近来她应当为会员骤减的事整日忧心忡忡的吧。

她一刻不停地打着弹子，似乎全神贯注于此事上面，仿佛为了忘记烦恼而全身心投入其中。或者说，看似心无旁骛地打着弹子，实际上心里却在盘算着为何近来赛马结果的预测不准了。

起初，她的状态相当不错，渐渐地却糟糕了起来。终于，盘里的弹子一个也不剩了。她站起身，又去买新的弹子。

星野花江买回了大约两百日元的弹子，重新开始了游戏。这时，她邻座的椅子也空出来了。八田英吉买了五百日元，在那里坐了下来。四周弥漫着香烟的雾气。

他对弹子游戏可是绝对自信的。很早以前他曾对这玩意儿着迷过，经常出入于浅草附近，有一段时间相当沉迷于此。作为一级承包商下面的二级承包商，他在经营上不乏各种苦恼焦虑。最让他伤脑筋的还是资金筹措问题，上一级公司平和服饰的老板堀内生性吝啬，开出的票据往往都要拖延到九十至一百二十天，中介融资也并不能如愿帮到自己。再加上，交货期往往催得太紧，交货时的审查又异常严格。员工薪酬还要依照物价上涨程度适时进行调整，可是增发的薪酬部分却无法得到上一级的认可。

堀内声称，这是由于他的上一级公司日东商会以行业萎靡不振为由不肯提价造成的。这也许是堀内自己的借口。可是，整个纺织行业萎靡不振也着实是个不争的事实。碍于情面，八田英吉对此也不好说破。

倘若过于执拗地央求堀内，他还有可能流露出“既然你觉得不划算，那就终止业务”之类的意思来，甚至会冷笑着说有的是承包商排着队等合作呢。

那也的确是事实，故而八田英吉也只有屈从了。就算离开平和服饰，也不可能马上就找到下一家公司接下承包业务。每家公司手里都有太多的承包商了。再加上，刚开始业务关系的话，难免会被人抓住机会狠敲一笔，那样恐怕情况会更为不利。毕竟，自己与平和服饰交往得久了，堀内偶尔也会表现出一丝“温情”来。

可是，这些也全都是在堀内盘算之内的，八田英吉心里的苦恼并无变化。这种时候，为了排解心里的苦闷，长舒一口气，白天他也时常借故从店里溜出来，到浅草一带的弹子游戏房里过把瘾。也因此，他的游戏手法已经练得几近炉火纯青了。

他面前的台子上摆着的盘子里，弹子已经堆成了小山。弹子的数量太多，有些甚至掉了出来，落进了下一层里。

再看看邻座的星野花江，二百日元的弹子也曾一度增加过，可后来又眼看着少了下去。她的手指敏捷地移动着，眼神认真地盯着弹子的走向。看到这幅光景就可以明白，她本是个对任何事情都十分执着的人。或许，这样做也是为了忘记近来的烦恼吧。

终于，星野花江的弹子一个也不剩了。她叹了口气，双手放在手拎包上，怔怔地望着弹子台发呆。

弹子用完了。她像是正在思考是再去买点弹子回来呢，还是就此作罢。她站起身，似乎最终还是决定再去买一次。

再花上五百日元去买弹子，看上去并不合乎星野花江一向所持的理性思维。无法想象这样一个人会如此痴迷于弹子游戏。或许还是因为那件事搞得她不开心，才会破天荒沉浸在游戏当中吧。

正当星野花江从椅子上站起身时，八田英吉把一个堆满弹子的盒子推到她面前，开口说道："那个，不介意的话，您可以用这些弹子。"

星野花江吃惊地转过头来，看了看弹子盒，又看了看他的脸。

"啊？"

她瞠目结舌地盯着他的脸，似乎在想，这名素不相识的男子为何会推给自己这么多弹子？自己又是否应该收下？犹豫的表情和意外的神态在她脸上一览无余。

“没关系。我已经准备回去了。这种弹子没必要左一次右一次地去买啊。感觉有点儿傻乎乎的是吧。”八田英吉为了安抚对方的惊讶，微微笑道。

“可是……那礼品呢？”

用弹子换回的礼品怎么办？她的眼神仿佛在这样询问。

“啊，我本来也没有什么想要的礼品。”

八田英吉把盒子里的弹子哗啦啦一股脑儿倒进她的弹子盘里。由于数目实在太多，还有一半留在了盒子里。

“能用吗？那我不客气了。”

星野花江轻轻地点了点头，笑了。她并没有发现他就是先前与自己同在银行附近咖啡店里的男子。

又过了三十分钟，她的弹子再一次耗尽了。而他面前的盘子里，又像小山一样重新堆满了。

“稍等一下。”八田英吉转过头，看到从椅子上站起身来的星野花江，他拿起两个盛满弹子的盒子说道，“我不需要礼品什么的。您拿这些去换点自己喜欢的东西吧。”

“可是……”

星野花江再度惊异地望着他。

“我真的不需要，只是为了打发时间而已。您不用客气。”

犹豫了片刻，星野花江最终还是向里面摆满礼品的柜台方向走去了。八田英吉亦步亦趋地跟在她身后。

星野花江望着货架上的礼品，眼神仿佛在挑选商品一般，说道：“我可以拿点巧克力吗？”

她回头看着八田英吉。从她来讲，弹子是八田英吉给的，自然要跟他商量一下。

“嗯，拿吧。随您。”八田英吉笑吟吟地说道。

店员按照弹子的数目从货架上将巧克力逐一拿下来。她紧紧地盯着，又忽然意识到了什么一样，转回头对他说：“您也拿点什么吧？”

“哎呀，我不需要。”

“可是，那也太不好意思了呀。拿点香烟吗？”

“也是啊。那，就来两盒七星吧。”

她向店员指明了要三盒。

各色巧克力把一只咖啡色的纸袋塞得满满当当的。她用肉眼大概估算了一下，除掉香烟之外，袋子里的巧克力差不多要有三十盒。

“能拿这么多吗？”她怀里抱着那只做工低劣的纸袋说道。袋子实在太薄，袋口处已经破了。

“能再给我个纸袋吗？”她要求道。

男店员却对她提出的要求置若罔闻。倘若她长相漂亮一些，或许男店员的态度就会殷勤许多了吧。

“那，用这个包上行不行？”

八田英吉从包里取出刚买的马报，把它放在柜台上摊开来。

自己在秋叶原的站台上买报时，本打算故意把它从包里露出来，吸引她的注意力。万万没有想到，竟然能有机会如此堂而皇之地把它展示给对方看。

果然，星野花江顿时惊异地望向八田英吉的侧脸。这张品质上佳的报纸上用小号铅字印着“第十场比赛”莎拉四岁开赛、旋风少年·54·梅崎、山手精英·53·坪田、天之光·52·佐原太等信息。她用报纸把手上被巧克力塞得鼓鼓囊囊的纸袋包裹了起来。她把包裹抱起来之后，刚好可以看到上面还印着红色的醒目标题、“最新消息”和白色的专栏。

两人走出了游戏房。街道两旁，各式日式酒吧、餐厅、中餐馆和西式酒吧的门口全都亮着招牌，灯火通明。

“怎么样？要喝杯茶吗？”八田英吉提出邀请。

“嗯。”星野花江怀里抱着马报包裹的纸袋，点头表示同意。

咖啡店里有不少年轻人。这对三十出头的男女走到店内一处角落里，坐了下来。

星野花江向来极少与异性单独进入咖啡店。因此，与游戏房里相比，她多少有些感到拘谨。当然了，这也因为对方是位完全陌生的男子。不过，这也绝不会让她感到不快。本来就是因为眼前这名男子，自己怀里才多了这一大袋巧克力啊。

至今为止，在个人方面，她既未能从同性那里得到些许热情，也未能从异性那里获取任何青睐。公司里的男员工们即便向自己支付欠款的利息，也绝不会外加上一包点心给她的。倘若这名素昧平生的中年男子拿出现金来帮自己付巧克力款的话，自己也会有所戒备的。可是，这些礼品居然全都是用游戏弹子换来的，想来似乎让人感到一丝好笑。

然而，她更多的关注点在于，这名男子手里居然会拿着一份马报。此人似乎也是个马迷。看上去，男子的衣着算得上干净利落，身材纤瘦，全无强悍之态，却也并没有病弱的感觉。头发梳得整整齐齐，胡子也刮得干干净净，嘴角到下颌间泛出青白的颜色。

买马券的人当中，颇有些穿着打扮很不得体的男子，甚至有些人看着好像黑社会。而眼前这名男子显然看起来生活体面，对赛马不过是出于兴趣，应该绝不至于沉迷于其中的。尽管如此，他身上也有种通晓赛马、对赛马知识了然于胸的气势。

男子动辄垂下双眼，眼神温和拘谨，动作举止也有些弱不禁风的感觉。按第一印象来说，她估计，此人应当在某家不错的公司里担任中层管理职位。

“您喜欢赛马吗？”星野花江看了一眼包在巧克力纸袋外面的马报，轻啜了一口咖啡，开口问道。当然，嘴角处还微微漾着一丝笑意。

“啊。这个嘛，也不算反感。”男子一脸被人发现了证据的表情，略有些难为情地点头答道。

“赛马方面，您专注很久了吗？”

“倒不算长。六七年前开始的吧。”

“都有六七年了啊。那您应该是个赛马的行家了吧？”

“啊，算不上什么行家。”

“您买马券的成绩怎么样？”

“目前为止，倒是没有太大损失。因为我这个人，对什么事情都喜欢研究一下，琢磨一下。不过，仅仅是出于兴趣而已，并不会太过沉迷。”回答完之后，男子抬起眼睛，客客气气地问道，“您也对赛马感兴趣吗？”

星野花江回答说，自己本身倒不能说对赛马多感兴趣。但是，自己会研究马匹的血统、过去的成绩，甚至骑手什么的，以及由于天气导致的赛马场情况变化，等等。她喜欢在这些基础上，推断出能够夺冠的马匹来。

事实上，她只不过是仰仗偷听来的电话消息而已。虽说她也会购买马报，可并不是为了研究马匹的数据，那只是为了熟悉各个赛马的名字，以及用作电话消息的参考。她可以通过电话告知会员原本被视为夺冠热门或颇具实力的赛马状况临时有变，这让她产生了一种掌握了外人无法得知的秘密的优越感。同时，通过排除法让会员猜中能够获得高额大彩的赛马，也让她感到无比喜悦。

因而，她非但没有仔细阅读过马报上的资料，也没有多么丰富专业的知识。

八田英吉佯装不知星野花江在做赛马预测一事，开始恰到好处地展示出自己对赛马知识的了解，并且尽量不给人卖弄学识的感觉。她在一旁侧耳倾听着，细细的双眼里放出光来。两人侃侃而谈，喝完咖啡，又点了冰淇淋。

她问他，您住在附近吗？他含糊地嗯了一声。她没有开口询问他的职业。显然，由于初次见面，对于太过私人的问题她是有所保留的。他也没有询问她上班的公司。只是，在被问到住处时，她也同样含糊地回答说就在附近。

在咖啡店里结账时，星野花江拒绝了八田英吉的提议，坚持自己付了账，似乎是为了表达收到巧克力的谢意。八田英吉表示这样让自己有些于心不安，既然时间已经过了八点，方便的话，不妨一起去简单地用下晚餐。

她犹豫了片刻，最终还是答应了。应她的要求，两人走进了一家天妇罗店。在店里，她点了最贵的“随心套餐”。

被店里的人问到需要喝点什么时，星野花江说自己不大喝得下饮料了。八田英吉在一旁说，光点些天妇罗有点太不像回事了，于是要了啤酒。

似乎平日里，她最多也就点个便宜的天妇罗盖饭来解解馋。

因此，眼前摆满了鱼虾的天妇罗套餐让她得以大快朵颐。她不断地夹起海鳗、鱿鱼送入口中。或许是因为菜肴实在可口，她的酒量也超出了他的想象。

到了结账的时候，她依然拒绝了八田英吉，自己买了单。他在心里暗暗思忖着，究竟是小气的女人喝醉了也会变得大方呢，还是这个女人终于开始春心萌动了呢。

她嘴上虽然说着“不用送我回去了”，态度上却没有多么坚决地拒绝。因此，八田英吉一直把她送到了公寓门口。

爱情算盘

之后过了大约四个月。时间进入当年的十一月。

星野花江与八田英吉差不多每周都要幽会一次，有时候每月幽会三次。他有自己的车，因而通常都是去汽车旅馆。可是，他绝不会重复去同一家汽车旅馆。

两人的行动格外小心翼翼。从一开始，他们俩就已约好，这种关系绝不能被外人发现。因而，星野花江既不能打电话到八田英吉家中，也不能打电话到城东洋服店里。只有在发生某些紧急事态时，例如说，当晚的幽会遇到一些不可抗力而必须取消时，她才会给城东洋服店里打个电话过去。白天他要跟她取得联系时也是如此，他会使用化名向日东商会打电话。

用化名接头一事，还是星野花江主动提出来的。

“我起了个名字叫滨井，你就叫冈部吧。”

滨井静枝自然是她在银行开设普通账户时捏造的化名。冈部则是她刚好想到了有一名转账过来的会员名叫冈部昭三。

只是，夜晚时分只有星野花江独自一人在家，因此八田英吉可以随意打电话过去。可是，反过来她却不行。

两人最开始“坠入爱河”，是在一个夏天的傍晚，就是在小岩游戏房相识之后不久的事情。不知不觉间，星野花江对八田英吉采取了一种主导的态度。这种态度并非有意为之，应该说主要是冲动的部分占了先。

之所以这样说，是因为在她看来，八田英吉身上全无霸气，优柔寡断，缺乏行动力，毫无独立性，并不具有男性的阳刚。如果自己不去主动关爱对方，对方看上去完全不像是个能够独立自主的男人。

然而，星野花江也正是通过这个男人，才得以一尝肉体上的欢愉。她在年过三十之后，青春才得以绽放。也因此，整日沉浸于陶醉与恍惚之中。即便在下班离开公司之后，她的心中也会感到异常欢快，而外表上却要极力掩饰住这种心情，使其不至于流露出来。

她终于也能成为恋爱中的一员了。此前，这种事情一直与她无缘。此事也在极大程度上改变了她的人生观。迄今为止，看待外人恋爱时，她一向是以修女的禁欲心态大加批判的。自从与他有了这层关系之后，她突然对事物产生了宽容之心。她爱八田英吉，其中似乎还掺杂着类似姐弟一般的感情。

通过这样的恋爱关系，她的心灵柔和了不少。然而，经济观念却丝毫不为所动。

星野花江得知八田英吉居然是日东商会的二级承包商，是在二人开始恋爱关系后不久。当她听到八田提起时一脸错愕。八田也在听说她是日东商会的董事长秘书后故作大吃一惊的表情，佯装感叹道，这个世界看似很大，其实真小啊。

实际上，八田英吉不但对星野花江的外貌看不到一丝美感，对她的性格也完全提不起兴致来。他觊觎的，只是她手里的存款。

“三个月后一定要还钱给我啊。至于月利息嘛，既然是你，那就五分利好了。”

爱情归爱情，金钱归金钱，这就是她的思维方式。也可以说，对金钱的信条也融入到了她的爱情观之中。在情郎面临一级承包商平和服饰的步步紧逼而苦于资金周转之际，她虽然也会表现出万分同情，却绝不会愚蠢到在同情之余无息借给对方款项，或是不限制对方还款的期限。这方面，在她身上完全看不到三十岁女性所常有的倾向——为异性沉沦而不能自拔。

之所以这样说，也是因为星野花江对他总是会有种主导的想法：这个人像个孩子一样无助，自己有义务一直照顾他下去。也因此，不论是在语言上还是其他方面，她都对他采取了一种高高在上的姿态。

反过来，八田英吉对这些也有过充分的盘算。也因此，他就会越发在她面前装出可怜无助的样子，有时甚至还会故意表现得相当享受被人照顾一样。

起初，他严格按照与她的约定，只要借来的款项一到期，就会以每月五分利一丝不苟地还款给她。由于深知她的秉性，首先取得她的信任才是至关重要的。

可是，她赖以获得外快收入的电话预测赛马组织已日趋萎靡。此事对他来讲，也全无好处可言。既然她的收入骤减，手里的存款自然也就无法增加了。

八田英吉几次想开口提及她的那项外快兼职，终于还是忍住了，决定看看形势再说。因为，那样做就等于触动了她的秘密。一旦她发现自己知道此事，自己与米村董事长之间的关系也很可能会暴露。

一天，八田英吉找人打电话给米村董事长，传话说“宫城”想要见他，询问他方便的时间。之所以大费周章找人打这个电话，是因为假如自己直接出面，一定会在转接时被担任秘书的花江认出声音的。

“之前跟您提议的电话放出假消息一事，不知进展如何了？”

在皇居前的酒店会面之际，他向米村董事长询问道。不料，董事长却脸色阴沉起来。

“呃。其实，电话放出假消息这事也让人很是伤脑筋啊。这边现在乱成一团了。”

日东商会的董事长米村说，为了骗过秘书偷听而找其他人放出假消息本是个绝佳的主意。可是，后来由于各种消息混杂，一时之间竟然真假难辨了。说到这里，他不由得苦笑了一下。

“既然是这样，您就出面阻止一下，让此事恢复到正轨上去，您觉得怎么样呢？即便是秘书星野小姐偷听到那些消息，拿去透露给认识的人，应该也无伤大雅吧。董事长若是太用心于此，我感觉负面影响要更大。再说了，马舍那边的人应该也不乐意一直配合您演戏不断散播假消息出去吧。”

八田英吉这样说道。的确如此，董事长也点了点那张鹅蛋形的脸表示同意。

“这个提议归根结底只是权宜之计，不适合长期坚持。董事长，不如就高抬贵手，您看如何呢？不过就是为了个女秘书而已，何必搞得您神经紧张。那样对公司也是一大损失啊。”

与米村董事长见面时的八田英吉，跟在星野花江面前的他判若两人，言谈举止俨然是一名忠实可靠的男子。

他暗下决心，自己得设法从日东商会的二级承包商升级为一级承包商才行。只是，当中还夹着平和服饰的堀内，自己并不好轻易说出口，只能把这个希望尽量寄托在米村董事长身上了。

永远停留在二级承包商的位置是没有出头之日的，总是要受到一级承包商堀内从中牵制，受尽委屈。假如自己能一跃成为日东商会的一级承包商，就算添置设备还需要一定资金，可在金融和资源方面就能直接得到日东商会的关照了。再说，能升级为一级承包商，自己脸上也有光彩得多啊。

可是，这个目标一时半会儿应该还达成不了。米村董事长也不可能完全不考虑堀内的想法。只不过，董事长最终应该还是会愿意帮助自己压制堀内的。八田英吉近乎确定地期盼着。

为此，绝不能被他发现自己与星野花江之间的关系。一旦董事长发现了自己与他的秘书竟然处于恋爱关系，这份指望可就彻底落空了。

要是再被家里的太太知道了，更是要大动干戈的。

与星野花江的关系怎么看都是在玩火自焚。可是，八田英吉完全无意曝光这一层关系。只要没人知道，也就不存在任何风险了。之后，只要再设法巧妙地甩掉对方就可以了。

他的脑子里考虑更多的，还是怎样在分手之前从她手里继续榨取钱财。事实上，先前从她手里借来的款项，不知多少次将自己从一筹莫展的窘迫局面中解救出来。那种感觉让他实在难忘。

为了从她手里骗取更多的钱财，绝不能眼看着她的收入骤减。他向米村董事长提出不再继续散播假的赛马消息，也正是为了让她的兼职收入起死回生。

八田英吉从星野花江手里借来的款项，这一年已经超过了六百万日元。

之所以会达到如此巨额，是因为仅十二月一个月他就借了二百五十万日元。临近年关，平和服饰的堀内需要付给他的款项只支付了一半，剩下的说是要等到春天。堀内说都是因为没有收到日东商会的打款，银行和信贷机构更是不肯贷款给他。八田英吉双手合十地向堀内恳求，我们也是艰难度日，还请您多多理解。但是对方并不理睬。

他恳求堀内时是双手合十，而他向星野花江转述此事时同样也是双手合十。他声称，年末还得再跟她借款二百五十万日元，这是为了用来支付十名员工的工资，以及相当于两个月工资的奖金。他还心虚地向她诉苦说，若是发不出这笔费用，就过不了年关，自己也会被员工弃如敝屣，公司也就经营不下去了。

事实根本不是如此。员工年终奖金的金额尚不足一个月的工资。这二百五十万日元当中，其实有大半都被他用于资金周转和个人挥霍了。

眼下正是十二月末，欠她的六百六十万日元上，还要再加上五分利的利息。光是利息部分，就够他吃不了兜着走的了。

八田英吉只要一见到她，就会历数自己经营上的种种难处，并百般央求她说，之后一定会还上的，请她再宽限一阵。接着，他就会在汽车旅馆的客房里，双手伏地，磕头作揖，恳求她说，为了让自己渡过这一难关，能不能再借一部分钱款过来。他说，眼下只要有了这笔钱解燃眉之急，自己就有信心可以扭转局面，使经营好转起来，回头也就一定能还上的。

这么说，其实就是在暗示对方，要是现在不继续借给自己钱的话，之前借出的部分也就打了水漂。从一般意义上讲，这其实是一种威胁借款人的手段。

而且，还不仅如此。每当星野花江看到自己的情郎下了床，跪在地板上磕头作揖那可怜的模样时，一股莫名的保护欲就会从她心中油然而生：这个人一旦离开自己，生意就完全做不下去了。这份感情与其说是同情，更不如说是怜悯。

星野花江遂向他询问可以还款的日期，并慎之又慎地反复确认。在恋爱当中谈及金钱往来，总会让人觉得有伤感情，大煞风景。而在她来讲，却浑然不觉二者有何矛盾之处。

情郎对她不但宽限了之前欠款的还款日期，还同意继续借给自己款项，显然欣喜若狂。这种感激与欣喜又化为高潮，使他在床上狠狠地搂住了她。尽管这份喜悦之情并没有直接感染到她，却也让她意识到，答应对方的请求绝对是个正确的选择。

八田英吉与星野花江可以幽会的时间，要除去星期四、五、六这三天。因为，她还有个任务，要在这几天里向会员们致电通知赛马的消息。

由于米村董事长不再阻止她偷听电话，她的兼职收入得以重新焕发了生机。否则，星野花江也会因为一味地借款给八田英吉而捉襟见肘，催促还款时也就不会那么淡定地给他宽限了。

因此，二人幽会的夜晚，一般要从星期日、一、二、三这几天当中选择。其中，星期日这一天又要因为八田英吉的原因避开。有家室的男人就是如此可怜：要想星期日的晚上外出，简直比登天还难。

若是星期一、二、三的话，不论约的是哪个晚上，八田英吉都会开着私家车前往约好的街角处，载上星野花江直奔汽车旅馆。

为了避免两次去同一家汽车旅馆，他驱车前往的方向一般分为东、西、北三个方向，活动半径也在逐步向远距离扩大。

一天傍晚，天色彻底黑下来之后，八田英吉驱车行驶在首都高速公路上。这条高速连接了去往山梨县方向的中央高速公路。中途，刚驶过永福出口，他就把汽车拐进了左侧的紧急停车带里。

“出故障了吗？”坐在副驾驶位上的星野花江问八田英吉。

“没有。”八田英吉摇摇头，把汽车熄了火。

“累了。在这里休息一下。”

“可是，还没开上三十分钟吧？”

“白天一直东奔西跑的，现在坚持疲劳驾驶会出事故的。”

“哦，这样啊。”

“想躺下来打个盹儿。”

八田英吉在昏暗的汽车内按下了可调节座椅的控制键。

“啊！”

随着座椅躺倒下去的星野花江一惊，想要坐起身来。

“别动，安静。”

八田英吉按住她的肩膀。

“可是，旁边还有那么多车开过去呢。”

她意识到了情郎似乎另有意图，眼神开始变得不安起来。

“没关系的。人家都在忙着赶路，谁会特意停下来往咱们的车里偷看啊。那些车的前灯也没有对着这边。这里可是高速公路，没有行人的。”

八田英吉躺在放倒的座位上，好笑地摇着头。

“这种紧急停车带里大部分都停了车，对吧？可车窗上连个人影都看不到，那都是因为情侣们正在卿卿我我呢！”

两人并排躺在放倒下来的座椅上，高于视线的右侧车窗上不断有车前灯的灯光掠过。

八田英吉欠起上身，搂住星野花江，伸出舌头把她的脖子到耳朵周围舔舐了一遍，动作就像母猫舔舐着小猫。她的身体微微颤抖着，却抗拒他的手触到自己的胸。

“好怕啊。”

“怕什么？”

“有那么多车从旁边开过去，会被人家看见的。”

“谁会看啊？全是那个速度开过去的，哪台也没有减慢。”

“可是……”

“没关系的。”

“要是被人家看见了怎么办？”

“不会有人特意停车来偷看的。开进这种紧急停车带里的车，要么是故障车，要么是想稍微休息一下的车。这里可是盲点。所以说，其他紧急停车带里，也都是停了情侣的车嘛。”

“可是，人家也只是在悄悄地说话啊。”

“你也有点儿太纯情了吧。看看晚上公园里那些长椅不就知道了吗。没看到有一对情侣坐在那里悄悄说话的吧。要么是在接吻，要么是男的把女的抱在腿上摸来摸去，最后两个人兴奋起来，就会做些不怕外人看到的事呢。更何况在这种没人看得到的车里了。那些停在紧急停车带里的情侣车，不用说全都是在车震呢。而且，谁都不会注意到的。”

“车震？讨厌啦。”

“我倒不会做那样的事啦。不过呢，一想到身边就有汽车一辆接一辆地开过去，倒是挺刺激的啊。”

“你真的什么都不会做？”

星野花江的声音里包含了一丝对男人行动的期待，反而有些亢奋起来。

八田英吉把花江揽在左臂里，转动着她的头，肆意地舔舐她的脖颈，含住她的耳垂，松开她的衬衫，咬住露出来的肩头。

她的身体抽搐了一下，之后，开始按捺不住，双腿蜷缩了起来。当他把舌头伸进她的口中时，她的口中已经灼热起来，顺势将他的舌头卷了进去。

她闭上眼睛，呼吸急促，脸却依然紧抵在他的胸前。他右手掀起裙子，手指滑到了内衣处，她没有反抗。

车窗外一一掠过的汽车上红色的尾灯，在前方连成了一排长长的灯笼阵。

这种刺激与随之而来的亢奋，一旦体验过，便着实让人难忘。这之后，八田英吉也会屡屡把汽车停在高速上的紧急停车带里，放倒座位，搂住星野花江。

有时候，甚至在去汽车旅馆的途中他也会心血来潮。比起私密的客房，公路这种公共场合更具一种奇妙的刺激感。她也从最初的抗拒，慢慢接受了这种并不正常的举动，乃至视为家常便饭。深谙此道的八田英吉因此还是会时不时光顾汽车旅馆。

在这种事情上，星野花江的确会被对方牵着鼻子走。可是，身体上的欢愉并不会将她的理性淹没。在她心里，从未动过独占八田英吉与之白头偕老的念头。也因此，她也从未提出过要他跟太太离婚之类的无理要求。

不过，催促起归还欠款来倒是绝不怠慢。爱情是爱情，欠款是欠款。于她而言，对同一个情人完全可以一分为二来看待。

八田英吉的判断确实有些许失误。他倒也没有贪得无厌到想用爱欲麻痹她，借以卷走她的全部财产，可至少还是期待她能给予金钱上的通融和还款上的宽限。毕竟，自己与“外人”应该还是有所区别的。也因此，他才会使出浑身解数，加深自己所能带给她的性的快乐。

的确，在热恋之初和热恋开始之后，她也曾在陶醉之余说出许多甜言蜜语来。但从这份陶醉中清醒过来后，她就连脸色都恢复成了冷冷的模样，对待八田英吉也如同面对“外人”一样。

“对了，这个月你要还我多少？”星野花江说。

这种时候，八田英吉并不会讪笑着岔开话题或是用强硬的态度封住她的口。他选择在她面前正襟危坐，双手伏地，哀声恳求。

“这个月实在是太不容易了。我也是绞尽脑汁想办法来着。本以为万无一失的进账全都没了下文，连一万块钱都筹不到啊。不管怎么说，平和服饰开出的票据可是要等上六十到九十天呢。我也知道，要是再打个折扣，自己能得的那点微利也就泡汤了。可是情况紧急，也顾不上那么多了。我每天的业务内容，差不多有一半都是在为资金周转的事情奔走。你通融给我的那些钱可真是帮了大忙啊。所以，请你再等上一阵。我也不想因为这种事，让我们的感情出现裂痕。你可千万不能甩了我啊。”

想要逃避星野花江对于还款的催促，八田英吉只能利用她的老成或者说是她的母性了。看上去，她也只有这个软肋可以利用。

因此，他总是像个年轻男子般乞求怜悯，或者说是撒娇求宠，在她面前磕头如捣蒜。不过在私家车里的躺椅上，他可就做不到双膝并拢、正襟危坐了。

话说，这一招也的确奏效。看到他对自己倾诉筹措资金的苦恼，她的眼里也会充满同情与怜悯。

“真是拿你没办法啊。那，下个月务必还啊。能还我多少？”

对于她的宽宏大度，他必须表现出狂喜的态度来。他觉得，只有做出这种稍显夸张的举动来，才能使她更加深信“这个人没了我不行”。

到了下一个月，八田英吉又得对星野花江故伎重演了。至于诉苦与哀求的地点，不外乎汽车旅馆的客房里，或是私家车内的可调节座椅上。两人约会的地点也就只有这些了。

这一点也是八田英吉主动引导的。他提出来说，既然两人关系不能为外人所知，那么咖啡店也好，街角也罢，那些有可能被外人看到的地方都会存在风险。这样一来，就只有在能彻底遮挡住外人视线的密室之内了：要么是汽车旅馆里，要么是汽车上。

八田英吉每次还款给她，往往都是欠款的二十分之一或三十分之一。可是，之后他又会立刻央求她为自己通融五到十倍于还款金额的款项。

“现在可是最最关键的时刻。只要熬过这一关，就能苦尽甘来了。你整天待在日东商会的秘书室里，可能不了解。像我们这种纺织行业里，有的是微小企业倒闭了的。报上也说了，上个月一般中小企业的倒闭数量跟历年同期相比，已经达到历史最高了。即便如此，我也算是能撑的了，不过也是在咬紧牙关硬撑着。也因此，对前景我也看得很明白了。这么说也许不太合适，既然同行业里有人倒下去，相应地也就会有人活下来。所以，无论如何，我都要做活下来的那一个。那么，眼下就必须筹到三百万资金。没有这笔款项，我应该也会是倒下去的那一个了。所以，你一定要帮帮我，哪怕三百万当中帮我通融两百万也好。宝贝儿，求求你啦！”他信誓旦旦地哀求着。

星野花江心想，要是八田英吉的城东洋服店倒闭了，眼下层层累积起来的六百八十万欠款也就打水漂了。

可是，星野花江能借给八田英吉的金额也到了极限。

按她的设想，四十岁后就辞去日东商会的工作，到郊区盖一栋属于自己的房子。现在还有八年，要趁这段时间加紧存钱才行。

她对结婚一事早就不抱幻想了。当初刚进入日东商会工作的三四年里，看到与自己同期和比自己晚进公司的女员工们纷纷嫁人，自己也曾感到过焦虑和孤单。可是，现如今早已经淡定下来。

或许是因为，她总是要独自一人在董事长秘书室里工作，而这一点有别于他人吧。她也渐渐地学会了独处，与其说是不善交际，倒不如说是越来越排斥外人了。她对公司上下如何议论自己心知肚明。向公司里的员工高息放贷也好，一到发薪日就像催债的高利贷般阴魂不散地出现在欠款人工作地点附近也罢，这些背后的议论，她心里全都一清二楚。

要想攒够盖房子的钱，就不能太在意周围的人。为自己打造无忧的晚年生活基础，才是至关重要的事。她的想法是：将来收养个女儿，再帮她招赘一个女婿进来，这样就可以一直安稳地生活下去了。

为此，除了盖房子的费用，还要有一笔丰厚的积蓄。只要手里有钱，养女夫妇也会愿意为自己养老送终的吧。这年头哪怕是至亲骨肉，也有因为父母毫无家产而撒手不管、将之无情抛弃的例子。年迈的老人辗转于几个儿子家中生活的事情，世间也比比皆是。人老了以后，还是自己手里有钱才是最有安全感的。

也因此，她一心想着增加手里的存款，哪怕一百日元也不肯放过。生活的极度节俭与向员工收取贷款的利息，都是出于同样的理由。至于打造预测赛马的会员组织，更是为了这一目标而积极筹划出来的方案之一。

说起来，这项赛马预测业务之前也曾一度萎靡不振，之后却又突然如愿恢复了正常。为何会有那样一段极其诡异的不正常时期，如今依然是个无解之谜。或许，预测这种事就是存在波动变化的吧。

假如没有了这部分预测赛马的收入，她也就没有办法向八田英吉通融那么高额的款项了。自然也没有办法按照他的要求，宽限还款日期了。

然而，当她发现自己借给他的款项累积起来竟然已近七百万日元时，她不禁一阵愕然，心中开始发抖。她感到八田英吉正在一步步夺走自己的养老计划。此时，她对他的母性骤然消失了。与此同时，爱情也骤然消失了。

八田英吉对星野花江动了杀机的具体时间并不明确。

通常杀机当中包含原因与动机。原因是构成杀机的主要因素，而动机则是导致下手的直接诱因或冲动。

对于八田英吉来说，动手的原因里包含有几个元素。

最根本的一点，还是星野花江开始寸步不让地逼迫自己归还将近七百万日元的欠款。可是，仅此而已的话，还够不上动手。只要自己想方设法，总还是可以逃避的。就算被告上法庭，案子的审理过程也要相当长的时间呢。

问题的复杂处就在于一般的借贷关系当中又纠缠了男女关系，这才是由爱转恨的关键因素。

“原来你早就算计着，要把我的财产全部卷走啊！”星野花江对八田英吉说道，地点照例是在密不透风的汽车旅馆客房里。

“你从一开始就盘算好了。从你接近我开始，就已经是了对吧。尾随我到小岩的弹子房里，又白送给我弹子，这些全都是你的计划！”

这些猜测的确是对的。可惜，她没有发现，他故意把马报展示给她的举动，其实也属于计划的一部分。

“你真是太无耻了！装出那么可怜兮兮的样子，找出各种借口，原来就是打算赖掉欠款不还给我呀。而且，还做出这种事来企图蒙骗我。”

说到“这种事”时，她瞥了一眼凌乱的床。不知为何，她在痛斥他和向他催债时，也没有抗拒已习惯成自然的爱欲诱惑。可是，她那咄咄逼人的攻势却并未因此事减少一分一毫。

“你为了骗取我的钱财，连我的身体也一起玩弄了啊。你这种男人身上，只有贪婪和兽欲！”

说到玩弄身体和兽欲，八田英吉心里也有一套自己的说辞：像你这种女人也敢拿这种话来抱怨别人，也不照照镜子看看自己的长相。这种话被一个毫无异性关注的丑女人说出来，未免太过滑稽了。

"你要是坚持不肯还钱给我，我就会把所有事情原原本本跟董事长说出来。那样的话，董事长一定会叫平和服饰的堀内把你的店从二级承包商里除名的。董事长要是听说，区区一个承包商竟然胆敢对自己的女员工下手，一定会怒火中烧的！"

星野花江用尖厉刺耳的声音不断地控诉着。

"……这还没完！我还会跟你老婆告发的。我会告诉她，你老公把我当成了玩物！"

计划实施

八田英吉对星野花江起了杀心之后，就开始考虑下手的方法，并为此处心积虑地反复研究自己的计划。

一个极为有利的条件是，二人的关系并不为任何人所知。警方一般都会调查遇害者的交友关系，这也是搜查工作的常识。可是，不论警察对星野花江周边怎样开展搜查，也绝对查不到八田英吉这个名字。二人之间不要说亲密的关系了，就连一般的交往都查不出来。

星野花江原本就是个守口如瓶的女子。尤其是关于自己的感情秘密，更是不会向外人透露半个字。而且，她也没有朋友，没有可以透露的对象。这也是八田英吉通过平常她亲口说过的话，反复确认到的事实。

那么，幽会的地点——汽车旅馆会不会出问题呢？说到这一点，每次幽会他都会小心翼翼地变换地点，因此也丝毫不必担心。同一家汽车旅馆他是绝不会光顾第二次的。这种旅馆有个最大的好处，就是服务员看不见自己的长相。不过，这个好处倒也不是非常彻底。有时，在昏暗的灯光下，还是容易被人瞥到那么一眼。可是，仅仅看过一眼，服务员对客人的长相特征是不会留有什么印象的，也不可能记住，更不能知晓对方究竟来自哪里，姓甚名谁。

八田英吉又转念想到，日东商会的米村董事长那边会怎样呢？的确，米村重一郎是找他商量过为女秘书偷听赛马消息而发愁一事，而他也的确提出了应对策略。可是，这也不可能就让米村联想到，城东洋服店这个二级承包商跟星野花江之间有过任何私人接触。

这样想来，这种关系除了两个当事人自己以外，真可以称得上是神不知鬼不觉了。就算星野花江的尸体被人发现，警方也绝对不可能找到八田英吉头上来的。

八田英吉心中窃喜，没有比这更有利的谋杀前提条件了。

接下来，就是下手的地点和尸体的搬运了。下手地点他选择在夜间高速公路上的紧急停车带里。只要在自己车内的躺椅上一如往常地紧搂住星野花江，把爱抚的指尖从后脖颈处到脖筋来回滑动几次之后，再突然卡住她的颈动脉就可以了。

这时，星野花江很可能会发出呻吟的声音来。可是，那种短促的尖叫声根本不会传到密闭的车窗之外。就算她的手脚想要挣扎，也只要骑在她身上死死压住就可以了。星野花江本来就是个身材瘦弱的三十岁女人，没有什么力气。而且，车内熄掉灯光之后一片漆黑，又是在位置已经调低的躺椅上，不会有人透过车窗发现什么的。

至于车窗外呢？虽说会有无数汽车不断从旁边开过，可是，之前在紧急停车带里幽会时一次也没有被人偷窥过。旁边川流不息的车辆个个都无暇顾及。对于停在路边小憩的车辆也好，故障车也好，根本就无人关注。就算有人留意到这边车里正在车震，也不会有人有兴致和好奇心停下来观看的。那些不断驶过的车辆时速都要达到一百公里左右了。

凶手在作案之后，要把尸体从现场移走可是相当不易的。如果在室内的话，要想把尸体搬出去，就必须想方设法掩人耳目。那可是一项最具风险的任务了，难免会有什么机缘巧合被外人目击。因为住所附近通常都会集中大量居民住宅。

不过，如果把下手的地点选在车内，搬运尸体就丝毫不用费力气了。杀人与搬运尸体完全可以无缝衔接。

首都高速公路四号（新宿）线在高井户处连接了中央高速公路。甲府市或河口湖方向也并非去不了。只不过，考虑到时间上的限制，最多也就是在相模湖一带之间来回了。

在幡之谷与永福出口间或是永福与高井户出口间的紧急停车带里，大概需要耗上三十分钟。这当中，还包括了让她断气之前的准备行为所需的时间。接着，下了神奈川县相模湖出口处，把尸体抛到湖中，或是扔在附近的树丛里。之后，返回到车上，再重新回到原来的高速入口。这段时间大概需要一个小时。收费站里的人并不会一一确认车辆的牌号。

那么，假设从作案现场——幡之谷到高井户间——向相模湖方向出发，是在九点半左右。从那里到相模湖出口的距离大概有五十公里。如果能开出一百公里的时速，三十分钟就可以到达了。十点钟，从那里下去，把尸体抛掉。这一段所需时间按一小时算的话，十一点钟就可以返回到原来的高速入口了。

那一带，距自己住所最近的出口是江户桥。那也要以一百公里的时速开上一个小时才能到达。不过，高速公路上一旦过了十一点之后，车辆也会格外稀少的。

这么看的话，最晚也能够赶在午夜零点之前返回家中。到时只要跟老婆谎称，自己跟同行业者有个聚会就可以了。之前跟星野花江幽会的时候，每次都是跟家里胡乱扯谎、蒙混过关的。

老婆那边这样就能搞定了。可是，还有一件必须考虑的事，那就是警察在案发之后开始调查周边情况。也就是说，要准备不在场证明。

然而，要制造不在场证明，可是件再危险不过的事情了。假如找外人帮忙，那个人势必就成了同谋帮凶，谁也不会肯帮助自己的。就算能找到，也没有比同伙更危险的人证了——谁知道对方什么时候会把自己供出来呢。

可是，是不是一旦下手，就必须制造不在场证明呢?

完全不需要。因为，遇害人星野花江的周围根本就不会出现八田英吉这个名字。所以，也就不需要担心警方会找到自己头上来。

警方既然不会找来，也就没有必要费力制造不在场证明了。过于刻意地制造证据，反而可能弄巧成拙，让人起疑。

由此，他的结论是，并不需要制造不在场证明。

八田英吉又想到：这项计划里，是否还存在着某些纰漏呢?尽管自己认为已经考虑得足够充分了，可是会不会有什么地方还有缺陷呢?是否还有自己没能留意到的疏忽?

这时，他好像心脏猛然受了一记重锤般，屏住了呼吸。

星野花江手里有记录放贷明细的账本!

如此爱钱如命的女人，手头不可能不留有欠款人信息的。之前就听日东商会的董事长米村说过，她一直在以稍低于高利贷的利息向同公司的员工放贷。那种事情，没有账本可是做不来的。更何况，向自己借出了将近七百万日元，她的账本上毫无疑问应该记着自己的名字。

不论自己能多么神不知鬼不觉地让她送命，一旦那本账本到了警方手里，嫌疑人也就一目了然了。一个欠了将近七百万巨款的人，百分之百会被警察列为重点怀疑对象的。

太危险了。他试着重新盘点了一下自己的计划，看看还有没有其他的疏漏。似乎除此之外，再无其他了。危险的就只有她手里的账本。不，另外还可能有一本记录账户明细的记事本。那样的话，就是账本和记事本两样了。记事本她应该每天都放在手拎包里随身携带的，而账本应该是放在家里保存起来的。

记事本可以在作案的时候，顺便从手拎包里翻出来。至于账本，可是必须到她家里才能够找到。不过，要想从她那间鸽子笼一样的两室一厅里找出来，应该也不会有多费时费力。账本这玩意儿，又不是现金，总不可能藏在天花板背后之类的隐蔽地方吧。

制订好计划后，八田英吉在与星野花江见面时，照例百般推托着归还欠款的事。

“对了，你借给我的那些款项，本息计算没有错误吧？”他开始试探起她来。

“那肯定不会有错误的。我可是认认真真记在账本上呢。你这么说可太让我无语了。”星野花江不无恼怒地回道。

“抱歉，抱歉。可是，那种借款的账本就放在家里，也没有人看管，能安全吗？不会被人家偷看到吗？”

“谁也进不去的啦。我的房间可是上了锁的。就算小偷进去发现了账本，也没有用啊。就放在书架上跟其他的书一起的。要是特意藏起来，反而会更引人注意呢。”

可怜的女人毫无戒备地和盘托出了一切。

“哎！你说这说那的，倒是说说，什么时候还钱给我啊？”

“知道啦。下个星期三的晚上约会时，我一定会把三分之一的欠款带过来的。这次绝对是真的。”

“下个星期三”就是二月十四日。

晚上九点刚过，八田英吉和星野花江就待在了私家车内。这里正是首都高速公路连接永福与高井户出口间的一处紧急停车带。

按照原计划，他本打算把时间再提早一些的。可是，星野花江说不方便，要八点半之后才能见面。不得已，只能比原计划晚了一个多小时。

在车内，八田英吉把用报纸包好的二百万现金交给了星野花江。

“这回只能想办法筹到这些了，抱歉啊。下次我再拿这么多过来。这样的话，有个三四次就能全部还清了。”

这笔钱是他从外面的融资公司借来的高利贷。只因他担心不这么做的话，就无法让她乖乖地躺到放倒的座椅上去。

果然，星野花江看上去心花怒放，似乎并未料到他果真能把二百万现金带过来。

正当八田英吉在放倒的座椅上爱抚着她，为下手做准备之际，同一处紧急停车带里前面的空车位上，突然驶入了一台白色牌照的汽车。这事可完全没有在预料之内。这个意外的出现导致他惊慌失措，狼狈不堪。此时是十点前后。

前面那台车里显然也是一对情侣，并且也放倒了座椅。

星野花江大吃一惊，想要坐起身来。他极力安抚她说，前面的车也正在享受着爱情呢，完全没有向这边车里看过来的动静，这样不是更增加了高潮的气氛吗。终于，她也似乎感受到了一丝刺激，开始亢奋起来，紧紧地抱住了他。

八田英吉抚摸着她的脖颈，前面那台车停车似乎花了很久。不能再等下去了。计划好的时间已经达到了极限。

当他用手卡住她的脖子时，她突然睁大了双眼，一副不敢置信的表情。瞳孔间一瞬间出现茫然呆滞，之后又变成了惊恐万状，她大声地叫了起来。

尽管车窗玻璃是密闭的，可是八田英吉的腿上还是渗出了汗粒。旁边嗖嗖驶过的汽车长龙固然听不见她的尖叫声，他却很是担心前面的车里是否会听见。可是，那台车上也并没有人要下车的迹象。

星野花江的眼睛里还残留着下面街上照过来的灯光。他合上她的双眼，只把驾驶位恢复成原状，手握住方向盘。

开过前面那台黑色的汽车旁时，对方车窗上完全看不到有人起身向这边看过来的迹象。

一切都在按照计划进行着。

八田英吉过了高井户出口，上了中央高速又继续行驶了一段，在一处开阔的公路边缘停下了车。到了这一带，夜间行驶的汽车越发显得稀少。他从汽车后备厢里拿出六个小纸箱，一大块涂了胶的黑布和绳索。

其中有四个纸箱的两侧和底部已经剪开，他把这些准备好的纸箱分别扣在尸体的头部、胸部、腹部和腿部位置。上面再盖上涂胶的黑布，这样就看不出是人形了。看上去，黑布下面也只是并排摆放着几个纸箱的模样。剩下的纸箱一个放在头顶处，一个放在脚底处，从黑布边缘处露出来，看上去就像普普通通的纸箱一样，整个放在躺倒的座椅上用绳索捆住。这样的话，就算收费站里有什么人看到，也只会认为自己是在搬运一些纸箱而已。运输过程中，把尸体紧紧捆住，还能兼有固定的作用。

在这之前，他就已经把报纸包好的二百万日元拿了出来，这笔钱明天还要还给高利贷。他把钱塞进了自己的口袋里。

在相模湖出口收费站缴费时，一名有些上了年纪的收费员瞄了一眼车内，看到纸箱时，并没有说什么。

过了收费站后，他的车沿着湖畔山林旁的道路行驶着。时间已经快要接近十一点了。四下寒冷无人。只有游船码头处看得到一些人家的灯火，间有几户农家发出星星点点的灯光来。近旁，伸手不见五指。他把车小心翼翼地驶入铺着沥青的村公路，找了一处能停车的地方，把车停了下来。在那里，他解开黑布上的绳索，去掉纸箱，戴上手套，用手电筒低低地照着，打开了手拎包。

他翻出一串钥匙，似乎是用来打开公寓房门的，他把它揣进了口袋里。记事本也在里面。他没有翻看内容，也直接塞进了口袋。还有一个红色的钱包，里面叠放着两张一万日元和几张一千日元的纸币，还有一些零钱。剩下的，就只是些化妆工具，全都原样留下了。

他抱着尸体走了三十米左右。

要是白天的话，来到这里的车辆也是不在少数的。他钻进湖畔草丛里，放下了尸体。挎在手上的手拎包也扔在了此处。一开始，他打算把尸体直接抛入湖中。可是，此刻夜深人静，一旦激起水声，引来外人查看情形，可就糟糕至极了。想到这里，他还是放弃了。

就在他蹲下身放下尸体的时候，那本记事本从口袋里滑落到了草丛上面，本子打开着倒扣在那里，他慌忙捡拾了起来。由于这里不能照手电筒，手电筒被他留在了车上。

回到车上，他把纸箱、黑布、绳索还像之前一样收回到了后备厢里。倒车的时候，他尽量降低汽车发出的声音。汽车来到了开阔的公路上，向高速入口方向驶去。此时是十一点二十分。

高速公路上，行驶着东京方向去往山梨、长野县的夜班卡车。

所有的一切都是如此顺利。甚至，顺利得有些过了头。

然而，就在过了高井户出口之后，在永福与幡之谷之间行驶时，八田英吉突然惊觉，自己被后面一台车尾随了。

这使他感到一阵紧张不安。他一只手调整后视镜的位置，瞄了过去。是一辆黑色的中型车，车型就是常见的那种，出厂的品牌和年代也都一目了然。它一直在加着油门，似乎企图追上来接近自己。

这台车，在离开中央高速公路之前都完全没有留意到，仿佛是突然间出现的。八田英吉心里涌起一阵惊恐，因为他想到这台车很可能是从相模湖那里一路尾随过来的。他直觉地认为，自己在不知不觉间，在抛尸现场被附近的人当场目击，并驾驶私家车一路尾随过来。

四下里看不到巡逻车的踪影。目前只有目击者驾车尾随着自己，似乎想要弄清自己的去向。都这个时间了，对方家人说不定已经打电话紧急报了警，警车说不定也已经出动。

八田英吉加大了油门。时速表上的表针在一百二十公里处晃动着。路上车辆稀少，他视若无睹地超过那些车辆，向前直冲过去。过了上行线的新宿汇入处再往前，公路上接连不断的弯道好似驾校的练车场一般，他一路忽左忽右拼命地打着方向盘，近乎狂飙着。

后视镜里，那台黑车也正在超过其他车辆猛追过来。可以确定无疑了：一定是在尾随自己。不然，在如此危险的连续弯道上，怎么可能会有人车速比自己还快?

他心想，在这条高速上，从后面是不可能抓住自己的。可是，只要车牌号被人看到了，自己也就完蛋了。所以，绝对不能拉近车距，必须拼命地逃离。他又加大了油门，贴在方向盘上的手腕也接近僵硬。

当看到外苑出口与主路之间的岔路口时，他毫不犹豫地冲上了外苑出口处的陡坡。

匆忙间，他瞄了一眼后视镜，后面那台车居然也紧跟着冲上了坡道来，速度丝毫没有减慢。两车之间相距仅有二十米之遥。对方车灯发出的灯光仿佛要竭力把自己的车牌号照清楚。

他拼尽全力冲出了出口，还险些在交会处撞上一辆从公路右侧驶过来的车辆，车前灯也随之晃动着。

这条公路向右侧画出一条大大的弧形，公路右侧是绘画馆，左侧是一片黑黑的树丛。在通往青山大街的拐角处，他再一次瞄了一眼后视镜。

镜子里，那台穷追不舍的尾随车居然不见了。

八田英吉猛烈的心脏跳动终于得到了缓解。随后，他僵在了那里。

那台尾随自己的汽车不知去了哪里。身旁驶过的全都是其他车辆，或是出租车。那台车一定是从外苑出口向左拐出去了。从那里再走下去，就是从国电信浓町站前往四谷三丁目的方向了。

原来，那台从后面紧追过来的黑车并非在尾随自己，只是急着赶路回去而已。不过是因为时间太晚了，才超速驾驶的吧。判断失误让自己白白吃了亏。

为了使自己彻底镇定下来，他掏出一支香烟吸了起来。真是人间美味啊。他按一按口袋，手里真实地感受到了那摞二百万日元纸币硬硬的触感。

看一眼手表，时间已经过了十二点。不能再磨磨蹭蹭了。他踩下油门，折返原路，打算从外苑出口驶上高速公路。要是走下面的公路，还不知道要耗上多久，这里到小岩可是距离甚远。

他沿着国立竞技场黑黑的影子一路驶过去。蓦地，车后传来一阵炸裂般的轰鸣声。一群年轻人戴着头盔，骑在摩托车上，出现在两侧车窗外，宛如护卫般与自己的车齐头并进着。右侧车窗外有三辆，左侧有四辆。此外，还有一辆大型摩托上坐了两个人。年轻人全都互相嬉笑着。

他佯装浑然不知地继续行驶着，年轻人又加大了炸裂般的轰鸣音量，干脆跑到车前夹车而行了。他的心里再度波涛汹涌起来：自己是被一群暴走族[1]缠上了。

1　即日本的飞车党。

这时，其中一人伸出一根手指，好像释迦牟尼那样朝向天空。于是，七辆摩托车同时加大油门，宛如鱼群般一同向前绝尘而去。

后方突然射来一道强光。他从后视镜里看去，只见一台巡逻车亮着前灯，红色的顶灯一边闪烁，一边呜呜地旋转着。

八田英吉的心中又有新的惊恐袭来。他想，一定是警车通过无线电得知了消息，正在此处守株待兔。这时，后方传来了短促的喇叭声。他踩下刹车，在方向盘前僵住不动，胸口一阵悸动。

警察走了过来，轻轻地敲了敲车窗。他落下半面车窗玻璃，外面一张戴着警官帽的面孔正望着他。

“刚才那些暴走族有没有伤害到您？”警察礼貌地询问。

“没有，没什么。”

“是吗？打扰您了。”

警官把白白的手搭在帽檐上向他行礼。可是，警官的话音还未落，他就发动了汽车，仓皇逃离了。

即便上了高速公路，他依然惊魂未定。为何自己会成了惊弓之鸟呢？接下来，可是还有一项大工程要去做的。

下町处的灯火有如萤火虫般晃动着。他驶过了离自家最近的江户桥出口，到小松川出口还需要十分钟。

到了小岩的繁华街区，八田英吉把汽车停在了十字路口旁一处昏暗的地带。这个时间，四周已经没有其他车辆了。

街上虽还有零星营业的酒吧，但夜总会之类的彩灯早已熄灭。深夜时分寒意袭人，此时已经是零点三十五分。关东煮的小摊也已撤掉。马路上隐约还能看到些人影，一走进小巷里，就连只猫咪都见不到了。两侧的人家自然是大门紧闭，小旅馆门口的灯光也已经关掉，就连日本舞蹈班的招牌也躲在黑暗当中，路上几无灯光。从一个小小的路口向左转去，这一带小型公寓不少。窗子大都是黑着的，也有个别的窗子上，隔着厚厚的窗帘映出室内的灯光来。

他来到一片竹篱旁。面前有一栋二层公寓小楼，大门口和铁楼梯上亮着冷清的灯光。越过光秃秃的树木枝丫与公寓楼顶，可以望见一片毫无生气的冷冽星空。

八田英吉靠在竹篱上，抬头望着面前的小楼。第一次遇到星野花江时，他只是从天妇罗店里把她送回到公寓门前，并没有进过她的屋子。

整栋公寓楼都鸦雀无声。确定了巷子里四下无人之后，他在铁楼梯下面脱掉鞋子，赤脚爬上了楼梯。假如穿鞋走在铁制的楼梯上，必定会发出回响。

到了上面窄窄的水泥走廊里，他也依然留心不发出脚步声响。北角上那间屋子，应该就是她的家了。他站到门前，再一次望了望四周。只见楼下房东的家里也是一片漆黑。就在这个地方，他又戴上了手套。

他从口袋里掏出在星野花江手拎包里找到的钥匙，插进门锁里，来回转动着。门锁轻轻地发出咔嗒声。星野花江平素应该跟左邻右舍都没有什么来往。住在隔壁的街坊邻居们，即便听到了这间屋子发出响动，应该也不会来打声招呼说一句："星野小姐，才回来啊？"

接着，手电筒的灯光向室内各处照去。透过手电筒圆圆的光圈，各种家居物品逐一出现在他的眼前。星野花江生性一丝不苟，甚至近乎神经质，家中自然也收拾得整整齐齐。

壁橱旁摆着新兴宗教的小型饰品。

他看到了一张书桌，上面有一个组合型的书箱。里面有小说、女性杂志等等，还夹杂着几本赛马杂志。当中夹着一本账本模样的厚厚的本子。他取出来打开一看，上面写满了日期、月份以及住址姓名。内容主要是关于近两年的。至于今年一月份，才刚刚记载了很少一部分。

上面写着，男装部某某、童装部某某、内衣部某某、总务部某某、企划室某某、人事部某某等姓名，还有金额、借款日期和还款日期。还款金额中包括了利息部分。其中，八田英吉这个名字和贷款金额出现了七次。由于每次金额都在百万元上下，格外引人注目。

“总账”总算找到了。他长嘘了一口气，放下心来，想再看看还有什么。这时，他眼里又看到了一本“实用日记”。

等八田英吉回到自己家中，已经是凌晨一点半了。他把汽车停进车库里，从独立于制衣工厂的正房门口走进家中。家里静悄悄的。看来，在他外出期间并无任何异样。

他把卧室的拉门推开了一条缝，灯光熄灭的房间里传来妻子的鼾声。

他又走到旁边的工厂里，进了办公室。打开台灯，在书桌上，他再次打开了从星野花江家里找到的“总账”和“实用日记”。

“实用日记”里，没有几个能称得上是日记的文字，上面一律是一万日元的转账日期和银行转账人的名单。

田中俊夫、白石贞雄、迫田武勇、前谷惠一、三井七郎、石川佐市、北泽武、安田保、大田铁太郎、笠井义正、奥田秀夫、土屋功一、户岛正之、中岛秀太郎、长谷川隆助……

他数了一下，共有三十二个人名。

看到刚刚被自己灭口的女人的字迹活生生地出现在自己眼前，他感到头皮有些发麻。笔记中还记载了几月几日哪一场赛马的第几赛程，以及马匹的名字。上面全都写着“不能连胜的赛马”。

不用说，这些“不能连胜的赛马”预测，显然都是通过偷听打给日东商会米村董事长的电话判断出来的。“实用日记”里还记着银行的名字和以“滨井静枝”名义开设的活期账号。

之前，自己根据她家中的电话每到星期四、五、六晚上就会一直占线的规律，推测出她可能采用了会员制度。现在看到这本日记，果然不出自己所料，真相终于大白了。只是，她的化名账户原来是用“滨井静枝”这个名义开设的，这一点还是第一次知道。

接着，他又发现最后一页里夹着一张纸条。

> 二月十三日（周二）。山田舍务员向董事长致电。
>
> 山田：“森之杯有点儿过胖了。肚子上的脂肪还是没能减掉，要是到了十八日赛前还是这样的话，干脆做一下‘烧酒蒸’如何？”
>
> 董事长：“好啊。不要太勉为其难就行了。”
>
> 电话的内容就这些。

他知道，森之杯是董事长所养的赛马之一，这匹赛马在这个周日的赛事上被视为最有实力的赛马，也是最大的热门。

山田舍务员既然获得了米村董事长的首肯，一定会给这匹自己负责照料的赛马进行“烧酒蒸”的吧。

由于森之杯肚子上的脂肪没能减掉，如果到了赛事前一日还是如此，就要干脆进行“烧酒蒸”了——这句话的意思，连他这种并不反感买马券、对赛马知识颇有自信的人也搞不明白。

所谓“烧酒蒸”，究竟是怎样一种方法呢？可以知道的是，这应该是一种帮助马匹减肥的方法。可是，还用了“干脆”一词。既然舍务员要特地找马主米村董事长商量一下，那么，应该是要使用某种极特别的手段了吧。

这太可疑了，八田英吉看着星野花江偷听记下来的电话记录，心想。应该是马匹的状况不太良好，才会这么做的。舍务员既然说是“干脆”，那么应该是带有某种危险性的做法。反过来看，这个“烧酒蒸”也很有可能暗藏着失败的风险。星野花江应该也是感觉到了这一点，才把这匹赛马列入“不能连胜的赛马”名单吧。

他跟星野花江聊过赛马方面的事情，感觉她的赛马知识还是比较贫乏的。不过，对于自己偷听得来的消息，她的直觉倒是异常敏锐。

有森之杯出场的周日赛事，正是东京赛马场的大型比赛之一“F氏纪念赛”。仅仅这一场赛事，前年的马券销售额就达到五十亿日元，去年又升至六十五亿。今年只会更多吧。经济越是不景气，马券的销售额反而越会飙升。

而且，森之杯作为最具实力的马匹，被外人一致看好。那么，有这匹赛马参加的“F氏纪念赛”堪称是一座金山了。如果说，它会从连胜名单中去掉的话……

刚刚犯下命案的八田英吉，并没有多余的时间去考虑什么预测赛马。他抱着账本、实用日记和四本赛马杂志，来到了工厂角落里的焚烧炉前。

他把星野花江书箱里的赛马杂志悉数带了出来，不想让警方找到她曾经做过赛马预测兼职的蛛丝马迹。这是为了不让他自己也买马券的事情从这条线上浮出水面来。董事长米村重一郎应该绝不会向警方供出，遇害的秘书还曾经偷听过自己的电话吧。那样做就等于董事长自揭其短了。那么，跟二级承包商商议如何阻止这位秘书偷听一事，更是会往自己脸上抹黑，想必米村应该也会对警方保持沉默的。

就在这个深夜时分，他把一本账本、一本实用日记和四本赛马杂志塞进了工厂的焚烧炉里，淋上汽油，将所有物品付之一炬。他坚持守候到了全部烧完为止，就像亲手为星野花江举行了一场火葬仪式般。

没有一个人从正房那边跑过来查看情形。工厂里的窗子也全都被遮住了。这项工作彻底完成是在凌晨三点钟。他钻进被窝的时候，一旁沉睡的老婆依然鼾声大作。

二月十五日的晚报上，登出了这样一则新闻：有人在相模湖畔发现一具被人掐死的女尸。报上说，是上午九点半前后，由湖畔经营游船的人员发现并报警的。通过遇害人身上的身份证明可以得知，该女子为江户川区小岩新川二百六十七号日东商会的事务员星野花江（三十二岁）。由于手拎包内不见了钱包等物，身上衣着亦无凌乱，初步判断为劫杀。但亦有可能是熟人作案，辖区警局正从两方面入手进行搜查。

八田英吉记得，自己在翻找钥匙的时候，也曾摸到过手拎包里的月票卡。因为觉得并无必要隐瞒她的身份，就没有理会。他心想，虽说报上称“有可能是熟人作案”，可是像星野花江那种毫无交际之人，警方搜查起来肯定会极为困难。而且，警方是绝对没有可能留意到自己头上的。

他在十六日星期五的早报上，并没有看到相模湖畔女白领命案的后续报道。八田英吉在站前的小卖店买遍了各种报纸，依然没有找到。

他有些放下心来，又顺手买了张体育报。报上登着前一天赛马训练后的预测情况：“森之杯后腿强劲，内脏状况极佳。马匹体重略超十公斤，待去除之后即堪称完美。”

就是因为马匹胖了十公斤，舍务员才向马主米村董事长建议“烧酒蒸”的吧。写在星野花江偷听记录里的“烧酒蒸”一词，具体寓意他并不清楚。但是，他能隐隐推断出很可能是某种违反常规的操作。再看看其他体育报上的赛马报道，也全都把森之杯看作是最大的夺冠热门。

十七日星期六的早报上，依然没有相模湖畔女白领命案的后续报道。似乎正如他所料，搜查工作进展得十分困难。

十八日星期日，马报上这样预测道：“森之杯状态调整至绝佳。之前稍嫌超重的体形已火速收敛。”

火速收敛，就是因为做过“烧酒蒸”了吧。他心里暗忖道，如此折腾马匹，恐怕存在风险啊。

“F氏纪念赛”在下午三点半开赛。八田英吉两点前后就来到了后乐园的场外投注处。这栋七层大楼整栋楼都是投注处。

他去了三楼的一千日元投注处。人头攒动中，客人们个个全神贯注地盯着马报。“8”这个数字被人群不断地低语着。“8”号就是森之杯。

八田英吉买了2—3、2—6、3—6的一千元券，各三十张，总共投了九万日元的注。每一份都排除掉了大热的“8”号。

二十分钟后，窗口响起了截止铃声。仅这一处投注大厅里就云集了三百多人。此时，大厅里的人们不分老幼，不论衣着如何，全都鸦雀无声地等候着电台里的实况转播。

号码之谜

在相模湖畔被掐死的星野花江一案搜查总部设在了辖区警局，县警刑事部也予以协助。

起初，搜查总部的推断里也包括了劫杀这条线。但是，渐渐地，范围缩小到了情杀上面。

究其原因，一名居住在小岩公寓里的女子，在寒冷的冬夜里平白无故跑到相模湖边，绝不可能单纯为了游玩。

从现场草丛的状态来看，也没有任何打斗过的痕迹。假如是与异性一起到那里，又被人掐死的话，两个人走到那里的脚印应该会有突然杂乱起来的迹象。或者，尸体的服装上面也应该会散乱地沾有枯草、树叶等。可是，这些迹象完全都看不到。此外，附近的人家也并未听到有任何男女发生争执的声音，或是女人的叫声之类的。

因此，搜查方从这一事实推断，遇害人很可能是在别处被杀的，尸体则是被人驾车从现场搬过来的。

搜查方并不会将全部资料向新闻记者公开，撒手锏一般都会隐藏起来。比如这桩相模湖命案中，就有一张从报纸上剪下来的小小纸片掉在了现场。那张纸片叠成了两折，似乎曾夹在一本记事本里。感觉是在凶手把星野花江的尸体搬到现场之际，记事本从凶手的口袋里滑落过，纸片应该就是在那个时候掉落在了草丛上面的。

凶手可能立刻就发现了记事本滑落，又将之捡起，却没有留意到那张纸片从记事本里掉落了出去。为了防备被周围人发现，凶手当时应该是没有打开手电筒的。另外，由于记事本滑落后是朝下倒扣着的，这也使他没有留意到纸片掉落出去。

剪下的报纸片是体育报上的赛马一栏，日期是二月十四日（星期三），内容是本周的主要赛事展望。在有关各匹赛马的消息中，“森之杯在十一日（星期日）单独训练中，于最后一英里处面临绝好冲刺时机，目前状态极佳”这段话还被抽了出来，特意用红铅笔画上了线。

在搜查总部里，认为凶手是个马迷的意见占了多数：凶手应该是在十四日早上买了体育报，把它剪下来夹在了记事本里。

警方就是依据以上推断开展搜查工作的。然而，却没有取得特别的成果，调查工作寸步难行。有一天，一名搜查人员忽然提出，这片剪报会不会是遇害人所持的物品呢？

于是，搜查人员又重新奔赴星野花江的工作地点——日东商会，拜会了米村董事长，询问她本人是否一名马迷。

米村董事长明确地答道，自己手里养了将近十匹赛马，森之杯是其中的一匹，但这与星野秘书毫无干系。此外，也完全不知道她对赛马感兴趣。

问及她在公司内部是否有过从甚密之人时，得到的回答是，她在公司内部几无交际，生性孤僻。

可是，搜查总部却从一个完全意想不到的地方得知了一条消息：星野花江对赛马是感兴趣的。

一家位于墨田区的银行分行特来报告说，星野花江很可能在该行以“滨井静枝”的名义开设了一个活期账户。银行方面是在报上看到了遇害的星野花江照片后报警的。

一个以“滨井静枝”名义开设的活期账户上，每个月会有三十笔左右的款项固定转账进来。

“滨井静枝会打电话向我提供赛马的预测消息。都是在每个星期四、五、六的晚上，或是第二天早上。她并不是预测会赢的马，而是预测会输的马。我们只要从各个赛程中去掉这些会输的马，再猜出会赢的马，买那些马的券就可以了。在她预测可能会输的马里面，常常包括那些被视为夺冠热门的实力马匹，所以，时常能让我中彩，甚至中到大彩。每个月只需支付一万日元的会费，也着实划算。当然，我并不知道滨井静枝是怎样得到那些预测的消息资料的。只要到银行转账过去，第二个月就会有电话通知过来。所以，我与滨井静枝小姐并没有谋过面。只是，感觉她说起话来一副办公的口吻。”

通过进账银行顺藤摸瓜找出来的三十余名证人众口一词。

“我还是第一次听说星野小姐会做这种事情啊。她究竟是怎么弄到那些预测赛马的消息呢，这我可真是估摸不到啊。”

长年任用星野花江为自己担任秘书的日东商会董事长米村重一郎，对来访的搜查人员这样答道。

米村董事长隐瞒了她一直偷听打给自己的有关赛马消息的电话这一事实。若是这种事情见了报，只会有损自己的体面。他的这种心理，搜查总部人员并不清楚。

搜查总部推断，星野花江遇害归根结底还是熟人作案。也因此，开始追查起她手里那些赛马消息的来源。可是，追查之下却发现，她不但没有异性交友关系，就连同性朋友也完全不存在。

到了这个阶段，星野花江向日东商会的员工们有息放贷的事实也被查了出来。可是，这也跟“滨井静枝”所组织的赛马预测会员制度一样，只是她的兼职，其中并不存在人际交往。搜查总部渐渐描绘出了这样一幅肖像画：星野花江是一名对金钱欲望强烈，毫无异性关系，独来独往到了可怕地步的三十多岁女性。

慎重起见，本部对包括董事长重一郎在内的全体员工，以及滨井静枝的所有赛马预测会员进行了调查取证。可是，二月十四日晚上所有人都有确凿的不在场证明。

在这之前，搜查总部还搜索了她在小岩的寓所内部。

星野花江的住所在一栋小型公寓的二楼。搜查人员赶赴那里的时候，门是上了锁的。并且门锁没有被破坏过的痕迹，屋内也没有被人破窗而入过的形迹。家中依然保持着十四日上午八点半她去上班之后的原状。

屋内整整齐齐，收拾得有条不紊。据管理员称，她跟左邻右舍都无交往。所以，是否有失窃物品，也是无从得知的。

搜查人员试图从室内检验出指纹，但所能提取到的指纹全部来自她本人。这也证实了她的房间内并没有外人来过。

可是，搜查总部也没有忘记一样事实：掉落在案发现场尸体旁的手拎包里，房间的钥匙已经不翼而飞。此外，记事本也不见了踪影。钱包的失踪，或许是凶手为了伪装成劫杀而刻意拿走的。

被拿走的记事本里，一定记载着她手里那些放贷和进账的明细。那么，以此为依据记成的总账应该就在她的房间内。可是，警方搜遍了这个小小的屋子，仍然一无所获。

此时，总账的重大意义开始浮出水面。

是不是凶手为了拿走那本账本，才从手拎包里拿走钥匙，进入了她的住所呢？也因此，房间里才会找不到总账？

那么，又会是在何时呢？本部推断，应该就在相模湖畔抛尸的当天夜里。第二天尸体就已被发现，凶手应该没有可能再跑去寓所里了。

从相模湖出发到小岩，如果驾车走中央高速及首都高速的话，大概要花上一个小时。只要有一个小时左右的时间，行动就能够完成了。凶手用她的钥匙打开了门进入屋内，出来时又把房门上了锁。既然屋内未能提取出她本人以外的指纹，就说明凶手是戴上手套作案的。

搜查人员遍访了公寓房东和附近邻居，询问他们十四日深夜，是否看见有人溜进了她的屋子，或是房间内是否发出动静等，人人都摇头说没有。如此寒冷的冬夜里，家家户户都会选择尽早就寝。更何况，遇害人本就拒绝与街坊四邻有任何交往。

既然如此，星野花江又是在何处遇害的呢？相模湖畔只是凶手驾车将尸体搬运过来遗弃的场所而已。按照尸体解剖结果，死亡时间可以推断为被人发现时的十五日清晨九点再往前十一至十二小时。那么，也就是十四日晚上九点到十点的时间段了。误差大概在前后两小时。

凶手是驾车来的，这一点毫无疑问。那么，遇害地点究竟是在东京市内，还是在距相模湖不远的神奈川县内，搜查总部的人员各持己见。

搜查人员找到凶手所驾汽车可能经过的相模湖出口收费站收费员，出示了星野花江的头像照片，询问对方说，十四日晚上九点以后，是否见过照片上的女子与男子一同驾车经过那里。

十四日夜里当班的收费员称，一晚上要开过百余台情侣一同乘坐的汽车，自己并不能一一记住对方的模样长相，甚至都没有认真看过对方的脸。

“那么，有没有这样的车辆经过呢：车上有人伪装成病人或是伤者，不管是男是女，上面还盖着毯子的？”

有些上了年纪的收费员否认了这个疑问。

“座椅上摆着五六个小纸箱的中型私家车倒是有一台经过的。可那看上去也不像人的形状啊。要想把尸体放在车上，难道不是应该塞在后备厢里吗，警察先生？话说，电影上可都是那么演的啊。”

搜查人员想了想，觉得也不无道理，于是，便将五六个小小的纸箱摆在座椅上一事抛之脑后了。

总部决定以二月十四日晚上九点左右在同一条高速上行驶过的车辆为对象，调查是否有人在中央高速上目击过驶往相模湖方向的可疑人员，或是看见任何疑似装着尸体的车辆经过。总部在报上发布了以上公告，期待有人前来报告。通常，警方对不能为外人所知的消息会选择秘而不宣，但在需要媒体协助的时候，就会积极主动地发布公告了。

可是，一连经过数日，也不见任何人来提供类似的消息。

搜查总部开始焦躁不安起来。明明就是一桩简单的命案，为何居然捕捉不到丝毫线索呢？

并且，遇害的地点依然不能确定。这段时间，本部内部认为地点是在东京市内的呼声已经高过了神奈川县内。同时，还有人提出，作案地点很可能是在室内，会不会就是在凶手的家里。搜查人员手持星野花江的头像照片，走访了东京市内所有的普通旅馆和汽车旅馆，服务员们个个都声称没有见过这个女人。

此外，星野花江的头像照片也刊登在了各大报纸上，以示公开搜查之意。可是，依然毫无线索。

搜查总部遂打算对所有嫌疑人重新排查，尽管那些人在案发当晚都有各自的不在场证明。

搜查总部通过某银行位于墨田区的分行协助，得知了星野花江在该分行拥有一笔一千五百万日元的定期存款，和一个余额为三百七十万日元的活期账户。这两份银行存折和银行预留印章，都放在了她房间壁橱里一只老旧的衣箱中，就夹在一条式样早已过时的连衣裙内。这些账户可不是以捏造的“滨井静枝”名义开设的。

定期存款部分倒不存在什么疑点。只是，那个活期账户里的三百七十万，直到半年前为止还多达一千一百万。三百七十万是在分七次取款之后剩下的余额数目。而且，每次取款的数目都是一百二十万、八十万、一百三十万这种巨额，前后七次总共提取了七百三十万日元。这七次提取的时间，从去年七月十一日开始，分别是八月二十三日、九月十一日、十月十八日、十一月十四日、十一月二十日和十二月二十七日。

精打细算的她，没有可能一个人把这么一大笔钱耗费在吃喝玩乐上面，也没有发现她有过相当金额的购物。那么，她一定是把这些钱有息贷给了某个人。即便是通融给日东商会的员工，这些钱的数额也未免太过巨大了。员工们也都明确说过，他们是不可能从她那里借走那么高额的贷款的。

至此，她那本被疑为失窃的账本变得格外意义重大起来。凶手会不会就是向她借走七百万巨款的人呢？如果推测是正确的，两人之间的借贷关系，应该始于去年的七月十一日。

搜查人员又到日东商会拜会了米村董事长。米村董事长那张鹅蛋形的脸上现出困惑不已的表情，说自己完全想不出，会有什么人能向她借走那么一大笔款项。

“这个借款的人，应该有台私家车的。”

搜查人员说道。可是，这年头拥有私家车的人多如牛毛啊。董事长依然摇了摇头。

“您看一下。她取款的日子全是限定在星期一、二、三这样的日子。银行方面说，她都是在中午十二点到下午一点之间，也就是趁着午休时间，到存款窗口提取存款的。”

搜查人员又把银行方面提供的复印资料出示给他看：

七月十一日（星期二）、八月二十三日（星期三）、九月十一日（星期一）、十月十八日（星期三）、十一月十四日（星期二）、十一月二十日（星期一）、十二月二十七日（星期三）。

“……除了星期日银行休息外，一次也没有星期四、五、六吧？这是因为星野要在每个星期四、五、六的晚上或是第二天早上向会员致电通知消息啊。她只会趁着星期一、二、三的午休时间去银行里取出存款。然后，傍晚六点钟这边的工作结束之后，再拿着那笔款去跟什么人会面。她遇害的日子——今年二月十四日，也是个星期三。”搜查人员对米村董事长说。

就在当天搜查人员离开后，米村董事长的心理再一次发生了波动。

他的心理第一次发生波动，是在星野花江遇害后不久。当时，搜查人员找上门来，向自己询问掉落在现场的体育报赛马栏剪报一事。森之杯是自己养的赛马。她会把这匹马受训后的预测报道剪下来，说明对这匹在二月十八日F氏纪念赛上炙手可热的赛马投以了极大的关注。她果然偷听了舍务员打来的那通电话——关于“烧酒蒸”的。

米村并没有向警方坦陈，自己曾为了设法阻止她偷听，找到了二级承包商城东洋服店老板八田英吉商量对策。因为在这当中，还包含了许多暗箱操作，诸如对森之杯采取那种接近违法的手段，以及从马主或是马舍方面获取一手消息、再购买马券等行为。加之，被秘书偷听到这些电话，本也是件极为丢人现眼的事情。所以，尽管搜查人员一再询问米村，她是从哪里搞到那些赛马预测资料的，他也还是装作一问三不知。

可是，第二次找上门来的搜查人员说到星野花江的银行存款从去年七月开始被接连提取了七次，金额达到七百万日元。这时，米村脑子里开始浮现出城东洋服店的八田英吉来。作为一名二级承包商，他可是度日如年的。难道说，是八田从星野花江那里借走这笔款的吗?

此刻能想到的就是自己与八田英吉在皇居前的酒店见面之际，他是开着自己的车来的。搜查人员也说过，杀害星野花江的凶手很可能有自己的车。

她取钱时，一律避开了星期四、五、六。按照搜查人员的说法，一定是因为每星期这个时间，她要赶回家中致电会员通知赛马的预测消息。也因此，她把借款交给对方的时间，就只能是在星期一、二、三下班后的傍晚时分了。

米村董事长心想，另一个了解星野花江兼职内情的人，就是八田英吉了。当初可是自己委托他秘密调查星野，并叮嘱他绝不能被她发觉的。那么，八田与她之间，也就没有可能产生借贷关系了。

最终，米村董事长没有向搜查人员吐露自己曾经委托八田英吉调查过星野花江的实情。因为，一旦说出这一事实来，就等于同时曝光了自己在赛马圈里那些见不得人的行为。

搜查工作就此陷入了僵局。

二月十五日早上在相模湖畔发现的女尸——星野花江遇害一案的调查工作之所以会遇阻，就是因为遇害人周边完全没有疑似人选浮出水面。

对此，搜查总部是这样总结的：像遇害人星野花江这种毫无异性及同性交往关系的女子，实属罕见。不论搜查人员怎样拼命开展走访调查，都一无所获。对嫌疑对象也已一一做了排查。这当中包括了遇害人担任其秘书的日东商会董事长米村重一郎，她致电通知赛马预测消息的三十余名“会员”，以及日东商会内部向她借过款的七八个员工。然而，所有人都握有确凿的不在场证明，从他们的证词中，也找不到任何能作为线索的材料。

至于星野花江向会员们透露的赛马预测消息究竟来源于何处，至今不明。手里养了将近十匹赛马的董事长米村重一郎说起话来，的确有些含糊其词。可是，他本人也持有当晚的不在场证明。总部也曾经将其列为重点嫌疑人之一，可是不论怎样排查，也找不到证据证明二人之间存在董事长与女秘书间常有的那种暧昧关系。更何况，星野花江是个年过三十、毫无姿色的女子，基本上是无法勾起异性兴趣的。在她身上，只有着旺盛的存钱欲望。

可是，即便是毫无魅力的女性，在男人眼里也有可能成为猎物。因为，星野花江手里有一大笔积蓄。杀害她的人毫无疑问是盯上了她的钱。从银行存款里连续取出将近七百万日元，时间还限定在除兼职日以外的每星期一、二、三，也就是说，要在这些日子的晚间把钱交给对方。那么，对方是个与之有着恋爱关系的人吗？可是，以她的性格来看，没有可能白白拿给对方钱财，一定会按欠款一笔一笔记在账上的。手拎包里的记事本失踪，以及找不到本应留在屋内的账本，这一切都印证了以上的推测。

可是，不论怎样排查，都发现不了她存在着“情人”的证据。既然她第一次取出七百万存款的一部分是在去年七月，那么，可以推断的是，这段恋爱关系应该诞生在那之前。警方也按照这个时间调查过了，却依然无功而返。

凶手有车。掐死她的地点依然不能明确。但是，凶手应该是在相模湖畔抛尸当天，连夜赶到了她的寓所，用在手拎包里找到的钥匙打开房门进入屋内，拿走账本后逃之夭夭的。这样的话，很有可能走的是中央高速和首都高速。报上已经登出公告，可是，至今也没有任何目击者前来提供消息。

手段已经用尽，案情却依然迷雾重重。搜查总部在成立四个月之后，终告解散了。

是年八月前后，一名巧妙地修改了未中的马券号码，并企图凭其诈骗彩金的男子，在后乐园场外投注处被捕。

“六月份第三个星期六，我来这里排队时，在领取彩金的窗口遇到了一个名叫八田的熟人，他是一家洋服店的老板。我看到他领取了一大笔彩金。听他说，他在上次二月十八日的F氏纪念赛上中了大彩。为了不在比赛当日惹人注目，他故意没有领取彩金，等到四个月后才来领奖。我也在那场F氏纪念赛上投了注，买的还是大热的森之杯，结果却失手了。2—3的连环彩金居然高达九千五百日元呢。听说八田一共买了三十张千元券，也就是说，可以分到二百八十五万的彩金啊。我猜，像八田那种一向只会坚持买银行赛的男人，偏偏在F氏纪念赛上放弃了大热的森之杯，一定是手里得到了什么了不得的消息吧。这件事让我很是眼红，就想着涂改马券号码，自己也能领份彩金回去。”

警察在听取男子供述的过程中，想起一件事来。

那就是调查二月中旬前后相模湖畔发现的尸体——布料批发行的董事长秘书遇害一案之际，自己协助神奈川县辖区警员调查一事。一般来说，其他府县[1]的警署人员要在东京市内进行搜查时，常常会请求警视厅予以协助。当时，神奈川县辖区警署派来的搜查人员曾经对该名警察提到过，在案发现场掉落了一片体育报上的赛马栏剪报，疑是加害人或遇害人的随身物品。而那片剪报的内容，正是关于“森之杯”这匹赛马的预测报道。

这名没能成功骗取到马券彩金的男子在供词中，也提到了森之杯这一赛马的名字。这使警察联想起之前那桩案件，遂立刻通知了已解散搜查总部的神奈川县警察辖区警署，并称，“希望此事能起到一定参考作用”。

1　日本的行政区划，相当于中国的省、直辖市。

接到通知的辖区警署立刻派出两名搜查人员奔赴东京，开始针对八田英吉的身份进行调查。随后得知，这是一名在中央区久松町经营城东洋服店的三十五岁男子，承接着平和服饰的制衣业务。而平和服饰正是日东商会的承包商，也就是说，八田英吉的城东洋服店属于日东商会的二级承包商。

说到日东商会，董事长是米村重一郎，遇害人星野花江之前正是他的秘书。在这里，掉落在湖畔草丛上的剪报（疑似在抛尸时从记事本中掉落）中所提“森之杯”，与日东商会有关人员之间，终于可以用一条线关联起来了。

一度解散了搜查总部的辖区警署立刻重整旗鼓，着手商议新的搜查方案。

八田英吉的城东洋服店作为日东商会的二级承包商，经营异常艰难。加之纺织行业原本就已低迷不振。星野花江从七月开始接连从银行取出七百多万日元存款，是不是就交给了这个八田英吉呢？此时，警方也已得知，八田有自己的车，常常会驾车外出。

辖区警署本想将八田列为重要嫌疑人，立刻进行调查取证。可是，要实施这个行动，还存在着几个难点。

首先，并没有发现星野花江与八田英吉之间的关系。对于遇害人的交友关系，他们在最初的搜查阶段，就已进行了大量走访调查，却没有与之接近的人物浮出水面。不用说，更不可能见到八田英吉这个名字了。这一次，又以八田英吉为主线清查了他的周边，出人意料的是，也没能查出星野花江的名字来。

两人之间不是毫无关联，就是那种关系被巧妙地隐瞒了起来，二者必居其一。

而且，即便暗中进行调查，依旧毫无迹象表明那笔七百万的款项自去年七月起到了八田英吉手里，并被他挥霍出去。城东洋服店的资金周转情况，也并没有因此发生明显的好转。

警方也向日东商会的接线员取过证，证实八田英吉这个名字既没有打过电话给星野花江，也没有打过电话给米村董事长。

这样的话，就不能随意传讯八田英吉了。没有直接证据自不用说，间接证据也只有一项“在东京赛马F氏纪念赛上，特意排除森之杯后中了大彩”。如果他非要辩称，是依靠自己的判断与直觉买的，也并非不合情理。

辖区警署的搜查人员觉得，假如就此放弃八田英吉这条线，实在是心有不甘。

总之为了解开疑团，搜查人员主动登门到久松町的城东洋服店里，拜访了八田英吉。他本人正待在办公室里。这是一名头发梳得整整齐齐，外表温顺柔弱的高瘦男子。

办公室里还有三名女性事务员，两名假扮成客户的搜查人员遂邀他到附近咖啡店里小坐。他说，自己刚好也想喝杯咖啡，于是欣然一同前往。隔壁的工作间里，还传出缝纫机发出的嘈杂声音。

两名搜查人员到了店里后，才出示了自己的警官证。此时，八田英吉面不改色，一脸不知情似的问道，不知道警察究竟有什么事情要向自己询问呢？

“你在今年二月十八日F氏纪念赛上中了将近三百万的大奖吧？”搜查人员笑着询问道。

“我都买了好长时间的马券了，还是第一次碰上这样的好事呢。啊，我可是完全没有从什么人那里得到什么特别的消息啊，只是我的直觉而已。”

“你是说，幸好一开始就把大热门森之杯去掉了吗？”

“去掉森之杯？是啊，之前我光买那些大热门的马了，结果老是吃亏。所以，这次就反其道行之，干脆赌上一次试试了。”八田英吉微微笑着，向两名警察说道。

“是吗？直觉这个东西，人人都有啊。其实，还有一个人跟你预测的一致呢。你可能也在报上看过的，就是今年二月十五日在相模湖畔被发现的尸体——日东商会的秘书星野花江。她从体育报赛马栏里剪下的森之杯报道部分，掉在了案发现场。”搜查人员若无其事地说道。

对于八田英吉来说，此刻才是最大的危机。

此前，报上居然只字未提那片剪报的事情，这使他内心受到了巨大的冲击。他当然记得，把星野花江的尸体留在现场时，记事本曾经滑落到草丛上，自己还把它拾了起来。那片剪报看来一定是本来夹在记事本里的，就在那个时候掉了出去。他知道，应该是因为自己没拿手电筒，心里又惶恐不安，才没能留意到。

八田英吉在公寓里的偷听记录上，曾经看到过她用潦草的字迹写着“森之杯要用烧酒蒸”。听到警察的一席话，他明白了，那片剪报与之本该是一体的。

可是，他竭尽全力不让自己受到的冲击表露在脸上。他掏出香烟，点上火，在警察面前淡定地吐起了烟圈。

“是吗？”

他看似毫无兴趣地吐了几个字出来。言多必失，说多了肯定危险。

本来，警察会出现在自己面前就已经超乎自己的想象了。不过，当他得知对方只是为了询问自己在F氏纪念赛上中大彩一事，就稍微放下心来。

“你之前认识星野花江吗？”警察接着问道。

“不。就是通过那桩命案报道，我才知道她是日东商会的事务员。当然了，之前既没有看到过星野的长相，也没有跟她见过面。”

“你跟日东商会的米村董事长熟悉吗？”

“米村董事长本人我倒是在什么地方远远地看到过，不过并没有说过话。我也只不过是个二级承包商，与日东商会没有直接的业务往来。平常打交道的是平和服饰，他们才是日东商会的一级承包商。”

“你有私家车吗？”

“有。是N品牌的快捷豪华型中型车，昭和四十九年[1]出厂的。”

“车牌号码呢？”

“XX7355。”

“今年二月十四日晚上，你有没有开自己的车外出过呢？”警察询问道。

“二月十四日的晚上吗……”

八田英吉想了一阵。

“时间太久了，想不起来。已经是半年多前了啊。”

——的确，一般人也没有几个能清楚记得半年多以前自己的行动的。就算是被人家问到四五天前的晚上干了什么，也会有人想不起来的。如果弄巧成拙地制造个不在场证明出来，反而更加

1 即1974年。

危险。他决定，坚持自己最开始定下的方针：不去花功夫制造不在场的证据。

英吉下定了决心。

“是吗？那能不能想办法回忆点什么呢？”

警察笑着，一脸为难的表情。

“还是想不起来啊。”说完，英吉又笑着问道，“警察先生，为什么要向我询问这种事情呢？”

“应该不是什么特别的事情。我们也只是接到上级指示，要求我们问一下八田先生。嗨，搜查的范围太大了，我们也时常会接到上级一些莫名其妙的指示。可是，绝对没有什么需要担心的，请放心。”

警察找了个现成的借口，含糊地搪塞过去了。接着，又问了最后一个问题：“啊，对了。还有一个问题也要问一下八田先生，你在夜间外出的时候，都是开自己的车吗？”

“是啊。也有开车的时候，也有坐电车的时候，看情况吧。不一定每次都开车。”

可是，这个问题引起了八田英吉极大的不安。他的内心开始感到莫名的恐惧。

“要是我能想起二月十四日那天晚上的事情，我会联系你们警察的。”

两名搜查人员又亲自赶赴警视厅交通部。

“二月十四日晚上吗？”

警视厅的办事员说着，抽出了记录本逐一查看。

“当天晚上，辖区内的中央高速也好，首都高速也好，一起事故都没有发生过。而只要没有发生过事故，该牌号的车辆是否经过高速公路，就不会在记录当中，那就没法知道了。”

等到八田英吉主动打电话给神奈川县警的辖区警署，已经是第二天了。他手里拿着出差赴东京的搜查人员名片，约出了其中一人，信心十足地说道：“我想起来了，警察先生。二月十四日晚上八点前后，我本打算去拜访神田的朋友，就离开了家。中途我又改了主意，八点半前后在丸之内R报社旁的关东煮小摊上喝了点酒，结果喝醉了。上了车之后，发现开不了车，准备在车上睡一小会儿，等到酒醒。结果却睡过了头，回到家里都是十一点半左右了吧。我老婆已经睡着了，都没发现呢。”

“您把车停在了哪里呢？”

“R报社旁边一条昏暗的路上。”

由于前一天被警察登门拜访并询问外出情况，八田英吉担心自己只说不记得了的话，会被警察怀疑。因此，他感到惴惴不安。他花了一整个晚上，处心积虑地思索，哪里才是即便警察要调查，也找不到确切证据的地方。最终，他想到了夜间的报社旁。那里自己以前去过，很是清楚周边的状况。因此，干脆自己主动找上门去报告了。

辖区警署的警察又在晚上赶到东京，四下观察八田英吉所说之处。

时间也跟他所说的一致，刚好是九点前后。这天夜里，报社附近行人稀少，并排摆着三四家小摊贩的车。看上去，除了夜班报社员工外，还有些过路的汽车不断地来来往往。也有人会下车，到摊上站着吃些关东煮或是荞麦面，然后再离开。

搜查人员站到了关东煮的小摊前，旁边还有四个客人正在站着吃东西。

“来这里的客人都是些老主顾吗？”搜查人员一边吃着芋头串，一边向正在忙碌着的老爷子发问道。

“老主顾主要都是些报社里的人，生客也不少啊，都是开着车来的。正好这个时间肚子也饿了。再过一会儿，酒吧里的女招待们就会坐着客人的车来光顾了。”头上扎着绑带的老爷子答道。

“那么，您还记得今年二月十四日晚上九点左右开车到这边的摊子上喝酒的人，是什么长相吗？”

“生客吗？那种生客的话，哪个小摊也不会记得的啦。那些人就算来过，我也不会记得的。就是这样啦。”

搜查人员离开此处向背面走去，附近全是些工厂和仓库，路旁停着几台中型车和小型卡车。路上几无行人。

要制造不在场证据，这里的确是个完美的地点。八田英吉自称十一点半回到家里，妻子已经熟睡，并不知道他回去了。

“要在那样的地方搜查不在场证据，纯粹是做无用功嘛。”

听到以上报告时，辖区警署的搜查科长表情明显现出不快。

神奈川县警辖区警署听取了派往东京的搜查人员回来所做的汇报。开过搜查会议后，得出结论：只能放弃八田英吉了。

直接证据一项也没有。若说间接证据，也没有任何周边证词，能证明八田英吉与遇害人星野花江之间有过交往，她那七百万日元的去向也实难把握。把“中了森之杯大彩”说成是偶然的幸运，也无可厚非，这份材料根本就没有办法用作证据。半年前的晚上在小摊上喝酒，在没有行人经过的路上睡在车里，这些全都没有办法开展不在场证明搜查。

辖区警署的搜查工作只得再度告一段落。

——入秋后的一天。

一名三十岁左右的男子来到东京市内的四谷警察署，从口袋里拿出一片报纸上的剪报，出示给警员，说道："我手里有些线索，也不知道跟这则报道有没有关联，所以特来报告。"

剪报的内容是关于"相模湖畔女白领遇害案"的。

"据信，凶手于二月十四日夜里，曾与被害人同乘一台车，或是载上被害人的尸体从东京市内经过首都高速、中央高速，驶往相模湖畔方向，并在湖畔抛尸。之后又独自一人驾车沿同一条高速公路回到东京市内。搜查总部希望，当天夜里如有在高速公路上见过疑似该车者速来报告。"

"你是在什么地方看到疑似该车车辆的呢？"警员代替神奈川县警的辖区警署询问道。

"就是在首都高速上永福与高井户出口之间的紧急停车带里。我们的车开进去之前，那里还停着一台N品牌的快捷豪华型中型车。我们的车就停在它前面的位置。"男子说道。

"我们，是指？"

"我开车，女朋友坐在旁边。"

"然后呢？"

"然后，我们在车上说话的时候，早就停在后面的那台车上突然传来声音，好像是女人短促的叫声。当时，我还以为是车……震……的声音呢。"

"这大概是二月十四日几点钟的事情呢？"

"大概刚过十点钟吧。接着，又过了大概十分钟吧，后面的车就发动引擎开出去了。经过我们的车旁开向前方，也就是朝中央高速的方向开过去了。坐在里面的人一直看不清楚。"男子继续向警员讲述道。

他们在那台车开走后，又在紧急停车带里待了三十分钟左右，说完了话就准备回家了。这时候，汽车出了故障，又耗费了五十分钟左右的时间。他为了把住在牛入一带的女朋友送回家中，在高井户出口下了高速，重新开上了对面的高速公路。

“这样向市内方向开过去时，我突然发现，一台在我们前面的中型车和一个半小时前跟我们停在同一个紧急停车带里的车非常相似。我们是因为汽车出了故障才这个时间回去的，对方可是一个半小时前就开出去了。而且，这个时间才返回来，说明把女的送到了相当远的地方。我们一边聊着这个话题，一边看着前面开车。可不知为何，那台车突然猛地加大油门。简直就像亡命一般狂飙出去，我也来了兴致，加速追了上去。

“当时我觉得很是蹊跷，就想着最起码看看前面那台车的牌号，很想拉近车距。让我吃惊的是，对方居然越开越快。我也是因为好奇才想追上去。可是，从新宿再往前的路段上有许多弯道，我想那样超速太危险了。后来看到报上的新闻时，我就想，那台车会不会跟这桩相模湖命案有关系呢，所以就特地来报告了。”

“你看到那台车的车牌号码了吗？”

“很可惜，对方逃得实在是太快了，最后我也没能看清车牌号码。那台车离开外苑出口的时候，跟我们方向还是一致的，然后就径直朝经过绘画馆旁的外苑周边公路开过去了。我为了把女朋友送回牛入那边，就从信浓町向四谷三丁目方向开过去了。也就是说，与对方是一左一右，分道扬镳了。”

“那台车下了外苑出口，是朝青山方向开过去的吗？”

“我觉得是。”

警官的眼睛看着那片剪报。

“这是二月份的报纸啊。为什么那个时候你没有马上来报告呢？”

“因为我有老婆啊。这种事情要是向警察报告的话，我就会被老婆发现跟情人在车上幽会的事情了啊。”

“原来如此。那，过了八个月之后，就能来报告了吗？”

“我已经跟当时的老婆离了婚，跟那个在车上和我幽会的女朋友结了婚啊。所以，也就不用再担心什么了。其实，我会来报告这件事，还是现在的老婆建议的呢。”

来报告消息的人挠着头，讪笑着。

对相模湖畔女白领遇害案深感棘手的神奈川县警辖区警署接到了东京四谷警署的通知，内容就是关于“首都高速上的目击者证词”的。最开始，警署并未重视。

之所以这样说，是因为证人并没有目击到车牌号码，因而毫无线索可言。首都高速公路上，仅仅夜间就会有数百台N品牌昭和四十九年出厂的中型车——这种车型极其普遍，同型号的车辆也数不胜数。

而且，报告人说该车从高井户方向下了外苑出口。按理说，凶手应该从相模湖入口处向距离小岩的星野花江寓所最近的小松川出口直行才对。没有道理出了外苑又驶向青山方向的。从时间上看，凶手也应该没有多余的时间在路上耽搁。

可是，辖区警署对于该报告人所说的在高速公路紧急停车带里杀人这一推测，表示出了兴趣。也就是说，这桩命案被伪装成了情侣在路旁的汽车里恋爱。原来如此。这样的话，杀人和搬运尸体就可以一举完成了。掐死对方这个手段也的确符合伪装成恋爱现场的情况。

辖区警署的搜查人员再一次来到了东京。首先，他们与报告人本人见面，听取了他的证词。报告人一再强调说，自己所目击到的那台车的主人一定是住在青山一带的。

搜查人员尽管觉得很有可能是白费工夫，还是坚持去了警视厅交通部。由于目击者并没有看到汽车的牌号，搜查人员向交通部陈述时的口气也颇为郁闷，这份材料从一开始就没有受到重视。

交通部遂从记录中查找，八个月前的二月十四日夜里，青山附近是否发生过什么。

科员说，二月十四日夜里，并没有发生过事故。但是，有一台N品牌昭和四十九年出厂的中型车，在十二点左右曾在外苑处被一伙暴走族包围过。被巡逻车发现后，警官下车向该车驾驶人询问是否受到了伤害。貌似车主之人答曰没有，却慌忙启动汽车，匆匆逃离了现场。

当时，深感奇怪的警官记下了那台汽车的牌号，汇报上级以后，被记录了下来。

“牌号是？”

“XX7355。”

搜查人员翻开记事本，这正是八田英吉的车牌号码。

“二月十四日晚上八点半左右，在丸之内R报社旁的小摊前喝酒，之后在附近的路上停下了车小睡，十一点多才回到位于久松町的自己家中。”

这可是八田英吉事后特地从东京打电话给辖区警署的搜查科，主动提供的证词。

駆ける男

狂奔的男人

一

所谓收藏狂，从精神分析层面来讲，大概应该归类于偏执狂。不过，这个概念似乎也因收藏对象而异。像绘画、古董那些，收藏者不论集齐多少，都有可能受到外人的尊敬，并不会被称为某某狂。再比如玩具、器物之类的手工艺品，基本上也属于这一种。可是，假如绞尽脑汁收藏回来的对象却是那些并无价值的、一般人根本不会有收藏欲望的物件，就可以称之为某某狂了吧。比方说，喜欢收藏别人穿旧了的杉木屐、拖鞋、睡衣纽扣、烟灰缸之类的人，应该就可以归类为收藏狂了吧。倘若把这些东西搞到手里还并非通过金钱，而是多少有些不合法的手段的话，就更不必说了。

旅馆酒店行业里，这种被盗事件是时有发生的。法律上讲，这种行为的确属于盗窃。但那些丢失的物件是否能被认定为“被盗物品”，对于警方来说，也着实是件令人头痛的事。这是因为，拿走东西的人，通常并非出于经济利益上的考虑，而对于被盗方而言，经济损失也是微不足道的。

可是，这些时候，那些不值一提的普通物件在收藏狂眼中，往往有着不可替代的价值。杉木屐也好，睡衣纽扣也罢，其价值就在于上面印着或是缝上了酒店旅馆的名字。假若没有名字或标志，就全无价值了，也会让他们觉得索然无味。这一点上，倒是与常人并无二致。比方说，遇到一把印有酒店名字的汤勺，收藏狂们便会想尽办法躲过酒店的耳目，将其占为己有。假若上面没有名字的话，在他们眼中也不过就是一把普普通通的汤勺而已。同样，一双杉木屐上是否印有旅馆的名字，自然也是如此。再比如，烟灰缸、酒杯、酒壶、枕套等等，全都可以以此类推。倘若还能把床单缠在腰间，在账房眼皮底下大摇大摆地带出去，更会被外人啧啧称奇。这些玩意儿若是放在自家壁龛里，当成挂轴或是摆设，就算再一文不值的物件，也绝对可以称得上是“被盗物品”了吧。

通常，收藏狂们喜欢把这些物品带回家中，一字排开：这个是北海道某地的，那个是东北温泉胜地的，这个是北陆某地的，那个是近畿的、四国的、九州的，如此这般向旁人炫耀那些酒店旅馆的名字，自己心中也会无比得意。只因其中既充满着每次旅行的回忆，也包含了自己铤而走险的经历。

山井善五郎正是这样一名收藏狂。不过，他的目标却别出心裁：收藏各地酒店旅馆“高级套房”里摆放的备品。起初，他也曾收藏过杯勺之类的普通玩意儿。可是，这种小事任谁都能轻而易举地做到。出于摆脱平庸、鹤立鸡群的想法，他开始转念向“高级套房”下手了。

说起这个山井善五郎的来头，他本是东京一家制药公司的推销人员，负责对外交际联络。这家制药公司仅是一家中等规模的企业，尚未在各地设立分支机构。公司也只有一些特约店，销路还没有得到太大扩展。必须由总部派出推销人员到各地去，通过直接联系当地的医院和各大药房，或是登门拜访各个综合医院的药局负责人，进行药品的宣传和推销。也因为这样的出差任务，山井善五郎一个月中要有大半时间在各地奔波。

每逢出差在外，他总要设法找机会在那些风景名胜地住上一两晚。既然是出公差，自然不能次次都如愿。但平均每两次出差中，总能有一次可以满足这个爱好。常年在各个中小城市的旅馆里停留过夜，让他既无聊乏味，又空虚寂寞。以这种方式给自己营造出一丝旅行的感觉来，也是无可厚非的。

善五郎通过这样的经历了解到，全国绝大多数的名胜地和疗养地都存在着尊贵的客人曾经下榻过的知名酒店旅馆。甚至会让人慨叹，贵客们莅临过的地方竟有如此之多。

不过，仔细想想看，贵客们之所以会莅临各地，在战前，多因参加军事活动；在战后，多因出席文教活动。值此之际，再顺带光临一下附近的风景名胜地，也就顺理成章了。

善五郎还了解到一点：贵客们的下榻之处，一般是由官方选出的当地最具历史、最有来历的传统酒店旅馆。而后来建成的现代型豪华酒店，多半难入他们的法眼。这一点大概是宫内厅和县厅的官员们出于慎重考虑，对经营者的品行及家族血统等进行多方调查后的结果吧。因而，就算是最新建成的豪华大酒店，经营者若是欠缺相应的资历，也是没有机会的。这种时候，要求的是排场与档次。

所谓排场与档次，主要是指那些最具来历、拥有悠久历史传统的酒店旅馆。即便楼馆本身是旧式的，也可以通过历史的悠久来加以弥补。

这些高规格的旅馆里，通常都会原封不动地保留着贵宾下榻过的房间。譬如，在某家旅馆里，一间套房内会单独设有歌舞伎舞台模样的高台，还有一个十二叠的房间与一个十叠的房间相连。里面的天花板为方格形，上面绘着传统的花鸟图案，柱子间镶嵌着金色的尊贵家徽，用以遮蔽钉子。

原本，这里就是特别套房，但也并非普通客人不能入住。只不过，房费相当可观，差不多要有普通客房的三倍。也因此，不是谁都能住得起的。旅馆方大概也是希望通过这样的方式来加以限制吧。

山井善五郎通常会偷偷溜进这样的贵宾房内，拿走里面的备品。按说，不打招呼、擅自拿走物品的举动，属于明显的犯罪行为。但对当事人来讲，拿走的无非是些纪念品而已，并无他意。再说，既然拿走的物品不值一提，也就像之前说过的那样，是否构成犯罪也很难把握。据说，把酒店餐馆里的备品偷装进口袋带走的行为，在关西话里有个暗语，叫作“笑纳”。也就是说，这种行为对于当事人来讲，不过就是一笑了之的程度而已。按外国人的说法，本性还是属于善良公民的。

话说回来，以善五郎的身份，可住不起这样的贵宾房。他的薪水和出差补贴显然少得可怜。按公司规定，出差一晚的住宿费最多不能超过五千日元。而贵宾房一个晚上，可是要花两万到四万日元呢！

故而，他会尽量要求，入住离贵宾房最近的普通客房。

像这一类旅馆酒店，正因为有贵宾房的存在，在当地也必然是久负盛名的。由于价格的关系，贵宾房里并不会经常有人入住。很多时候，即便全店都已客满，却单单这套房间里无人入住。这种时候，旅馆就会应其他住客要求，开放房间以供人“参观”。普通住客必定会对里面精美绝伦的陈设赞叹不已，以一种“心灵受到洗礼”的崇敬之情，将房间内各个角落顶礼膜拜一番。善五郎也只须佯装成这样的参观者，便可以充分地做好“踩点”工作：应当带走什么样的备品，备品位置周边的情况如何，等等。至于如何进入上了锁的贵宾房，善五郎堪称是轻车熟路。

如今，很少有人将室内那些尊贵的象征取下，再特意珍藏起来，但这种行为也并非完全不存在。有些地方为了保存这种威严荣耀，还会特地打造出图案类似菊花的金属件来，镶嵌在上面，用来隐藏钉子。而其他房间里的住客，也会仰视这些从横梁上发出的灿灿金光。善五郎所要收藏的对象里，就包括这一类装饰品。北起北海道，南至九州，只要是那些有来历的酒店旅馆“高级套房”里的物品，哪怕形式上没有刻入名字，性质上也可以视为同类。

五月中旬，山井善五郎专程光顾了一趟位于濑户内海沿岸的观光小镇龟子町。那正是因为，他听说这里有家传统旅馆，里面有一间这样的“高级套房”。这回，他照例要在山阳地方各个城市巡回进行药品推销，但一个晚上的空余时间还是有的。准确来讲，应该是，他为了收藏品特地抽出了这段空余时间。

这里位于县都[1]向南三十公里左右的海岸处，是个闻名遐迩的风景胜地。这一带有着许多形状各异的小小岛屿，分别漂浮在

1 县政府所在地，相当于中国的省会。

面朝四国山脉的海面上。海岸线犬牙交错，形成了若干港口和海角。尤其是这座龟子町小镇，自平安时代起就已是著名的港口了。从和歌、旅行日记里都可以了解到，昔日，这里曾经有多名青楼女子，抚慰了航程中旅人百无聊赖的心灵。如今，这里依然留有一丝当年的气息。与其说它是一座渔港小镇，倒不如说更接近于游乐地，抑或是疗养地。

有着悠久历史的龟子酒店，就位于港町以西，坐落在一个偏远的山坡上。这个山坡地理上属于毗邻海岸线的丘陵地带，海拔不过七十米而已，却因孤零零地立在平坦的海岸上，视觉上给人感觉十分突兀。就在山坡顶上，屹立着这座酒店，是一幢木制的四层楼房。

酒店建于明治四十三年[1]，建筑属于当时的德式风格。黑色的屋柱与横梁垂直交叉，从雪白的外墙头探出来，隐隐透着一丝古典美。旧式屋瓦上的青釉依然带着古朴的韵味，仿佛上过一层铜绿，上面还伸出烧暖气用的烟囱头。松林掩映的山坡上酒店的身影若隐若现，让人不禁对这座象征着传统的建筑生出景仰之情。

说是四层楼房，但其实第四层只占了全楼长度的四分之一左右，就矗立在三楼中央部分之上。因此，整座楼房呈“凸”字形。贵宾房就位于这处凸起的四楼。里面五间房都是贵宾房，唯有西侧三间大套房才是贵客曾经下榻过的，如今已成了特别套房。从顶楼望去，还可以俯瞰到蜿蜒曲折的海岸线，和星星点点散落在碧蓝内海上的青翠岛屿。

山坡的松林里，还修有花坛和池塘式院落。这里也属于明治

1　即1910年。

时代的设计风格，原汁原味地体现了当年的风貌。并且，完全保持了自然的状态，没有施以任何人工修缮。也就是说，人工打理的程度还远远不够。这些也让人一看便知，这家一流酒店里，人手十分紧张。

酒店沿斜坡向下二百米处，有一栋日式二层楼房，建于紧临海岸的石基之上。这是一家传统的日式餐馆。屋檐上的招牌上面写着“蓬莱阁”，上面是桧树皮铺就的屋顶。石基上，时而有和缓的海浪轻柔地拍打过来。

位于坡上的酒店与位于坡下的日式餐馆之间，由一条木制长廊连接起来。坡面极陡，远远望去，长廊让人仿佛有种铺设了索道的错觉。不过，这条长廊仅由木制台阶与走廊构成，好似连接大和长谷寺大门与正殿的三折百八间长廊[1]一般——龟子酒店与蓬莱阁本就是同一家经营者经营的。

二

两天前，山井善五郎已经从出差地的旅馆打来电话，以“川原”的名义预订过了。因此，他直接坐上出租车来到了龟子酒店正门口。要到达酒店门口，必须从坡下沿着一条弯弯曲曲的小路上去。小路两旁生长着松林。正门前到酒店背后还环绕着花坛和池塘式院落，花坛与院落都是左右对称的。

善五郎走进古朴陈旧的一楼大厅。此刻，外面还是阳光明

1　长谷寺位于日本奈良县樱井市，其仁王门至正殿之间有一条长廊，由399个台阶组成，分为上、中、下三段。

媚，大厅内铺着绯红色地毯，里侧却亮着灯光。大厅的窗户十分狭小，楼内仿佛密室一般，外面的光线根本照不进来。前台一名年长的男侍先是煞有介事地要求他办理入住登记，又装模作样地将房间钥匙交给一名穿着蓝底白领制服的女侍。女侍看上去也有四十来岁的光景。大厅里的柱子上发出黑色的光泽，上面的金银装饰庄严华丽，宛如铺过一层锦缎。

电梯也是古色古香的。这年头，这种古董大概只有在伦敦那样的地方才能看得见了。除了必要的问答以外，女侍一言不发，态度极为冷淡。善五郎早已习惯于各家旅馆因人手不足所导致的恶劣态度。在他眼中，这也不失为旅馆张扬自己地位的一个表现。

女侍带他来到三楼一间海景房里。海面上风平浪静，宛如一面镜子。房间望海这项条件对于善五郎来讲，可有可无。关键是，这里是否靠近贵宾房。女侍把公文包放在房间角落里，就准备转身离开。他拦住女侍，把一张千元纸钞塞进了她的手里。女侍原本僵硬的表情瞬间就柔和下来了。

“听说这里有贵客下榻过的房间，请问是在哪里呢？”

“四楼的特别套房。”脸上长了许多细纹的女侍答道，态度一改之前的冷淡。

“里面还保留了当时的原样没有？”

“房间格局和家具备品还保持着原样，因为有许多客人都要求参观一下房间。”

“那我也能参观一下吗？”

“实在不巧，昨晚刚刚有客人入住，恕难从命。不过，后天就能空出来了。”

善五郎很是失望。没有提前在电话里询问一下贵宾套房是否空着，这的确是自己的失策。他一直以为，那里价格昂贵，不会经常有人入住的。

“我想参考一下，请问那间特别套房的费用是多少呢？”

“一晚两万八千日元。”

“一晚两万八千日元！”

女侍那张已不年轻的脸上露出鄙夷的微笑，看着张口结舌的善五郎。

“是什么样的客人会入住呢？”

“啊，自然是有钱人。”

“那是必然了。一般人一晚两万八千日元可是太奢侈了，绝对不可能住的。那么，再加上餐费和税费，一个人差不多要三万五千日元了吧？”

“昨天入住的客人是一对夫妻。”

“我想也是啊。那种地方，应该没有人会单身一人住进去的吧。莫不是哪家公司的老板？或者，是哪个从金融业界收取了不义之财，还不用交税的议员？”

“应该是位老板吧，具体就不太清楚了。”

前台的入住人登记名单里填好了住客的职业。女侍一定是瞄过了名单才得知的。但是，对此她口风甚紧。话说回来，虽说是登记，也有像善五郎这样，从地址到职业甚至姓名，全部都是捏造的。他之所以会这样做，是为了便于实施“收藏”工作。可是，打算在特别套房里连住三天的客人是没有道理不如实填写的。

女侍离开后，善五郎察看了一下房间内的格局。客厅里摆着桌椅，就像普通的会客室那样。还有两间相连的双人卧房。两间都格外宽敞，与近来流行的美式“经济型”酒店里鼻尖几乎都要碰墙的局促之感有着天壤之别。果然是明治时代的建筑风格，整个空间十分大气，令人感觉心胸开阔。

可同时，自己又有种站在某个文物纪念馆里的感觉。不论是天花板，还是柱子、墙壁，全都陈旧不堪。甚至感觉像是被人关在了几近倒塌的旧宅里。也就是说，房间内部完全没有经过任何人工修缮。旧式的窗子异常狭小，从窗子向外望去，倒是可以看得见海面，房间内部却阴暗沉闷得很。圆桌和椅子也全都是些充满旧时气息的东西：木制的圆桌十分窄小，绷着皮面的椅子上，弹簧早已失灵，坐下去是瘪的。

这样看来，这家有着悠久历史的老牌酒店也并非由什么大资本经营的，而是好似那些没落的华族[1]一般，只在外表上维持着往日的体面，一旦走进内部就会发现已经极尽衰败了。就像昔日的华族家庭拒绝与暴发户攀上关系一样，这家傲气十足的酒店也拒绝把自己卖给大资本，极力保持着清高。

傲气十足倒也还罢了。对善五郎而言，住进这种老旧不堪的房间还要支付一晚八千五百日元的费用，可着实不是个愉快的经历。要弥补这种心理上的不平衡，无论如何只有靠“笑纳”回高贵的收藏品那条途径了。要说那一点，似乎这里倒是相当有利。整家酒店都仿佛文物，高级套房里自然也少不了稀世的珍品。而那些珍品也绝不会是什么战后的，会比战前还要靠前。毫无疑问，应当是明治时代的老物件了。里面的物品不论多么不起眼，都应该绝对称得上古董了吧。

想到这里，善五郎开始振作起精神，进入这间老旧房间后的

1　日本于明治维新至“二战”结束之间存在的贵族阶层，战后被废除。

烦躁郁闷也渐渐变成了兴奋期待。甚至，透过狭小窗子看到的海面上，也似乎绽放出光辉来了。

然而，那间客房里住进了客人，这件事却不太妙。总不可能像个真正的小偷一样，趁对方熟睡时溜进去，偷摘下摆好的“纪念品”再带出来吧。可是，对方也不可能一天到晚关在房里足不出户啊。海上的风光再旖旎，老是从窗子里向外眺望，也会让人心生厌倦的吧。再说，既然是夫妻，就应该会有一起下坡到海边散步的时候。也说不定，两人会叫辆包车在附近兜兜风什么的。只要趁他们不在房间的时候，实施收藏工作应该还是小菜一碟。

只不过这里面还存在着一个难点：机会只剩接下来的傍晚时分到明早退房为止了。而且，这也已经是最大的限度。因为，善五郎只能在这里停留一晚。而那对夫妻住客是否会在这段时间内刚好外出呢？这才是他最为担心的问题。

无论如何，善五郎心想，要去贵宾房所在的四楼，就必须先查看好楼梯究竟在三楼的什么位置。

他悄无声息地推开沉重的房门，来到走廊上。细长的走廊里，铺在地面上的绯红色地毯一直延伸到对面的走廊尽头。尽管这里只有这玩意儿是新的，可是一放到这里，仿佛全都融进了明治的古韵之中，奇妙至极。连待在里面的人，也免不了沾染上这股气息。

善五郎刚刚在走廊里走了几步，忽然，从对面斜上方传来下楼的人声。他吃了一惊，连忙停下脚步。显然，有人从四楼走下来了。眼前看不见楼梯的位置，似乎就在前方五六米处。此时此刻，善五郎急于为自己找个藏身之处。但两侧客房如同两堵墙般整齐地并排过去，中间并无可以遮蔽的地方。

于是，善五郎转回身，慢慢向自己的房间踱去。他尽量地放慢步子，然后，找准时机回过头去。只见绯红色的走廊里，一名穿着咖啡色薄毛衣、灰底格纹裤的男子与一位穿着白色和服、系着绛红色腰带的女子，正横穿过去。走廊内格外狭窄，两人走过也就是一瞬间的事。

但即便只有一瞬，善五郎的注意力却格外集中，看到的情形也完全可以确定。那名男子肤色半白，侧脸瘦削，脚步挪动得十分缓慢。通常，公司老板之类的社会名流为了彰显身份，会故意减慢动作，这位不知是否出于这一缘由。紧随其后的，是一名穿着和服的女子。只见她一头浓密的秀发蓬松地盘在脑后。侧脸望去，鼻梁高挺，身材颀长，肤色白皙，骨肉丰满。男子在六十岁上下。女子似乎有三十五六岁的模样。善五郎心想，或许是哪个大老板带着自己的情人来这里游山玩水吧。

他回到自己房间里，站在卧房西侧的窗边。南侧的窗子可以俯瞰到整个濑户内海。而西侧的窗下，只能望到门口到坡下之间那条小路的一部分。他心想，老板与情人乘坐的汽车应该马上就要碾过那条砂砾小路，消失在松林里了吧。老板着装轻便，没穿外衣，只套了一件薄毛衣。这么看来，要么是准备搭车去附近兜兜风，要么应当是去酒店外的什么地方享用晚餐。一日三餐都吃酒店食堂里的东西，必然会感到腻烦的。这里可是海边，海鲜美味诱人。当季的濑户内海应该网到了不少鲷鱼上来。要品尝刚捕获上来的鱼鲜，没有比日本料理更合适的了。肯定还要喝点酒，用餐时间总不会太短。两人既然离开了高级套房，应该一时半会儿不会回来了。要弄到有价值的收藏品，眼下可是个绝佳的时机。

善五郎一面这样想着，一面朝楼下望去。可是，正门屋檐下迟迟没有汽车驶出，也没有一个人影走出来。目不转睛地盯了许久，一直是如此。正值五月中旬的傍晚六点前后，外面天色仍然大亮。这里紧临海边，全无遮挡，比城市里面更为亮堂一些。而且与东京相比，日落时间差不多要晚半个小时。也因此，绝不可能因为天色昏暗而漏看到对方离开酒店。那么，这两个人究竟去了哪里呢？

一侧的海面依然平静如池水，毫无波澜，甚至感觉有些瘆人。房内开着窗，却没有一丝风吹入，他的额头开始冒汗了。

然而，善五郎心中的疑虑很快就打消了。他的目光停留在酒店向坡下斜伸过去的长廊廊檐上。就是那条长长的走廊。那条长廊的廊檐中途消失在了松林里，之后又连接到坡下的餐馆。在来这家酒店的路上，他曾经瞄到过那家餐馆的招牌：一块腐烂陈旧的木头上刻着“蓬莱阁”的字样。

原来如此，这两个人是去了坡下的餐馆吧。怪不得在外面看不到他们的身影。两人此时应该正在那条细长的廊檐下面步行下坡呢。

山井善五郎嘴角漾起一抹满意的微笑来。

三

果然，正如山井善五郎所料，特别套房里的男女住客正沿着长廊向坡下的蓬莱阁走去。男子已年过花甲，的确是一家公司的老板。只不过，有一点推测失误：女子并非老板的情人，而是他明媒正娶的妻子。之所以两人之间年龄差距显著，是因为女子是老板的继室。

这位老板经营着北陆地方一条小小的私人铁路，此外，还拥有百货公司和地产公司。他出身渔家，全凭一己之力取得了事业的成功，是当地一代风云人物。他手中掌握着全公司百分之六十的股份，堪称公司里的绝对实权人物。入住名单上所写的“村川雄尔 六十二岁”，并非化名，而是如假包换的真名。同样，名单上的“妻子 英子 三十六岁”，也是千真万确的事实。

村川雄尔与英子其实早在前妻在世时，就有来往了。当时，英子在同一城市里经营了一家小小的餐馆。村川喜欢上了英子，有聚会时必会去她的店里关照生意。既然老板时常光顾，手下的员工自然也成了常客。最终，那里成了公司专用的地盘，就是这样一个老套又常见的过程。当时，英子与一名长期关照她的地产商刚刚分手不久。

在村川与英子保持了三年这样的关系之后，村川的妻子就罹患癌症病故了。一年后，英子关上店门，坐上了继室的位子。那之后，已经过去五年多了。夫妻俩一年中差不多要有两次彻底放下公司的业务，出来游玩个三四晚。再婚后的村川雄尔相当幸福。只不过他的心脏有些虚弱，因此不能进行剧烈运动，也会尽量爱惜自己的身体。

“怎么样？晚饭吃点日式的行吗？这里食堂的西餐实在是太难吃了。再说，咱们既然来到海边，也不能不吃点本地的海鲜啊。”

——这是山井善五郎在龟子酒店三楼走廊里看见这对夫妻的四十分钟之前，两人在特别套房里的一段对话。

“我也是这么想的呢。我想吃点鲷鱼刺身、清汤、炖鲷鱼、烤蛤蜊和罐烧海螺，还有照烧海鳗。”

“嗯。好啊。这里的海鳗味道应该也不错吧。”

“姬路离这里没多远吧？高砂出的海鳗再配上明石出的鲷鱼，那可是最正宗的呢。”

“是吗？明虾也是这边出的吧。”

“附近应当有养殖的吧。”

“那就再吃点明虾刺身和盐烤明虾吧。”

“能吃得下那么多吗？”

“我得多攒点体力啊。”

“是啊。这一阵，好像‘那药’也不太起作用了啊。”英子说着，朝丈夫轻轻地笑了一下，递了个眼神过去。听上去，“那药”一词是夫妻间的暗语。

“嗯。也可能是身体适应了。有了免疫力以后，就不太起作用了吧。”

“带过来的还剩下不少呢。”英子用眼神朝里面的卧室方向示意了一下。

夫妻二人此时端坐的地方，是个十叠左右的房间。这种西式的房间，夫妻俩也分不太清楚。反正，眼下暂时把这里用作了客厅。门口的小房间和旁边的会客室面积共有十二叠。隔壁是女性专用的客厅兼化妆间，有八叠大小。再隔壁的房间为男士专用，有八叠大小，说不上是书房还是办公室。最里面是间十二叠的卧房。在另外的地方，设有洗脸间和浴室。此外，还在一个特别的地方设了个小房间，似乎是厨房。或许，贵客下榻之际，需要来点洋酒之类的简单饮食时，与其让人一一从一楼厨房搬过来，还不如让随从的厨师在那里简单制作一下，还可以节约时间。

话说回来，这套客房里，各个房间的设计风格都是在明治末期的质朴刚劲中加入了巴洛克式的复古华丽。没有比巴洛克式更能体现出这幢德式建筑内部庄严华美的风格了。柱子之间上部露出穹顶，方柱上边的雕饰美轮美奂。卧房与会客室的天花板上是模拟圆形穹顶的绘画，繁琐的花纹包裹着鲜红的玫瑰，看上去异常逼真。当中采用了巧妙的透视绘画技法，使人仿佛置身于西欧的宫廷之内，抑或是寺院之中。

只可惜，画面早已褪了色，地面的漆也现出横七竖八的缝隙来。横梁之间与柱子上端仿石像的木雕装饰全都开裂，墙面上更是被熏得发黑。这幢建筑能让人联想到当年风光无限之际贵客下榻时的光景，如今却好像将倾的破败古屋，还在一味地凄凉破败下去。若说各个房间里摆放的用品，不论是橱柜还是化妆台，包括房间里的桌椅，样样都称得上巧夺天工，仿佛西洋古董店里陈列的玩意儿一般。

第一次进入套房时，村川雄尔从一个房间踱到另一个房间，一边上下左右四处环顾，一边自言自语道，要按传统来讲，这里应当属于古驿站上的旅馆遗址一类的吧。他大概是联想到了自己所在的城市郊外，遗留下来的那些江户时代的老旧空屋。英子也是听说这家酒店曾经有贵客下榻过，格调十分高雅，才提出要来这里观光的。她脸上现出一副出乎意料的表情环视着四周。

“简直像鬼屋一样。我也是听旁人介绍的，结果推荐了这么糟糕的地方。”她皱起眉道，感觉撞上了霉运一般。

“既然是订好了的，也没有办法。偶尔住一下明治时代的酒店，摆脱一下凡尘，也还不错。以后肯定能成为回忆的。”

村川笑着说。既然是妻子要求来这里的，他说这番话也是想给妻子一些安慰。对她来讲，满怀的希望彻底落空，做丈夫的也不能责怪她什么了。

再说回到夫妻俩先前端坐聊天的时候。就在聊到要去吃海鲜的话题之后，英子说道："老公，趁现在把这个吃了吧？"

妻子英子打开一只纸袋，纸袋是从一只小巧的行李箱里取出来的。她从里面拎出一只桃红色药包来。这只药包，形式上跟医院或药局里开的那种并无二致。她把桃红色的药包纸拆开，里面装着灰色的粉末。

"嗯……"雄尔点点头，嘴角却现出苦笑。

"我给你倒点水。"

英子拿起桌上的水壶，水壶轻飘飘的。啊，没水了。她自言自语着，走进了隔着两间屋子的厨房里——之前说过，厨房是为了贵客下榻而特地设置的，之后也基本没有改变格局。毫无疑问，依然是大时代的产物。不过，水龙头出水倒是足够顺畅。

英子走到那里，伸过杯子接水。只是，她在那里做了一个很小的动作。这个动作既跟给丈夫拿水无关，也跟让他服药无关。接着，她回到房间里来服侍丈夫吃药。夫妻间的暗语"那药"，其实是一种壮阳药，主要成分叫作育亨宾。百科全书上对于该药的解释一般为："生物碱名称。存在于西非产茜草科高大树种育亨宾的树皮中。无色，有光泽，针状结晶，无臭，味苦，曾被当地土著居民用作催情剂，进入二十世纪后被成功提取出成分。临床应用于神经衰弱导致的阳痿、麻痹性快感减退。近年来，在合成方面取得了成功。"

现在在日本国内，已经从这种非洲土著居民用作催情剂的热带植物树皮中提取出成分，并且制成了药品。老年人一般把它用作壮阳药。由于本是催情剂，壮年人用它自然会刺激欲望。按百科全书里的解释，“适量服用可使性器官充血，作用于腰椎的勃起中枢”。生物碱是作用于神经系统的。因此，过量服用有可能导致人“流口水，产生紧张感、痉挛等。引起中枢神经麻痹、呼吸麻痹，以至死亡”。

英子可是绝不会让丈夫过量服用此药的。这个纸药包里，包的是一剂药量，是药剂师准确称量好的。这一点上，英子格外小心谨慎。当然了，让丈夫服用此药，也是出于与他相差近三十岁的自己肉体上的需要。就是说，她本人也是受益方。因此，过量服用导致损害丈夫的健康是得不偿失的。

村川雄尔认认真真服下了一剂药，接着又脱掉酒店里的衣物，换上了咖啡色薄毛衣和格纹裤。女人也换上了自带的和服。换上盛装，气质更显端庄优雅。一身白色的盐泽和服上，系了绛红色的腰带，看上去风韵十足。每次看到这位年轻的妻子，雄尔都会感到心满意足。

两人走出房间。

“钥匙呢？”

丈夫回头望着妻子。关门上锁这些日常小事，一向都是由妻子负责的。

“一会儿就回来了。就这样吧，不用管了。”

英子嫌锁门麻烦。当然了，这可不是现代那种按一下把手就能轻松锁上的房门。门锁都是老式的，即便把钥匙在锁孔里反复转动，也很难锁上，相当麻烦。而且，钥匙也是陈旧到快要生锈了的模样。

“这家酒店是上了档次的，不会有小偷从外面溜进来。再说，我们也没放什么值钱的东西。”

随身带来的大部分财物已经寄存在酒店的保险柜里。丈夫也对妻子的心情表示理解。关上门，两人搭乘电梯来到了楼下。

“我们想去下面的餐馆吃点海鲜。”英子向前台的年长男侍说道。

“您说的是蓬莱阁，对吧？那我现在帮二位打电话预订一下吧。”男侍态度殷勤地说道。

“我们要叫辆车来，坐车到坡下去吗？”

“不用的。从这个前台的侧面，有条长廊一直通到坡下的蓬莱阁。稍稍有点长，不过，可以一直沿着它走下去。从镇上叫车来恐怕要花点时间，再说下面也不算远。”

到了前台侧面门口处，夫妻俩开始沿长廊走下去。男侍为他们安排了女侍引导。长廊从坡顶到坡下有五十米落差，整体形状呈“之”字形。远远望去，外观上很容易跟长达二百米的大和长谷寺三折百八间长廊相混淆。

这条木制长廊的坡度相当陡峭，差不多要有十多度。从上面俯视过去，曲折迂回的楼梯好似从天上被深深吸进地面一样。长廊全长约有一百八十米。

曲折的距离不是很长，因为有多处转弯的部分，上面都做成了螺旋梯形。可是，坡度并没有太大变化，仍然保持着陡峭。一旦在这里摔倒，恐怕要滑落五米以上。

廊檐上的横梁和楼梯本身全都保持了古木原状，显然年久失修。走在上面，仿佛行走在无人的古寺长廊或斋房里面一般。长廊上布满了灰尘，随处荡起白色的粉末，在空中飞舞。

“请当心脚下。”走在前面的女侍提醒二人。

“这里坡很陡，长廊太长了。”

村川雄尔被英子从后面扶住腰部，一步步落下脚去。有多长？对于这个问题，女侍的回答是，差不多有一百八十米。

“走下来比较轻松，走上去可能会有些辛苦。”女侍说道。

“是啊。老公，回去的时候咱们不走这里，叫辆车回酒店吧。”英子担心丈夫的心脏。

“嗯，行。”雄尔也表示同意。即便是年轻力壮的人，要上下这条坡度极陡的长廊也会气喘吁吁。若是患病的人或年长者，要么得在中途歇息一下，要么就得慢慢地一点一点爬上去。更何况是村川雄尔这样身体虚弱的人。

夫妻俩总算走完了长廊，来到了日式餐馆的后门处。这里刚好是餐馆与长廊之间的连接点。引导员也从酒店里的女侍换成了蓬莱阁里的女服务员。

服务员把二人带到了一处正对海面的包间。在这里，海面不再需要像在酒店里那样俯视，而是位于同一水平线上。太阳一时半会儿还没有落山的迹象，平静的海面上倒映着西边晚霞投射过来的余晖。

二人正坐在包间里喝着服务员倒好的茶，一名年轻的女服务员走了进来。

“十分抱歉，店里备餐还需要一段时间。请问，二位可以等上三十分钟左右吗？”说着，她低下头表示歉意。

“上面的酒店应该已经跟你们联系过了啊。”雄尔表情不悦地说道。

“三十分钟也还好了。趁这段时间，咱们去外面海边走走吧。”英子柔声安慰他道。

四

山井善五郎看到了特别套房那对男女住客搭乘三楼的电梯下去。电梯本是直达四楼的，不知为何，并没有开通。也许是不想让贵客下榻时听到扰人的噪声吧。总之，他估摸，以男女住客那身穿着打扮，暂时应该不会回到房间里来了。任务可以从容不迫地进行。

他来到先前已大致估算到位置的四楼楼梯下面。慎重起见，出门之前，他还在房间里故意磨蹭了二十来分钟。酒店的走廊里，大多数时间是不见人影的。既没有客人走动，也不见服务员的身影，宛如置身荒漠里一般。眼下就是这样一段时间。他前后观察着走廊里的情形，慢慢地一步一步走上楼梯。所幸，绒质地毯消除了他的脚步声。

一走完楼梯，特别套房的房门就映入了眼帘。只有那里的门是雪白的，四周还镶着浮雕花纹。尽管善五郎并不知道这就是所谓的洛可可风格，他还是不禁感叹：贵客下榻的房间，连房门都如此雍容华贵。

可是，还没走到门前，善五郎就听到房间里传来了响动。他倒吸一口冷气，特别套房里似乎有人。他立刻转回身，沿着楼梯朝楼下走去。

房间里有人。可那对男女住客出去还没有回来，这应当是确定无疑的。难道另外还有什么随从人员留在了房间里吗？可是，他刚才问过女侍，住客应该只有那对男女。如果还有随从人员在的话，女侍应该会提起的。那么就可能是酒店里的服务员趁客人离开期间来整理房间了。比方说，女侍之类的服务人员进来整理床铺。那样的话，应该很快就会离开了。

这是下到三楼时，善五郎心里估计到的。他心想，现在虽然不巧有人在屋子里，总好过自己进入房间后再有人闯进来吧。要是在里面当场被服务员发现了，肯定会被当成小偷抓起来的。这样看来，留在自己房里故意磨蹭的那二十分钟，并没有白费。

善五郎装作若无其事地站在自己房间门口的走廊上，眼睛瞟着楼梯的方向。过了不到五分钟，他眼前出现了一名男子的身影。狭长的四方空间里，男子从楼梯处自右向左唰的一下横掠了过去。与特别套房那对夫妻缓慢走过的地方，正是同一位置。

刚才看到的这名男子脚步飞快，从善五郎眼前一闪而过。因此他并没能看得太清楚。可以得知的是，此人应该是一名服务员。因为他身上穿着白色的立领上衣，一定是酒店里的男侍。只是年龄打扮和面部特征却无法确定。

果然不出所料，特别套房里有服务员进去整理房间了。那么，在那对男女住客回来之前，应该不会再有人进到那个房间里去了。这样反而更加幸运，可以不慌不忙地进行“收藏”工作了。

善五郎再一次走上从三楼通往四楼的楼梯。这一次，他彻底镇定下来。开门撬锁的技术，都是通过以往的收藏经历得来的经验。因此，在他口袋里，藏有一根短短的铁丝。

站在典雅华丽的房门前，善五郎忽然感觉身上一紧。不光是因为感受到了贵客下榻过的房间所透出的威严感，更是因为自己接下来就要用铁丝撬开锁，进入里面拿走“收藏品”的紧迫感。而这种紧迫感，在每次做同样的事情时他都能感受到。

他凝神盯着门上的锁孔，这是自己最怕的老式锁孔。他会感到害怕，是因为锁孔上的金属件已经彻底老旧生锈，看起来坚不可摧。恐怕用钥匙插进去来回转动都很困难，要撬开这锁，必定要花上一番工夫。于是，他试着悄悄推了推门。

不知怎的，房门竟然微微地开了一条缝。原来根本就没有锁上。

假如是那对男女没有锁门的话，他们应该不会出门很久。这么看来，也许是刚才的服务员用前台的备用钥匙进入房内整理好后，忘了把门锁上就出去了吧。

那样可真是太幸运了。鉴于这种千载难逢的好机会，善五郎不禁对服务员的疏忽感谢不已。有了这样的天时地利，任务应该会进行得异常顺利。他蹑手蹑脚地溜进房内，又回手把房门按原样轻轻地掩上。

会客室、隔壁客厅，随着自己的脚步移动，善五郎依次看到了一幕幕金碧辉煌的画面，这自然使他目眩神迷，惊叹不已。这里简直就像西洋版本的桃山建筑装饰一般，堪称收藏品的宝库。

接着，善五郎看到，就在宽敞大气、装饰奢华的客厅里，有一张优雅别致的桌子——此刻他还不知道有洛可可式这个说法——上面放着一把带有酒店房间号码牌的钥匙。钥匙就留在了这里，说明住客并未把房门上锁就直接离开了。上了锁的话，钥匙要么应当在外出之际寄放在前台，要么应当由客人随身带走。

服务员应当也是拿着备用钥匙来到门前的，却看到门没有锁上，于是就直接进来了。整理好后，又按照客人的意愿，没有锁上就出去了吧。

通常，对善五郎来说，遇到这种情况，应该要感谢住客的不拘小节。可是他对那些住客的行李毫无兴趣，关注点只在于镶嵌在房间里的尊贵饰品。为了先清点一下整个高级套房，他溜进了下一个房间。没想到竟然是间小小的厨房……

正当山井善五郎在特别套房里着手进行收藏工作之际，村川雄尔夫妻也从海边散完步，回到蓬莱阁的包间里来了。

“两位客人辛苦了。”餐馆的年轻女服务员迎上前去说道，“晚餐已经备好，让您二位久等了。”

首先端上来的，是酒和几样下酒小菜。小菜分别是小鱼干、腌渍墨鱼、醋拌海藻和海胆。

“果然都是海鲜啊。”雄尔兴致高涨起来。

“真好啊。”英子笑吟吟地望着面前几只小巧的碟子。女服务员拿起酒壶为二人斟上了第一杯酒。

“这里一共有几位女服务员啊？”英子问道。女服务员回答说十个。

“这里跟上面的酒店是同一家经营者经营的，所以，没有别家餐馆那种老板娘。不过，有个女领班。”她把酒壶收回到自己的和服裙里说道。

“那就相当于这里的经理了吧？”雄尔似乎听懂了她的意思。

“是的。”

“女领班在这里做了很久了吗？”

“是的。领班姐姐已经在这里做了二十六年了。从这家蓬莱阁开业起就在了。”

“是单身吗？”

“是的，还是单身。”

“要说，打听女人的年龄有些失礼。不过，按她二十三四岁来到这里算的话，做了二十六年就是……唔，五十出头了吧？”

“呃，大概是这样吧。”女服务员轻掩嘴唇，笑了一下。

“领班姐姐去火车站迎接刚到的客人了。”她说道。火车站位于从这里往北二十公里处，来回需要上下坡。

女服务员离开后，雄尔对妻子抱怨道：“那家酒店也是的，到这里要经过那么长的走廊，真是不像话。简直像狐仙住的地方一样。”

“是啊。酒店也好，长廊也好，全都跟鬼屋似的。不过这间餐馆是后建的，倒也还算干净。海边的空气也挺让人舒服的。”

英子说着，望向了海面。海面上依旧平静如镜。包间里的拉门和檐廊上的玻璃门都四敞大开着，外面却没有一丝风吹进来。

“这里紧靠着海，却没有风，真是闷热啊。”雄尔喃喃道。

英子帮丈夫把薄毛衣脱了下来。雄尔身上只剩下了一件衬衫，却仍然感到燥热难当。燥热自然不利于心脏健康，可这个季节要开冷气和风扇，都还为时过早。

上菜了。首先上来的，是鲷鱼和墨鱼刺身，以及鲜活的虾。虾头上的须还在微微颤动着。旁边的汤碗里盛着汤，里面有卷成圈状的鲻鱼。每道菜都不失时机地陆陆续续端了上来。

雄尔喝过三杯酒之后就作罢了。不敢贪杯，是为了保护自己的心脏。不过他吃了很多菜肴，完全不挑食。菜肴里面有些英子不爱吃的食物，比如薯类，雄尔倒是吃得津津有味。

接着端上来的，是用生姜乱炖的鸡内脏，里面有三四个切成块的九面芋头。芋头里充分渗透了内脏的油脂与生姜、料酒、酱油、糖的浓重味道，分装在两只华彩的陶瓷碗里。

“真是山珍海味啊。”雄尔说着，吃了块芋头。九面芋头的个头太大，因而切成了小块，以便于送入口中。妻子则从一开始就避开了芋头，只夹了内脏。

“这芋头好像有点苦味啊。”雄尔吃了三四块之后说道。英子侧过脸，看了看丈夫的碗里。

“这不是九面芋头吗？”

“应该是啊。就是口味有些特别。炖得有点儿咸。”

“是内脏的问题吧。肯定是九面芋头。应该是去年秋天收获的，储藏久了就不新鲜了吧。你要是不喜欢吃，就别吃了吧？”

“嗯。”

“不过，芋头炖内脏是能够帮助增加体力的。味道调得也不错，没有那么苦吧？”

“嗯，那我再吃点。”

他的食欲之所以又被勾起，一方面是因为喜欢吃芋头，一方面也是听妻子说到生姜炖鸡内脏可以增加体力。

“把我这份也吃了吧？”

英子举起自己的碗给他看，碗里只剩下了芋头。

“啊。吃不了那么多了。胃里不太舒服。”

妻子无奈地笑了。

天妇罗炸虾和炸鱼、炖鲷鱼、鳗鱼寿司……菜肴还在一道一道端上来。雄尔松了松裤子上的皮带。这一餐吃了将近两个小时了。

“太闷热了。”他擦着额头上的汗珠说道。

女服务员又端来了滑子菇汤和腌菜。英子要求上一份木桶米饭，然后告诉雄尔说：“这一带到了这个季节，傍晚就是完全没有海风的，气温还会继续上升。一直就是这样的。这叫作濑户内黄昏无风现象。”

雄尔心想，怪不得海面上连一丝波纹都没有，也感受不到一丝风吹过来。这样的天气，似乎让人感到烦躁不安。汗水沁入皮肤里，非常不舒服，应当很不利于健康。

雄尔忽然站起身来。女服务员也识趣地主动在前面为他带路。洗手间就在沿走廊稍微往前一点的地方。

英子一个人坐在包间里。这时，她耳边传来了走廊上女服务员们七嘴八舌的声音：姐姐，您回来啦，您辛苦啦……似乎女领班已经外出回来了。

没过多久，雄尔就回来了。可是他没有坐下来，而是怔怔地站在包间与迎客专用房之间的门槛上。他看上去脸色煞白，眼神空洞，视线飘忽。

“那个人居然在啊……”

雄尔说话时，一脸神情恍惚。

“那个人，是谁啊？”

英子端坐在那里，抬起头，睁大双眼望着脸色颇为异样的丈夫。

“……”

雄尔并没有回答，仍然呆立在那里，仿佛撞见鬼了一般。

“老公，怎么了？”

英子正准备从坐垫上站起身来。

“打扰了。”

包间门口传来沙哑的女声。英子望过去，只见一位五十四五岁、上了点年纪的女子正毕恭毕敬地站在门口行礼寒暄。

“我是当家的领班。刚刚有事外出，未能远迎，实在抱歉。”

此时，站着的雄尔原本是背对女子的。就在女子话音未落之际，他突然扭过头，掠过正在恭敬行礼的女领班，犹如兔子般冲了出去。

女领班顿时大惊失色，呆望着他冲出去的场面，不知所措。英子连忙大声唤着老公，追了出去。

雄尔又折回到来时的方向——酒店的方向。然而，他并非步行走上那条长廊，而是径直冲着长廊狂奔了上去。只见他的身影在那条长廊里飞一样地冲上去，全然不向左右顾盼，只是径直地朝上面一路狂奔，看上去犹如疯了一般。坡上的楼梯倾斜角度有十多度，距离也长达一百八十米。这段距离相当不短的路程，他狂奔起来的速度居然不像跑马拉松，倒像是在参加短跑比赛。衬衫也从裤子里面掉落出来，下摆好似挂在臀部上的白旗一样，随风飞舞着。他的身影在长廊各个曲折转弯处变换着方向，忽而向左，忽而向右。随着之字形向上，身影也越来越小。中间一次也没回过头，一次也没停下过脚步，就像被什么东西附体了一般，疯狂地奔跑着。

妻子和女领班，还有其余的女服务员，全都目瞪口呆地仰面望着这名似乎要奔入云霄之中的男子……

五

村川雄尔冲到酒店的前台就倒下了，被救护车送到医院时已经死亡。医生的判断是心脏骤停。

显然是因病死亡，但尚未做解剖。由于病人是突然死亡的，医院还是向警方报了案。

“毫无疑问是心脏骤停。那种坡度的长廊，他连气都不喘一下，就狂奔了一百八十米上去，可不是开玩笑的。即便是年轻力壮的人也会导致心脏破裂的，更何况是一位六十二岁的老人了。再加上当事人平常心脏就不算强健，他自己也会时刻注意保护，所以像那种速度的狂奔，完全是匪夷所思啊。这种状态只能让人想象他可能是遇到了什么令他惊慌失措的事情，才会那样拼命地狂奔逃离吧。”医生说道。警方派出的法医也在验过尸之后，得出了同样的结论，认为死因是心脏骤停。

那么，村川雄尔究竟看到了什么呢?

此时，雄尔的妻子英子向警方提供了这样一份证词：雄尔从蓬莱阁的洗手间回到包间之后，就一直脸色煞白，神情恍惚地呆立在那里，嘴里还自言自语“那个人居然在啊”。问他见到了谁时，他又默不作声，只是呆呆地望着海面的方向。这时，女领班进来打了个招呼。雄尔就是在那个时候突然冲出去的……

女领班名叫镰田荣子，今年五十四岁。出于职业原因，那张有着细细皱纹的脸蛋上涂着雪白的脂粉，两颊十分窄小。荣子的证词是这样的：

“说起来，村川先生和我，三十五年前曾经同居过两年多。那时候，雄尔二十七岁，我才十九。当时，雄尔只是个普通的公司员工，每个月的薪水微薄。我从深山的村落里出来，到M市（东北的一座城市）打工，在一家寄宿旅馆里当女侍。刚好遇到寄宿在那里的雄尔，他开始热烈地追求我。后来，我们就同居了。我们一起租住在外面一栋私宅的二楼里。我每天要在寄宿旅馆里工作到晚上八点。那一阵子，正遇上经济不景气，我们自然也是艰难度日。每晚八点回到家后，还会央求把二楼租给我们的房东同意我再为街坊做些针线活，一直做到深夜一点多。总之，我竭尽自己的全力，不让雄尔为金钱发愁。

“我也多次向他提出，自己希望早日跟他正式结婚。可雄尔一直没有正面回应我的要求。后来想想，其实雄尔对我从来都没有过爱，只是我自己一厢情愿地付出一切努力而已。不过，这些时候往往对女人来讲，是无比幸福的。短短两年的同居生活中，我们曾经一道去山里泡过两三次温泉。当然，也不过就是些温泉疗养场之类的廉价旅馆。在那里，我们会住上一两晚。那个时候，我感觉自己处在了幸福的顶峰。雄尔应该也知道我的那份喜悦。他那个时候就已经是个左思右想、顾虑重重的人了。当时不过二十不到的我，完全不了解男人心里的想法。

“两年后的一天，雄尔突然从我身边销声匿迹了。晚上八点多，我从寄宿旅馆下班回到家中，发现他留下了一封信。信中说：这样下去我也会陷入困境的。因此，我决定去外地重新开始生活。到那里带着女人不便行事，只能我一人先去。一旦我的生活有了起色，就会回来接你。但是，究竟会是何时我自己也不知道。所以，就不要等我了。要是能遇到合适的人，你还是嫁了吧。感谢你为我所做的一切，我不会忘记你的这份恩情。以这种方式跟你道别，我自己心里也万分痛苦。可如果提前跟你商量，你一定不会同意的，我自己也感觉难以割舍。所以，干脆选择这种不告而别的方式离开。请你千万不要恨我。信的大意就是如此。

“后来我才得知，雄尔在五天前就已经问公司拿了离职补贴，领过薪水，一分钱也没有留给我，就仓皇离开了。他可能认为，我既能给寄宿旅馆当女侍，手里又有针线活儿，生活应该不成问题。可其实，我当时的想法是，雄尔要是去外地的话，肯定会需要钱。要是他跟我直说了，我一定会拿出自己所有的积蓄来资助他的。

“信中说，要是遇到合适的人，你还是嫁了吧。可我当时完全没有这样的想法，仍然做着那份工作，又苦苦等了他两年多。当时，我还梦想着，他生活一旦有了起色，就会回来接我。尽管周围的人都劝我说，这话可不能信，你还是赶快放弃吧。可我却把这些劝告全都当成了耳旁风。在那样一个年纪，哪里会想到被男人如此欺骗啊……”

她离开当地以后，来到了关西。村川雄尔一直音信皆无，连他身在何处都毫无头绪。为了糊口，她做了餐馆的女侍。辗转流离之后，在关西一家日式餐馆做了包间服务员。其间，也有厨师向她表示了好感。虽然两人保持了亲密关系，她却无意谈婚论嫁了。只因在她心里，被初恋对象欺骗的阴影始终挥之不去。不过，那份恨意经过二三十年的时光，早已消失得无影无踪了。

“我从蓬莱阁开业后，就来到这里做服务员了。从没想过，会在这里遇到已经分别了三十五年的雄尔。不过，我并没有留意到他。就算是正面遇上，也已经过了三十五年，他应该是个老人的面孔了，我是认不出来的。应该是雄尔认出了我吧。大概是在我从车站迎接客人回来，在走廊里遇上他时，他就一眼认出了我是那个三十五年前被他抛弃的女人吧。我当时完全没有发觉，只是听服务员说，上面酒店有客人下来吃饭，就准备进包间打个招呼，寒暄一下。我还没来得及进入包间内，只是站在门口鞠躬的时候，他就从我身边冲了出去。当时，我大吃一惊。接着，就看到这个人沿着那条陡峭的长廊一路狂奔上去。我完全不知道发生了什么，只能瞠目结舌地在下面仰望。那位太太也是吓得呆立在那里。这个人死于心脏骤停之后，我才在酒店的名单上发现，原来他就是村川雄尔……雄尔发现了三十多年前被他抛弃的女人，如今竟是他和妻子用餐的餐馆女领班，一定心惊肉跳吧。于是，他就仓皇逃了出去。许是担心我会当面痛斥这三十五年来对他的怨恨之情，所以害怕了吧。不，他其实是害怕身边的太太吧，那位年轻貌美的太太。他心里大概是一念闪过，生怕在这位太太面前，万一被这个意外出现的前女友破口痛骂一番怎么办。于是他就一言不发地从我面前冲了出去，一路狂奔上了长廊。说不定还想起了那封许诺生活有起色就会来接我的信。听说雄尔早就飞黄腾达了，手里有好几家公司，后来又退居二线做了董事长，可仍然是公司的大股东，算是个不折不扣的大富豪了。若是按照他当年的承诺，第一个要娶的女人应该是我啊。

“可是，我的心里已经毫无恨意。倘若当年不抛弃我，雄尔根本就不可能有如此出人头地的机会。倘若一直跟着他，我也只会让他一辈子受穷。要是知道他来了这里，我一定会去祝贺他的飞黄腾达。可是，他却不清楚我心里的想法，就那样冲了出去，酿成大祸……”

以上是女领班镰田荣子的一席话。

雄尔偶然遇到了三十五年前被自己抛弃的女人，对她心生惧怕，因此夺路而逃。可是，实际上却是因为惧怕自己年轻的妻子。这是荣子的分析。雄尔一定是想象到荣子会泪流满面，当面痛斥他的情景。看到自己这位前女友，英子的心里又会怎么想？他更害怕的是这一点吧。假如雄尔是只身一人来到这里的，情形也许就会完全不同。不幸的是，他带了爱妻一起。之后，雄尔在二人面前试图逃离，结果却昏倒在地，一命呜呼。再加上，此前濑户内海黄昏之际闷热无风的天气，也是对他心脏不利的因素之一。

当然，“濑户内黄昏无风现象”与村川雄尔的死亡之间，应该没有直接的关联。之所以会沿着坡度陡峭、距离长达一百八十米的长廊拼命狂奔，还是由当事人自己的鲁莽判断造成的。假设原因真是撞见了幽灵般现身的前女友，那么这名被抛弃的女子，的确达到了三十五年来的“复仇”目的。事实上，绝大多数人都是这样想的。

村川雄尔的遗体顺利交接给了妻子英子。妻子将遗体装上一辆趁机漫天要价的包车，离开了这家矗立在风光明媚的海边、有着高级套房和悠久历史的酒店，一路绝尘而去。

——另一边，制药公司的推销员山井善五郎，并不知晓在下面的蓬莱阁里发生了如此大的骚动。不，应该说，他在这场骚动发生之前，就在夫妻二人如愿品尝到美味的海鲜佳肴之际，已经彻底完成了自己的“收藏”任务。

善五郎从高级套房里偷偷拿回了几样“纪念品”，并把它们迅速地塞进了公文包里。他把包上了锁，藏在自己的床下，便站在窗边吞云吐雾起来。他的心里洋溢着满足感。此时向窗外俯瞰，可以看到最后一抹夕照即将消失不见。整个大海宛如人造般波澜不惊，远处的海面上，还残留有一缕斜阳。两侧的山谷间，黑暗已经慢慢爬了上来。

善五郎忽然感到对这间老旧的屋子十分满意。他悠然自得地吸完一支烟，从椅子上站起身来，准备去享用晚餐。从楼下的斜坡上，可以看见长廊曲折迂回的廊檐顶。长长的廊檐尽头伸入蓬莱阁的侧面，摇身一变成了宽阔的屋顶，在松林之中时隐时现。哈哈，他想到，此时此刻，特别套房里那对男女住客应该正在坡下的餐馆里大快朵颐吧。

既然他们正在下面餐馆里慢悠悠地用餐，自己也该去吃点东西犒劳一下了。善五郎把房门锁紧，来到了走廊上——这房门可是一定要牢牢锁紧的。他搭乘电梯下到了一楼，走进可以望见海景的食堂里。里面有十来个住客正在用餐，基本上都是些中年以上的男士和年龄相仿的女士。大家都在漫无边际地闲聊着高尔夫的话题。

善五郎叫了一杯餐前的兑水威士忌，一个人举杯庆祝起来。这家酒店里的“纪念品”，显然又要为自己的收藏记录添上光彩的一笔了。首先，这些备品可都是明治时期的老玩意儿。个个材质考究，古香古色，精雕细琢，典雅别致，堪称是“文物”了。小小几样备品，也不过就是房间装饰里的极小一部分。把这样的玩意儿摘走，酒店一时半会儿应该还发觉不了。也就是说，并没有妨碍到高级套房里的纪念装饰。因此，他也完全不觉得自己做了多么出格的举动。严格来讲，这种行为属于不合法的手段，但从法律上讲，也是很轻度的。所以，他并没有意识到这已经是一种犯罪了。他心里感受到更多的，是自己的收藏品越发丰富起来的喜悦之情——只是有一点，他还拿走了一样与众不同的玩意儿。这玩意儿并非什么装饰品，而是滚落在一间厨房模样的小房间里。它个头不大，似乎是某种球根的一部分。善五郎不仅钟情于“艺术品”，也热爱花花草草。尽管每次拿走的都是如同寺庙里的佛具一般的备品，他的眼睛偶尔也会被这些展现出自然美的植物所吸引。于是，他把这只球根也收进了自己的公文包里。

善五郎一边留意着价格，一边吃掉了炸虾、牛排，最后喝过咖啡，离开了餐厅。正当他回到房间，打算再来上一支烟的时候，忽听见楼下一阵骚动，人声杂沓。此时，他并没有特别在意。过后，却瞥见一辆救护车沿着上酒店的坡道疾驰而来。

询问过女侍，他才得知，那间特别套房里的男住客因心脏骤停昏倒在地。被救护车送到医院时，男住客已经断了气。这让他大呼意外。那位老人在走廊尽头的四方空间里，与和服盛装的女子一同自右向左走过的情景，此刻还历历在目。

善五郎心想，大概是跟女子之间的年纪相差太大，身体吃不消了吧。钱太多了，也是件让人不得安生的事啊。

以他的想象，这只滚落到厨房地板上的球根，也许是老人在旅行所到之处得来的吧。一定是个珍稀的品种。只可惜，个头太小，而且只有一个。很可能是在买回来后，掉了一个在地板上。说起来，水龙头下面的水槽里，还有一摊被打湿过的痕迹。很可能就是在那里把球根洗了一下——善五郎当然不可能知道，英子为了让丈夫服下原产西非的催情剂，曾用杯子在水龙头下接过水。

善五郎回到东京以后，把球根拿去给熟悉花草的朋友看。

朋友也说，不知道这是什么植物的球根。外观上酷似大丽花，却又有所不同。朋友猜测说，也许是大丽花科的新品种吧。

善五郎又拿到专业的花店里去，请求对方的指点。

“这个，真是不清楚啊。这种球根我们从来没有接触过，完全不了解。说不定就是您所说的，大丽花科的新品种吧。最近，的确出了很多我们都不太认识的新品种球根。您把它种在院子里，明年五月前后开花了，不就知道了吗？”

这话听上去有些含糊其词，不过山井善五郎还是听从了花店的建议。他认真地保存好球根，在冬天来临时，给它浇水施肥，种在了自家的小院子里。

到了春天，他观察那块土，完全看不出有任何从下面冒出绿芽来的迹象。看不到开花了，他想。也许是因为球根太小，又只有一个，所以才没能发出芽来。

善五郎决定再等上一年，就把它一直埋在土里，再没有理会了。

六

村川雄尔死后，一年过去了。

此时，英子已得到亡夫的三分之一财产。她买下了一处位于东京银座的店铺，重新装修过后，在那里开了一家名为“蜉蝣”的日式高级餐馆。

雄尔与去世的妻子还育有三个儿子。因此，遗产自然不能英子独占。当然，三分之一的份额，也还算在情理之中。不但如此，在外人看来，才不过做了短短五年继室，就分得这样一笔天大的财产，没有比这更能称为从天而降的美事了。

这样的关注——或者说是艳羡——里面，充满着好奇。并且，既称不上是恶意，也谈不上是善意。丈夫尸骨未寒，英子竟然离开了所在的北陆城市远赴东京，这桩新闻始终被当地的人们津津乐道。

后来，她在银座开了一家日式高级餐馆的消息传了回来。当地因此兴起了一股没来由的传闻，都说村川雄尔是被英子下毒害死的。这种下毒之说的依据是，照当年的女服务员那里悄悄传出来的说法，英子日常都会给丈夫喂食一种奇怪的药物。

警方从这些传闻中获得了线索，开始出动调查。有关这些调查的报道，当地报纸上也会时有见到。英子通过与年老男人短暂又不合乎常理的婚姻生活，获得了大笔财产——对于这一可疑行为，北陆某市当地警方展开了暗中调查。

首先，警方向女服务员取证，得知了这种“奇怪的药物”。之后，又追查这种药物的来源，发现出自正规的药局。药局主人向警方声称，该药本为壮阳药，是一种春药。原料为西非产育亨宾树皮中所含的育亨宾成分，当地土著居民将其用作催情剂。近年来成功地提取出成分，制成了不具危险性的药品。药品已经取得厚生省[1]的许可，可以在市面上正当销售。其功能是主治因神经衰弱导致的阳痿、麻痹性快感减退等。

“这种育亨宾有没有副作用呢？”警察询问道。

“基本上是没有的。虽然成分已经成功提取出来，但纯生的状态药性太烈，因此要加入许多具有中和效果的药物，以防止服用者中毒。”

“中毒症状又是怎样的呢？”

“过量服用育亨宾会引起流口水、紧张和痉挛等。接着还会神经麻痹，呼吸困难，甚至致死。”

看到警察眼里放出光来，药剂师赶紧又加了一句：“但是，这说的只是纯生的状态。市面上的药物，虽说名为育亨宾，实则

1 日本政府部门之一，相当于中国的人力资源和社会保障部。

为了避免中毒，已经混入了许多其他药物进去。因此，不论是常年服用，还是一次性过量服用，都绝不会引起中毒的……村川太太从她丈夫去世一年多前就开始来这里开药了，她还非常高兴地说，这药起了很大的作用呢。”

最后，药剂师嘴角还露出一抹别有深意的微笑。

警方又就此事向其他药剂专家咨询，得到的答案跟药局老板所说的并无二致。

然而，警方对围绕此事产生的谜团十分执着，秘密派出了两名搜查科人员赶赴濑户内海的风景胜地，向那家一年半前村川雄尔夫妻曾经入住过的老牌高档酒店问讯整个事情的来龙去脉。

雄尔的心脏骤停并非服用育亨宾导致的。就在死前两小时，他还在酒店坡下的餐馆蓬莱阁里与妻子共进晚餐。根据在场女服务员的证词，当时，他看到眼前的美味佳肴的确是一副垂涎欲滴的样子，却并非因病导致流口水的感觉。此外，濑户内黄昏无风现象也确实让人感觉闷热异常，但也没有导致他出现任何痉挛的症状。自始至终，他都兴致勃勃、精神饱满地享用着盘中的美餐。

而心脏骤停发作的时机，正是在他看到女领班——那个三十五年前被他抛弃的女人——出现的那一刻。至于这一点，当地警方留有记录。尽管女领班镰田荣子在这场突如其来的变故发生后，出于颜面问题离开了蓬莱阁，但记录里详细保留了对她的问讯过程。村川雄尔冲上长达一百八十米的陡峭长廊狂奔而去的行为，理由多少可以理解。至于在那里导致心脏骤停的原因，也可以清楚地体会到。当两位负责调查的警方人员仰面看到那条长廊时，也曾经一脸愕然。

尽管如此，搜查人员为确保万无一失，还是亲赴酒店找到了酒店老板。当询问到那对夫妻是否有异样时，老板欲言又止地说道：“是啊。有件事，可能跟特别套房里的村川雄尔夫妇没有直接关系，却很是奇怪。”

“没有直接关系也可以，请您直说吧。”

“就在那对夫妻离开房间到蓬莱阁吃饭期间，房间内有些装饰品被盗了。是三个钉在天花板附近的装饰品，一种仿制的桐纹家徽。这种家徽并非由纯金打造的，只是镀金而已，价格倒是不值一提。但都是为了纪念贵客下榻而打造出的装饰，我们酒店对此也是相当珍惜。至今，还有许多客人希望入住或是参观贵宾下榻过的房间。这样无比荣耀的特别套房里，作为象征之一的桐纹家徽突然不见了三个，着实令人遗憾。就算过后想重新补上，也已经很难做出具有当年风貌的古旧玩意儿了。索性，就那么一直缺着放在那里……酒店的住客里，时常有人会有些怪癖。当事人往往只是为了留个纪念，就把上面印有酒店名字的杯子、刀叉，甚至烟灰缸什么的，顺手牵羊带走。可是，连高级套房里的备品都拿走了，可真是让我们伤透了脑筋……不，这件事跟村川先生过世并没有直接的关系。我也只是临时想到，当天傍晚曾经发生过这样一起怪事。这次失窃，我们是到了第二天才发现的。”

正如酒店老板所说，这件事与村川雄尔的心脏骤停之间并无关联。不过，警方人员还是把它写进了记录，以供参考。当然，也并未重视此事。

调查人员又奔赴东京，来到了村川雄尔遗孀经营的这家银座高级餐馆“蜉蝣”店前。看上去，整间店铺豪华气派。楼下是吧台式，二楼分隔成了五个小包间。包括外雇的人手和厨师以及助理在内，共有四人。再加上六名包间女服务员，算是一家档次相当高级的餐馆了。店内刚刚装修完毕，里面称得上富丽堂皇。看来，丈夫留给她的财产绰绰有余。

通过询问，搜查人员又掌握了一些内部情况。老板娘英子如今与一名四十出头的男子在一起。男子为一名证券公司职员，两人相识已有十年了。也就是说，二人的关系开始，早于英子成为村川雄尔的继室。很可能英子在嫁给村川雄尔那五年时间里，也与这名证券公司职员一直保持着秘密的来往。那样的话，英子会嫁给村川雄尔做继室，很可能是为了密谋其财产，从而有计划地致使雄尔提早死亡。因为，雄尔越早死亡，她就能越快地与证券公司的情人结合，也就越有可能在银座的正中心开上一家气派豪华的高级餐馆。

不过，要想有计划地致使雄尔提早死亡，会用到什么样的方法呢？据当时警方调查的结果，她与三十五年前被雄尔抛弃的镰田荣子之间并无任何交集，二人同谋演戏这条线是完全不存在的。

那么，英子的情人，那名证券公司职员，会对村川雄尔的心脏骤停施以怎样的手段呢？所有调查结果都显示，事发当天前后，不论是水平如镜的濑户内海岸边屹立的传统酒店里，还是该酒店经营的蓬莱阁内，都没有与其情人特征相符的男子出现过的迹象——更不可能是那个从酒店高级套房内盗走镀金桐纹装饰的人了。

长达一年半的搜查工作到了这里，不得不暂时告一段落。

话说，时间过了一个多月以后，报纸上登出了这样一则消息：警方逮捕了一名专门盗窃各地知名酒店的小型备品，并带回家中收藏的小偷。这名小偷品位“高雅”，性质特殊。报道中称，这个名叫山井善五郎的制药公司销售部推销员，凭借每次去各地出差之机，溜进当地最具来历的酒店旅馆“高级套房”内，将“纪念品”偷偷拿走。他在一家位于东北风景名胜地的酒店里被现场逮捕。之后，警视厅搜查其位于东京的私宅时，发现其家中堪称“高贵”的收藏品仓库。根据这个所谓的收藏者本人逐一供述，家中的赃物囊括了全国各地酒店旅馆内的高级备品。同时也可以得知，贵客的足迹竟已遍布了全国各地的风景名胜。

在报道中的主人公山井善五郎家中的收藏品里，还发现了原本钉在濑户内海沿岸那家酒店里的桐纹镀金装饰品。看到这里，北陆某市警察署的搜查人员翻开了记事本。尽管据酒店老板称，此事与村川雄尔发生心脏骤停并无直接关联，搜查人员却敏锐地发现，就在村川雄尔猝死当日，在夫妻二人离开房间后，几乎同一时间，山井善五郎进入了房间内。

两名搜查人员赶到东北，见到了被当地警方拘留起来的山井善五郎。善五郎对从那家酒店特别套房里偷拿走桐纹镀金纪念品一事供认不讳。他看上去垂头丧气。

“听说，你可以用一根铁丝轻易地打开房门。那间酒店的特别套房你也是这样进去的吗？”

“不是。那间套房的门从一开始就没有上锁。在那之前，我看到酒店的服务员从四楼走下来，我想可能是他忘记锁上了吧。但事实并非如此，进了特别套房后，我看到客厅的桌上放着带有房间号码牌的钥匙，就知道是客人出门前故意留在那里的了。”

“在你溜进特别套房之前，有酒店里的服务员进出过吗？”

“是的。我只瞄到一眼，那人好像穿了一件白色的立领上衣。我心想一定是酒店里的服务员吧。应该是整理完房间后下楼的。”

“除此以外，你还拿走特别套房里的什么东西没有？”

“没有了。”

“有没有任何异样之处呢？”搜查人员始终对“毒药”一事先入为主，执着地问道。

“不知道。”

“你再好好想想。多不值钱的东西都可以。”

“呃，这样说的话……”山井善五郎抓耳挠腮地说，“那个特别套房里有个小房间，大概是厨房吧。当时，地板上有一只小小的球根，可能是住客买回来掉在那里的。我个人很喜欢花草，就连同桐纹装饰一起带回家了。因为不知道是什么花的球根，就拿去请教了解花草的朋友和花店，都说可能是大丽花的新品种，具体也不清楚。人家说，把球根种下，等开了花就知道了。我就在去年冬天把它埋在了土里。可是，到了今年春天，既不发芽也不开花，到现在也不知道是什么花的球根。反正，应该跟大丽花的球根很类似吧……”

搜查人员又来到东京。果不其然，在山井善五郎家中院子的角落里，从泥土中挖出了一个酷似大丽花球根的东西。洗净后，发现球根已经干枯萎缩，无法发芽了。

北陆地方的搜查人员遂委托警视厅的鉴定人员对球根进行调查。

“这玩意儿，可不是什么花草的球根。而且，外观上很类似小一点的九面芋头，只是略微长了一点而已。这是一种植物的根，是一种毒草，东莨菪的根。”鉴定人员说道。

“东莨菪？”

“这种植物生物碱性很强，属于茄科。一旦误食了它的根，顷刻之间人的中枢神经就会受到侵袭，人会发疯地狂奔出去。它也因此而得名[1]。这也不是什么特殊的毒草，在日本的山野间随处可见。一般的辞典里，像《广辞苑》里就可以查得到。”

鉴定人员说着，打开《广辞苑》给他们看，就在里面的第1785页。

“东莨菪：茄科，多年生草本。自生于山中背阴处。块状地下根茎中会发出新芽，高度可达四十厘米。叶子呈长椭圆形。春季在叶腋处开出黄绿色合瓣花，长柄垂落。开花后结出蒴果，内有众多细小种子。整体有毒，地下根茎称为莨菪根，为镇痛药和止痉药，其中所含的生物碱成分可致瞳孔放大。”

“也就是说，这种生物碱会引起神经异常。在一般的百科全书里也写着，由于食用此根茎会导致人发疯地狂奔而得名。并不需要查阅什么特殊的专业书籍。”

那么，是什么人，用什么方法，让雄尔吃下去的呢？根据鉴定人员所说，这种东莨菪的根会带有一点苦味。这样的食物，无论英子如何劝说，雄尔应该也不会主动吃下去吧。

如果说是在雄尔发疯地狂奔之前吃下的话，那就是蓬莱阁的晚餐了。假如他果真吃了东莨菪，应该就是在那个时候。

这时，搜查人员想起了山井善五郎的证词：在他溜进高级套房前，曾亲眼看到酒店里的服务员进出那间客房。假设英子随身带来东莨菪，买通酒店里的服务员，让他在自己离开期间进入房间，并把它拿走。而“服务员”匆忙之中把其中一个掉落在了厨房的地板上。之后，进入房间里的山井善五郎又误以为它是花草

1　东莨菪的日文名称含有“狂奔”之意。

的球根，将其拾起带走。按照这样假设的话，是否合理呢？

这一假设一旦成立，那名“服务员”在让雄尔吃下东莨菪的过程中，必定扮演了某种角色——搜查工作到此总算豁然开朗了。

北陆地方的搜查人员再次获得了警视厅的协助。警视厅与濑户内海酒店和蓬莱阁所在县的警察总部取得联系，告知了事情经过。

酒店方称，询问过服务员，在一年半前事发当天那一时刻，并未有任何服务员进入过那间特别套房内。

蓬莱阁方则称，当天晚餐为村川夫妻二人呈上的菜肴里，有一道生姜乱炖鸡内脏，里面加入了九面芋头。九面芋头是前一年秋季储存起来的，味道自然大不如前。也因此，厨房里的厨师在炖煮时，使用了生姜，口味调得颇为浓重。另外，夫人可能不喜欢吃芋头，一口未动。

然而，警方却有着不同的看法。由于东莨菪的根带有苦味，为使之难以察觉，在鸡内脏和九面芋头里加入生姜炖煮后，毫无疑问会使浓重的味道彻底渗透进去。

警方遂询问当时的厨师去了哪里。得到的回答是，在那场骚动发生了大约半年之后，他就离开了蓬莱阁，目前在东京银座一家新开张的日式高级餐馆里担任厨师。蓬莱阁方还一并告知了餐馆的名字。

至此，真相呼之欲出了。蓬莱阁方称，厨房里的工作人员一向都统一穿着白色的上衣。不用说，给村川夫妻烹制生姜炖鸡内脏的那名厨师，也是穿着白色立领上衣的。这样在酒店内一闪而过时，很容易被当成酒店里的服务员。而酒店前台也并未留意到该名“服务员”的进出。假如是熟悉内部环境的人员，根本无须通过一楼前台，就可以直接到四楼特别套房内，拿走“做菜的材料”。

警方到中药店里买来了东莨菪的根。这玩意儿看上去跟从山井善五郎的小院子里挖出来的“某种球根”一模一样。剩下要调查的，就是英子给丈夫吃下的东莨菪，究竟来自何处了。

警方人员一行三人扮成公司职员的模样，于傍晚时分早早地进入了银座的“蜉蝣”餐馆里。

里面每样东西都崭新锃亮。设施也好，装饰也好，餐具也好，无一不透着气派华丽。三人就着下酒小菜小酌着。眼前一名三十岁上下的男子穿着白色上衣，系着白色围裙，一声不吭地制作着菜肴。男子似乎是厨师里的头目，想必收入也相当可观。

老板娘现身了。三十六七岁的模样，肤色白皙，风情万种，和服上也系着白色的围裙。

“欢迎光临。”老板娘英子从吧台后向三位初次谋面的客人寒暄问候道。

“呀！”

其中一人声音里已经带着醉意。

“老板娘，来份天妇罗！”

“好的，好的。师傅，天妇罗一份。”英子向一直沉默不语的厨师吩咐道。厨师点了点头，视线仍落在手里的菜刀上。

“啊！材料我们自己带过来了。瞧，就是这个！”

年长一些的搜查人员从口袋里把东莨菪拿了出来，摆在吧台上。

“啊！这个，可真是太感谢了……”

英子不经意地看向吧台，却突然尖叫了起来。

听到老板娘的尖叫声，一直默不作声的厨师抬起头，凝神盯着客人自己带来的天妇罗材料。手里的菜刀应声落在了地上。

山峡の湯村

山峡温泉村

序

飞弹川沿岸自金山向北，直到下吕温泉一带，自古以来号称“中山七里”。在昭和五年发行的那些略有年头的地理指南书里，是这样记载的：

“两岸峭壁愈加高耸，花岗斑岩受到侵蚀，形成砾石散落于河床之中。激流时而翻卷起白色的浪花，时而投映在碧玉般的深潭内。沿岸矗立着成片的杉树林，树梢与如烟似雾的落叶树相接。朝霞辉映之下，构成一幅如诗的山水画卷。群山环抱的深谷间，三渊附近零星可见两三户人家，屋顶散放数枚石块，点缀于其中，平添了几分妙趣。中山七里自古受到文人墨客们的推崇，只可惜位于交通偏僻的飞弹山中，不为世人所知，直至今日。需要了解此地位置的，并不仅限于常人与商贾。”

如今，“中山七里”一带的风景一如从前。只不过，早已开通了岐阜到富山的高山本线[1]，国道四十号线也是沿这条轨道修

1　日本的列车线路之一。

建而成的。因此，金山到下吕这二十五公里之间，可以看到许多从北面运来杉树、桧树木材的卡车。货车也会载着杉树木材驶往名古屋方向。巴士和列车上都是去往下吕温泉、高山方向的旅游团，私家车的穿梭来往也是络绎不绝。坐在车上从西岸向外望去，河水飞溅起的白色浪花不时拍打着飞弹川对岸的悬崖峭壁，峭壁之上随处可见由杉树林开辟而成的白墙建筑和住宅小区。

过了高层酒店、旅馆林立的下吕温泉之后，两岸变成梯田状的丘陵地带。继续向前延绵二十公里，就到了小坂镇上。小坂自古以纺织工厂和木材集散地而远近闻名。小镇之所以得以发展，源于位置刚好处在山谷的出口。小坂川正是在此汇入飞弹川的。小坂川上游发源于御岳山西麓，小坂也是御岳山的登山入口。可是，这指的只是车站。要想抵达真正的御岳山，还要沿着小坂川，再向东走上将近二十公里。

由于这里河流湍急，加上河床上清晰可见的砾石，近些年来，飞弹的小坂川已成了举行皮划艇赛事的绝佳去处。这一带，还有三处温泉浴场。不过，去往御岳山方向的公路又从中分出了一条岔路，一路向北。岔路通往高山市，过了高山又逶迤伸向远方。这附近不论去向哪里，抬头仰望都只能看见一条狭长的天空，正是所谓的山峡地带。

从岔路口向前两公里，有一处名为桦原温泉的浴场。此处共开有四家旅馆，周围集中了各种兼做礼物特产店的食品店、杂货店、理发店，以及大众餐馆等商家店铺。此外，还有派出所和邮局。这里是桦原村的中心地带，住了八十来户人家。村民大多拥有自己的山林，也兼做农户。当地不产稻米，田里种植的蔬菜基本上自给自足。

从村落向北走上三公里左右，有个河流堰塞而成的人工湖。湖身南北狭长，弯弯曲曲。湖的全长约有六公里，最宽的地方差不多有一公里半，于六年前建成，得名“仙龙湖”。湖是沿着V字形的峡谷地带堰塞而成的。因而，中央最深处有将近三十米。原有的三十来户农家院落早已沉入了湖底。

桦原温泉就位于这座山峡的谷底。其中有一间“谷汤旅馆”，旅馆的别苑里住着一位年长的住客。他于三年前来到这里长住，如今已是古稀之年。

老人身体颇为硬朗，只是腿脚有些不便。不过，口齿倒是无碍，面色也还红润，一见到人，就会滔滔不绝地聊上一个小时。

老人名叫小藤平太郎，出生于东京的下町。操着一口江户[1]口音，口齿清晰，笔名素风。

提起小藤素风，年轻的读者未必有多少了解，年长的读者应该耳熟能详。不过，倘若这些人得知小藤素风居然住在这飞弹的深山密林里，寄居于一家小小的温泉旅馆内，定会相当讶异。想当年，此人曾是一名小说家。如今，与其说他已被世人逐渐遗忘，莫不如说早已被外界认为不在人世了。

小藤素风自战前就开始活跃于文坛。想当年，凡是大型的出版社，必会大张旗鼓地发行他的小说。尤其是连载于大报纸上的《红华剑岚》，曾经吸引了上百万的读者。小说还被搬上银幕，由当红影星出演，好评如潮。他还在杂志上发表了多部小说，代表作包括《魔剑木曾街道》《爱染茑岭》《山岳天狗行》《江户夜盗传》等等。从这些题名便可得知，小藤素风擅长创作的小说

1　东京的旧称。

内容以英雄侠客、红粉佳人为主，都是些描写主人公剑术高强的历史传奇小说。里面的情节可以说是曲折离奇，跌宕起伏，一时间占据了大众小说的人气顶峰。

据大众小说史研究家们称，小藤素风的小说情节构思巧妙，令一般作家望尘莫及。传奇小说的特点也正是纳入了侦探小说的元素。这一点在素风来讲，实属信手拈来。据说，他的作品之所以深受好评，原因正在于此。研究家们称，素风或许是借鉴了外国侦探小说的元素。可实际上，素风本人对外文根本一窍不通。

战争期间，小藤素风不能免俗，也像其他作家那样创作了一些激发国民斗志的小说。然而，这方面可远非他的长项。历史传奇小说中，必须有那些英雄美人之间的爱恨情仇，一定要包含“心狠手辣的毒妇，风流倜傥的剑客，水性杨花的荡妇，可怜楚楚的少女，神出鬼没的盗贼，无恶不作的奸党”——这些可不是杂志上的广告词，而是只要不这样写，就不足以吸引读者的眼球。战争时期的传奇小说里，则必须加入忠君爱国的勤王志士或忠肝义胆的男主人公大义凛然的说教。素风迫于形势，不得不涉足这种自己并不熟知的领域，但写出的小说文笔笨拙生硬，情节生搬硬套，着实展现不出个人特色，作品自然也索然无味。也因此，他的文坛地位一落千丈。

漫长的战争期间，他只得暂时搁笔。及至战后，小藤素风的名气也逐渐走向没落。虽说他的传奇小说在战后一度重新登上了杂志，却并没有帮助他东山再起。因为外面的世道已经变了。所谓肉体派小说开始大行其道，再无人青睐旧式的传奇小说了。编辑们也会更加重用那些擅写官能派作品的新人，而并非名字已被世人遗忘殆尽的旧人。同时，即便是能够出版面世的传奇小说，采用的也是与战前完全不同的全新写法。那些素风曾经活跃过的娱乐杂志全部停刊，取而代之的是一种叫作中间小说[1]杂志的东西。素风彻底失去了写作的平台。与此同时，他的年纪也越来越大了。

这样一位日渐老去的作家，之所以会在六十过半之际，来到飞弹这个寂静的温泉村里长期滞留，实属事出有因。

三年前，鳏居在千叶乡间的素风家里，来了一位素昧平生的青年。

彼时，素风的妻子已经过世，他只能寄居在亲戚家中。不时有些心血来潮的杂志编辑上门约稿，倒是勉强还能度日。只不过约的并非什么小说，都是些短篇随笔之类的稿子。素风本是写传奇小说的，对于江户时代的市井人情自然是如数家珍。他的作品里也充满了大量的历史考证。只可惜，这些作品都刊在了一些乏人问津的杂志上。因此，并未被大型杂志的编辑慧眼识珠，发掘出来。另一方面，由于编辑行业新老更迭，年龄层已经彻底不同往日，大部分人并不知晓小藤素风的身份。即便年长的编辑偶然看到，有些依稀的记忆，也没有可能重新起用这种已是过眼云烟的旧人。

可是，世间总还是会有些与众不同的人。这名青年就是在旧书店里偶然看到了《红华剑岚》《山岳天狗行》之类的素风小说。之后，他又在一些过期杂志上读到了相对近期发表的素风作品，得以知晓小藤素风现居此地，特地作为书迷登门造访。

青年自报家门，名叫梅田勇作，时年二十八岁。他自我介绍

1　二十世纪下半叶日本小说的一种，指介于纯文学和大众文学之间的作品。

说，自己出生于飞弹的桦原村，目前在千叶的一家木材店里帮工。自家村子里生长了大片的杉树、桧树。如今，父亲名下拥有二十町步[1]的山林。故而他被一家上门购买树木的木材店临时雇来帮忙。

由于已有二十余年没有书迷登门，小藤素风喜不自胜，便与这名肤色白皙、认真诚恳的青年促膝长谈。他从自己作品往昔的辉煌历史，到如今仍有来往的小说家们，甚至包括个人私事在内，兴致勃勃地大聊了一番。这些小说家里，既有与素风一样成为昔日历史的人物，也有如今名震一方的大师。

年轻人三番五次登门拜访之后，双方的关系也越发亲近起来。青年便向素风提出邀请说，您可以到我位于飞弹的家中继续写作生涯，不知意下如何。虽说素风此时暂住在亲戚家中，可寄人篱下的日子并不好过。青年勇作似乎也察觉到了这一点。

飞弹吗？素风一双浑浊的老眼里瞬间放出光来，眼神仿佛看到了某个阔别已久的远方。

勇作简单地口头描述了一下当地的地理环境，素风一时之间没能听懂。

素风问道："那里是不是在'中山七里'附近？"战前创作《魔剑木曾街道》一书时，他曾经读过相关的参考书籍，因而对这一地名相当熟悉。"两岸峭壁愈加高耸，激流时而翻卷起白色的浪花，沿岸矗立着成片的杉树林"，素风依然记得有一章中曾经这样提到过。

勇作回答说："是从那里再往北，小坂去往御岳山的方向。"

1　日本计算山林、田地面积时使用的量词，1町步约9920平方米。

素风点点头，这才恍然大悟。他喃喃自语道："小坂川上游甚为奇特，两岸岩石宛如刀削一般，石根横亘于水中，水质清澈见底，鲤鱼游弋而下，小如尘芥。"这些都是当年参考过的旧文献在脑海中依稀残留下来的回忆。也因此，素风颇有些为之心动。

青年便极力邀请道："老师，我家在深山里开了间旅馆，环境十分幽静，您可以在那里尽情地开展小说写作。再说，那里离御岳也近，离木曾街道也不过只有步行三里的路程。您可以在那里以山岳为背景，写出精彩的传奇小说来。免收您的住宿费，您可以一直留在那里。"

"可是，你家里的旅馆是你父母经营的吧，你个人应该做不了主。"素风心存顾虑地问道。

"不，我父亲今年五十九岁，为人极其善良，对我的话言听计从。后娶的继母比父亲要年轻十五岁，对我这个继子也相当客气。虽说继母性格上有些问题，不过也不是什么大不了的事。"勇作道。

"我的身体每况愈下，让你的继母照料我恐怕说不过去吧。"素风依然不无疑虑地说道。

"照料老师您的日常起居是由女侍来负责的，我家里有一名年轻的女侍。我会跟她说，老师您是我的恩师。您可以随意地使唤她。"勇作道。

"现如今，还有这样老实听话的女侍吗？果然是大山深处啊。"素风感叹道。

勇作迟疑了片刻，随即坦言道："这名女侍名叫阿元，其实明年就要跟我结婚了。因此，她并非什么普通的女侍，您可以把她看作是我的内人，随意差遣。阿元对我，绝对是百依百顺、唯命是从的。这方面您不用担心。”

小藤素风向勇作道了谢，欣然接受了他的邀请。此刻，他对于勇作所说的继母性格上有些问题，并未深究。

1

太田二郎见到小藤素风，是在来到飞弹的桦原温泉之后了。

太田在一家私立大学里任国文专业的教师。作为学生科科长，他需要长期面对学生闹事。这使他患上了神经衰弱，想寻个深山里的温泉疗养地静养上一个月。他摊开岐阜县的地图，几近随意地选择了这里。等他抵达，时间也已接近了夏末。选择这里只是因为，在飞弹的所有温泉里，此处看上去最为宁静。

结果，此处超乎想象的幽深静谧让他大感意外。可以说，作为疗养神经衰弱之地再合适不过了。因为这里刚好位于群山环抱的山峡谷底。

他从小坂车站搭乘出租车过来，一下车，就看到一块写着“谷汤旅馆”的招牌。楼前略为开阔，为了方便停车，正面也相应地缩进了一部分。旅馆是座小巧精致的二层楼房，看上去感觉还算不错。

楼顶上面，还覆盖着人字形封板。他走进正门，里面的光线微微有些昏暗。正面挂着一幅镶着色纸的画框，隐约可见一捧菊花插在硕大的花瓶里。

这时，一名年轻的女侍从侧面慌里慌张地冲出来接待他。女侍上身穿了件黄色衬衫，下身是条黑色的裤子，说不清是西裤还是劳动裤。通常，旅馆里的女侍到了傍晚都会换上和服，盛装待客，而在傍晚前才会穿着工作服。眼下，她身上的衬衫和领子都皱巴巴的，裤子上也脏兮兮的，满是污渍。

太田本打算在这里连续住上一个月左右，便向女侍询问这里是否还有空房。

女侍歪起头，面露难色。

“真不巧，没有这样的空房了。实在是抱歉。”

她双膝并拢跪在地板上，礼貌得体地答道。女侍肤色不算白皙，但眉眼端正的长相还是吸引了太田的目光。她身材纤细，整体感觉十分紧致，年纪有二十二三岁的模样。女侍一直跪在那里，目送着太田离开，这幕情景也给太田留下了深刻的印象。

太田离开谷汤旅馆后，拎着手提箱沿缓坡向下走去。一辆巴士自下而上驶来，与一台满载着木材下坡的卡车艰难地擦身而过。狭窄的道路两旁，低矮朴素的店铺一间挨着一间。另一面临近山坡，石基上净是些农家院落。

太田从谷汤旅馆下了坡，走进大约一百五十米开外的红叶屋旅馆。

红叶屋里的晚餐除了山珍之外，盘子里还装着鲤鱼、鳟鱼之类的河鱼，以及这一带的特产——厚朴叶上盛着的味噌烧。餐具也是高山产的涩草烧陶器，汤碗和食案上都涂着朱红色的春庆漆。

“啊，您说的是阿元啊。”

为他布餐的女侍名叫安子，面颊上泛着红晕，脸蛋与身材同样圆润。一听到太田说起在谷汤旅馆被拒的经历，她就立刻说出了那名女侍的名字。

“那位女侍给人的感觉很是舒服啊。大眼睛忽闪忽闪的，身材也特别紧致。”太田拿起筷子，说起自己的印象。

“这位客人，您可真是好眼力啊。她可是我们这里最漂亮的了。”

“那位女侍，是你们这附近出生的吗？”

“她其实并不是女侍。她是从能登的轮岛过来的。”

“并不是女侍？可那副口吻，听起来似乎也不像老板家的女儿。难道是来帮忙的亲戚？”

“也不是亲戚。原本她是应该嫁给老板家独生子的。”

“啊。原来是这样啊。怪不得呢。那她现在应该有二十二三岁了吧。”

“阿元看起来年纪不大，其实今年已经二十六了。”

“今年秋天或是明年春天前后，就该跟那位少东家结婚了吧？”

“这个事怎么说呢，这位客人。本该跟她结婚的少东家突然离家出走了。自那以后，已经过去将近两年时间了。谁也不知道他究竟去了哪里，连张明信片都没寄回来过。少东家名叫勇作，阿元就一直边干活边等着勇作回来呢。他们家里，还有个难伺候的老爷子，住在别苑里。日常的饮食起居，都是由阿元按照勇作的托付照顾着呢。”

“那位老人，是那个叫勇作的人的父亲吗？”

“不，跟他没有任何血缘关系。勇作的父母身体好着呢。他父亲就是谷汤旅馆的老板，今年六十二岁了。他母亲才四十七岁，是后娶的，跟他父亲年龄相差很大，是勇作的继母。”

安子倒是心直口快。

“那么，住在别苑里的老人是？”

“那是住客。而且，是从三年前就住进来的。”

“原来是住客。刚才听你说，阿元是按照勇作的托付，特地照料老人起居的。那么，勇作这么做，是有什么缘由吗？”

“三年前，是勇作自己把老人从千叶那边接回家里来的。打那个时候起，勇作就让阿元照顾他的起居了。后来，两年前他自己又突然离家出走。可是，阿元还是按照他交代的话，一直照顾着老人呢。那老爷子，还有点轻微中风了。”

安子刚要继续话题，忽然看到太田正在眼前吃饭，便把刚要出口的话又咽了回去。太田听到七十岁的老人有些轻微中风，意识到眼前正在布餐的安子本是有话要说的。

“勇作为何会如此在意那位老人呢？”

太田心中十分不解。

“这个嘛，可能因为那个老人是勇作的老师吧。反正，阿元是喊他老师的。”

“那么，是勇作上学时候学校里的老师吗？”

“不是的。听说那个老人是个小说家来着。反正，名字我是没有听说过。可是，据人家说，过去曾经非常出名的。来我们家的老人，都知道他的名字呢。”

“他叫什么名字？”

“小藤素风。”

太田一惊，放下筷子。

“啊，这位客人，您也知道他吗？”

安子一脸意外。从太田的年龄看，他应该没有可能知道这个名字的。

“这个名字我早有耳闻。虽然没有拜读过他写的小说，但《红华剑岚》《山岳天狗行》等书名还是听说过的。当年可是一位相当出名的传奇作家呢……原来如此，小藤素风竟然就住在这深山里面，还安然无恙地活着啊。”

太田感慨万千。

“其他客人也是这么说的呢。他们都说，这个人居然还活着啊，个个都惊讶得很。有那么出名吗？就那个走起路来都东倒西歪的老爷子？”

“现在虽然是东倒西歪的，当年可是个意气风发的著名作家。好长时间都没有看到他写的小说了，也没有听到他的任何消息。大家认为他早已不在人世，那也是情理之中啊。我在很小的时候，就听说过小藤素风的名字呢。”

太田一想到此人就近在咫尺，还是无法从感慨中回过神来。虽然并未拜读过小藤素风的大作，但在旧书店里，时常可以看到他的作品，封面上印着的书名和作者名每次总会醒目地跃入眼帘。

“这么说，勇作也是个有志于小说创作的人吧。”

“这倒没有。从来没有听说勇作写过什么小说。不过，他倒是非常尊敬这个素风。他把素风从千叶千里迢迢地请回家中照顾。刚才也说了，那是三年以前的事了。还安排他住在别苑里，但是不收取分文住宿费用。食宿都是免费的，已经坚持三年了。只要那老爷子一直在谷汤旅馆里住下去，就会一直免费。听说，这是勇作一早就决定好了的。”她用一双长长的筷子戳着坐在小炭炉上的厚朴叶煮味噌猪肉香菇，说道。

“这么看来，勇作对素风可是真心仰慕啊。既然这样诚心诚意，老师也算得偿夙愿了。话说回来，他父母居然也肯答应这样的要求，说到底还是因为是独生子吧。”

“他父亲，就是那家旅馆的老板，可是个菩萨一样的好人呢。一边亲自去自己名下的山上干活，一边在旅馆里像个下人一样做着所有杂务——那边的人手也不够。在他们家里，好像老板娘才是旅馆的主人似的。”

安子说后面的话时，压低了声音。

可是，这种情形可不单单是谷汤旅馆。整个旅馆行业里，绝大多数应当都是由主妇当家的吧。太田心中暗想。

“那位老板娘可真是个能干的人啊。为儿子接回来的素风老师免费服务了三年，今后还不知道得持续多久。勇作跟她不过是继子关系，她会那么尽心尽力吗？”

“他们家的老板娘才不是个会在乎什么亲疏远近的人呢。她能一开始就接受勇作托付，痛快地收留老爷子，还不是因为上了贪心的当嘛。”

名为安子的女侍直言不讳地一股脑儿道出，眼中透出一股对谷汤旅馆老板娘的反感之情。

“贪心？什么意思？”

太田也不由得被她那压低却强烈的语气吸引住了。

“那老板娘还以为，留住这位老师，就能发大财了呢。勇作接回老爷子的时候，就是这么说的。他说，这个老师名望特别高，东京的杂志社那边将会寄来大笔的稿酬费用。等出了书以后，会大卖特卖，东京那边还会把大笔的税款汇过来……”

“你说的是版税吧。出版社向写书的人支付的费用。”

“啊，对对，就是版税。他说，到时候会有一大笔那个钱汇过来的。而且，老爷子还认识当今的著名小说家，那些人也会经常来这里拜访他的。小说家嘛，花起钱来自然像流水一样，到时候可就有的赚了。勇作这样吹嘘了一通，老板娘居然也信以为真。刚开始，她可是把老爷子像菩萨似的供起来了呢，还派了阿元一直专门侍奉老爷子。当然了，这也是勇作的要求。谷汤旅馆里有三个不住店的女侍。要说一直吃住在旅馆里的，就只有这个要嫁给勇作的阿元了。”

若说勇作向父母说出这番话时是出于真心，太田有些半信半疑。小藤素风年事已高，连存在本身都已被世人遗忘，杂志社方面应该也没有可能向这样的人约稿了。至于那些旧书再版，更是痴人说梦。因此，太田判断，勇作是利用父母的无知，制造了留下素风的借口。勇作对小藤素风就是如此景仰。

“可是，那种指望根本就是没影的事儿。一年半载过去了，东京那边丝毫也没有要给素风寄钱过来的样子。这老爷子也根本不写什么小说，整天无所事事，到处闲逛，哪有可能赚得到一分一毫啊。其实已经没有杂志社找他约稿了吧。”

“嗯，有可能。”

“当初可是说，会有好多著名的小说家来拜访素风老师呢。老板娘也伸长了脖子，一直盼着。她是想，有那样的名人光顾这里，就会把谷汤旅馆也写进小说里。那样的话，就可以帮他们旅馆做宣传了。可是，都那么久了，连一个访客的人影也没有见到。老板娘感觉被勇作骗了，开始火冒三丈。”

“心情倒是可以理解啊。可是，勇作的父亲又是怎么想的呢？”

“他倒是无所谓。他们家老板名叫梅田敏治，今年六十二岁。那可是个让人看到都会恨得牙根痒痒的老好人啊。”

让人看到都会恨得牙根痒痒的老好人。此时此刻，安子说出的这句话，太田只把它当作耳旁风，并未过多留意。

“所以，老板娘根本就没有料到那个素风居然会在那里白吃白住这么多年，她可是容不下的。不过，最开始勇作还在家那一年，她倒是有所顾忌的。等勇作失踪以后，照顾老爷子的担子就全都落在了阿元肩上，阿元可是吃了不少苦头呢。像素风的吃喝，也再没有什么像样的东西端上来了。比方说，素风最爱吃味噌拌蔬菜。可是，听说老板娘故意不给他吃。”

“味噌拌蔬菜和河鱼刺身之类的，也算不上什么值钱的东西。素风既然爱吃，就给他吃呗。”

“所以啊，阿元就把旅馆其他住客吃剩下的东西偷偷拿给素风吃。素风一大把年纪了，身板还能这么硬朗，可是多亏了阿元啊。”

“说到拌蔬菜，我也被勾起食欲了。明天晚餐能给我上一盘吗？”

“好的，好的。您的念头转得还真是快啊。”

“因为这个菜好吃嘛。素风既然爱吃这个菜，老板娘就应该给他吃啊。”

“可是，从老板娘来看，素风可是个大麻烦呢。”

“真是个可怜人啊。对了，你刚才说素风有些轻微中风？那是在来到谷汤旅馆的时候就有的吗？”

“不，是在来了之后，就在两年前。有一天，老爷子突然头晕眼花，摔倒了。给医生瞧过了，说是轻微的脑梗死。除了左手和右脚轻微有些不灵便以外，说起话来倒是喋喋不休的。这些都是勇作离家出走后不久的事儿。看医生的费用和开药的钱，可都是阿元自掏腰包呢。”

“阿元这个人，倒是对素风老师尽心尽力，真让人感动啊。”

太田眼前再次浮现出那名在谷汤旅馆门口见到的年轻女子。

“阿元是在坚守勇作托付给她的话呢。阿元就像有两位公公一样，一个是勇作的父亲，一个就是素风。都还没有跟勇作正式成亲呢。哦不，让她像公公一样侍奉的，与其说是勇作的父亲，还不如说就是素风呢。以老爷子那样的身体状况，换作是其他女侍，肯定都会避之不及的吧。阿元因为照顾素风，自己身上穿得都像抹布一样，成天灰头土脸的，人也憔悴得厉害。要不是那样的话，模样还会更标致呢。”

“这么说来，这个阿元也真是让人同情啊。可是，为什么老板娘还会继续免费收留素风老师呢？既然勇作失踪了，不是刚好方便把老师也赶出去了吗？”

“我也是这么觉得呢。可能是因为，要把素风赶出去的话，阿元会拼了命地阻拦吧。”

“阻拦？阿元性子有那么烈吗？”

“不，她性格相当老实。可是，她对勇作说过的话绝对是百依百顺。她按照勇作的托付，一直护着素风，也是很有可能反抗老板娘的。”

“那素风老师也算幸运啊。”

“这一点来说，也许是吧。老板娘一直虐待素风，吃喝也没有点像样的东西。阿元可真是不容易啊。”

“阿元一定相当喜欢勇作吧。”太田心里一直想着的话终于脱口而出。

“是啊。我也觉得，对未婚夫这么痴情的人真是世间少见啊。”安子不停地点头。

“可是，那为什么勇作还要在两年前不打招呼就离家出走，之后又音信皆无呢？”

“那就不知道了。”安子一边收走厚朴叶子下面的小炭炉和红漆食案，一边说道。

“粗茶淡饭，真是慢待您了……这位客人，我说的这些话，您可千万跟谁都不要讲啊。”

2

桦原温泉的坡道两旁房屋鳞次栉比。温泉的中心地带有一些旅馆、特产店兼食品店、日用品店、大众餐馆、理发店、邮局、派出所等等，沿坡道两旁一字排开。从中心地带走过七百米后，可以看到一些农家。这一带，那种摆放石块的木板屋顶和白铁皮屋顶比较少见，而以歇山顶和悬山式构造居多。宽大的房屋十分醒目，上面都铺着瓦片。周围许多人家都拥有山林，一派生活富庶的景象。

环抱四周的群山之上，午前一直笼罩着氤氲薄雾。一下起雨来，远近一片山色空蒙，唯有山麓处露出黑黢黢的身影来。山坡上隐约可见杉树林红色的树干。公路上载着杉树木材的卡车震动着车身，来来往往，川流不息。沿公路向北走出三公里，就可以抵达人工湖。再往前走，就是去往高山市的方向了。湖水与高山之间也坐落着小小的村庄，因此，巴士一天要往返四班。

太田第一次见到小藤素风，是在住进红叶屋后的第三天，吃罢晚饭出去散步的时候。外面正淅淅沥沥下着小雨，他手上撑着旅馆里提供的油纸伞，从道路上走过日用品店的拐角，沿着一条小径徐徐走下坡去，来到了河边。这条河并不是西去的小坂川，而是北上的秋神川上游。这一带是秋神川的分水岭，河水在这里分流而去。秋神川一路向北，西面是六郎洞山、栃尾山等海拔有一千四百余米的山脉。河流在山麓处绕个大大的弯，然后又迂回向西，流向高山南面的小镇——久久野。那里还有高山本线的车站。而栃尾山东麓就是那处堰塞而成的人工湖。

太田来到的这条河边，正是谷汤旅馆的背面。通常，旅馆背面都是些杂物间、晒物场、厨房间等杂乱无章的地方，这里也是一样。太田忽然发现，在厚朴树下的一口井边，一名女子正蹲在那里，用大大的水盆洗刷着衣物。正是水声引起了太田的注意。他对女子紧扎起来的头发和皱巴巴的衬衫记忆犹新。女子肩膀被小雨淋湿，身旁还盛开着一簇大波斯菊。花朵被扑簌落下的雨点打得垂下了头去。

听到木屐的声音，女子也抬起头，转回身看过来。果然是阿元。

她也记得太田的脸，立刻站起身来。可能是因为起得太急，矫健的四肢显得格外突出。她把双手放在脏成烟灰色的裤子膝盖上，向太田施礼致意。

“上次实在是抱歉了。”阿元难为情地忽闪着一双明亮的大眼，为之前在旅馆门口婉拒他的事情表示歉意。

“没关系。”太田赶紧回道。在这种温泉胜地里，被当成外人视而不见本是理所当然的。他全然没有想到她竟会为这样的小事向自己道歉。此时，阿元的裤子刚好遮住了水盆里的衣物。

“您是住进红叶屋了吗？”阿元微微笑道。太田手里的油纸伞上写着旅馆名称的大字。阿元说话时表情毫无讥讽之意，反而是一副放下心来的样子。

“嗯。”

倘若回答别的话，反而会显得好像自己语带讥讽一般。

“您好像挺忙的啊。”太田说道。阿元那有些松开的头发上面，还附着一颗颗小小的雨滴。

“嗯。”

这回轮到阿元说这个词了，她有些腼腆地低下了头。

这时，隔着厚朴树传来一连串呵斥，声如洪钟。

“阿元！阿元！你干什么呢！冈垣说看到你了，你怎么还不快点过来！”

太田定睛向声音传来之处望去。只见在不远处一栋房屋的檐廊上，站着一位穿着棕色无袖坎肩的秃顶老人。老人双眼圆睁，瞪着这一边。在他身旁，还站着一位长发、瘦削的青年，举止毕恭毕敬。

太田心里暗忖道，这位老人应该就是小藤素风了吧。虽还未与之有过交谈，还是点头致了一下意。这位貌似素风的老人对他一脸陌生的表情。不过，旁边的青年倒是轻轻地点了下头。

“嗯……马上就好了。”阿元答道。老人也不作答，径自带着青年钻回了昏暗的房间里。

“打扰了。”太田向阿元说完，便逃也似的离开了此处。就在这时，他忽然瞥见水盆里浸满了浴衣剪成的布片，是一些比婴儿尿布还要大上许多的布片。

太田沿着河岸漫步着。水面上，板桥上，无处不笼罩着一层轻烟。阿元拒绝自己投宿的理由已经显而易见了。只要有小藤素风住在这里，长期投宿的客人定会受到诸多困扰。三天前吃晚餐时，红叶屋里的安子欲言又止的话语，此刻变得格外清晰：阿元正在洗的，是成人用的尿布。

太田推测，假如只是两三日的住客，阿元一定会高高兴兴地把人迎进去。可是长住一个月的话，势必要把客人引进专用的房间，这样一来，就会跟素风所住的别苑尤为靠近。太靠近这个因半中风而大小便失禁的老人所生活的房间，显然会给客人带来极大的不快。所以阿元才拒绝了他。

这是他第一次看到小藤素风。老人的举止和呼唤阿元的态度都是那么傲慢无礼。这位如今已变成半个废人的老人身上，还残留着当年叱咤文坛的小说家常有的骄矜。对于安子所说的那句“阿元就像有两位公公一样”，他在刚才的短短几分钟之内，也真真切切地体会到了。

太田正伫立在那里沉思，小雨中忽见一位穿着雨衣的男子现身，从细长的板桥上走了过来。男子背上背着竹筐，走路的姿势略微前倾。走过太田面前时，他用嘶哑的声音打了个招呼：“您好。”

遇到陌生人也要打个招呼，似乎是这个小地方的习俗。

就在男子点头致意之际，他头上戴的防雨头巾在微风吹动下掀开了一角，使太田瞥见了他的侧脸。男子那张脸上皱纹横生，看上去应该过了六十五岁。背上的竹筐里装着新剪下的小树枝、杂草以及砍刀、镰刀。男子的背影转身进了阿元刚刚洗刷尿布的谷汤旅馆里。

“今天，我在谷汤旅馆外面遇见小藤素风老师了。”

傍晚时分，太田向坐在春庆漆食案对面的安子说起自己白天偶然看到的一切。

“啊。老爷子身旁站着的那个年轻人是冈垣吧。”安子猜测道。

“是的，素风老师对阿元喊道，冈垣来了。这位叫冈垣的青年是个什么来头啊？”

“听说他在岐阜的纺织工厂里工作。据说是来向素风请教写小说的，每个月总有四五次能在谷汤旅馆或是附近一带看到他。从一年前就开始了。大概他自己也在写小说吧。”

“冈垣每次来，都会住在这里吗？”

“当天就回去了。”

“从岐阜当天往返，可是够辛苦的。”

“没有，不会的。从岐阜到小坂，搭快车也才两个半小时而已，之后再转乘巴士。开车的话，从岐阜过来也只要三个半小时就到了。”

“他是开车过来的吗？”

“这一阵子，好像是自己开车呢。”

文学青年自古就不少见。有志于大众文学创作的人，近来也大有增加啊，太田心想。

“跟那种中了风的老爷子学习，真的能对写小说有帮助吗？这老爷子，别说教别人写了，连自己写的小说都卖不掉呢。”安子毫不客气地说道，看上去对素风完全没有一丝尊敬之情。

“那倒是。不过，自己写和教别人写可不一样。素风现在的确是年纪大了，可当年毕竟是风靡一时的小说家啊。他也熟悉很多历史方面的知识，冈垣说不定是来学习那些知识的。”

“素风以前可能是个了不起的人物，可现在是指望不上了。这老爷子整天就知道对阿元吹胡子瞪眼呢。”

安子反驳的话语里，充满着愤愤不平，似乎很不满素风对阿元的颐指气使。她所说的“阿元就像有两位公公一样”，应该也是出于这个原因。

接着，太田说道：“我还遇到了一位老人，是从对岸山里沿板桥走过来的，六十五六岁的模样。那个人背上的竹筐里还装着砍刀、镰刀，进了谷汤旅馆的后门。他可是那里雇用的员工？”

“不，那个人就是那里的老板，勇作的父亲。”

“那一位就是梅田敏治吗？”

“是啊。他看起来有六十五六岁，那是因为脸上的褶子太多了。其实今年才六十二呢。后娶的老板娘四十七，比他小十五岁。不过老板娘看着倒是年轻，也就四十出头的样子。光从外表上看，差不多要跟老板差上二十岁呢。”

“这当老板的，居然也会亲自去割草什么的，真是能干啊。不像一般的旅馆老板。”

“是啊。像个下人似的，是吧？他在那一带有二十町步的山林呢。因为现在人手不够，这老板每天天还没亮，就起床去巡视杉树林，剪树枝，割杂草，一个人干这些活儿。听说，山里面还有老板休息的小屋，是个放工具杂物的小屋。那种地方，老板娘她们可是谁也不肯去的呢。”

太田在桥上看到谷汤旅馆老板的身影后，就真切地体会到了安子所说的话。

“可是，勇作又为什么会离家出走呢？留下了阿元在家里望眼欲穿，他却居然杳无音信？”太田又问了一遍这个问题。

“啊，不知道。”安子的回答也还是跟上次一样。

“这盘子里的西太公鱼，是从仙龙湖里捕上来的呢。”她把话题岔开了。

3

这家旅馆里偶尔也会有旅游团入住，晚上也会举行宴会，气氛却不像下吕温泉那样隆重热烈。来的都是些乡下的旅游团，规模也不算大。虽然多少有些扰人，但清晨到傍晚间却安静得好像独门独院一样。太田的神经衰弱也因此好了大半。

来到这里已经是第五天了。太田在散步时，随意走进了路边一家大众餐馆。此时正是三点前后，不觉有些饥肠辘辘。

餐馆外面停着一台卡车。不出所料，灯光幽暗的店内，果然有司机和副驾驶两人在稀里呼噜地吃着荞麦面。角落里，还有一对中年男女坐在那里对饮。女子身穿一件蓝底的小纹和服，披着黑色的外褂。男子身材肥胖壮硕，棕色的和服上系着角带。

太田跟店员点了份荞麦面。那对男女食客从座位上站起身来。桌上摆着五六只酒壶和四个吃得狼藉的盘子。盘子里还剩着鲤鱼的冷鲜鱼片和虹鳟鱼的鱼骨。

“多谢款待。”

女子让男子先行一步走到店外，自己从怀中掏出一只时髦的钱包来。她头发烫着波浪，脸蛋涂得雪白。一张长脸儿，看上去四十五六岁的模样，眼睛细细长长，画着浓浓的眉毛，下唇微微突出。

“不用了，老板娘。下次再说吧。”店里的主妇笑容可掬地说道。

“不了，这次您一定要拿着。”

被喊作老板娘的女子满面春风，坚持向店里的主妇付了款。女子眉眼间流露出无限的风情。接着，她急急忙忙出了门，追上男子。

“谷汤老板娘还是那副老样子啊。”运木材的卡车司机刚才还把头埋在荞麦面碗里，此刻，他抬起那张胡子拉碴的脸，冲主妇说道。

主妇不置可否地笑了笑。

“刚才那个男的，就是樱中轩京丸吧？他们那种关系，得有三年多了吧。”

餐馆里的主妇轻轻地点了点头。或许是因为意识到，坐在那里的太田是外来的温泉客。

“大白天就在这种地方大摇大摆地对饮，这两个人可真是胆大包天啊。难不成是因为，在自家旅馆里喝酒太没意思了？”

“……”

“接下来，这是要去下吕那边快活了吧。这俩人去泡外面的温泉，肯定会到那些高档酒店里开房了。不过呢，老板娘有的是钱，京丸那家伙就偷着乐吧。”

不论他怎么调侃，主妇都只是笑而不语。这家店离谷汤旅馆仅有五十米之遥。

卡车在外面发动引擎，车身发出的轰鸣声震动了整栋房子。卡车开走了。太田也走出店外。那对男女的身影自然早已不见。

他心下暗想，这下可听到了一些不得了的话啊。

“被您听到了也无所谓啊。”

晚餐时，安子坐在食案对面，低头笑道。她身材娇小，面颊红润，日落之后会略施脂粉，换上和服。按安子自己的话说，宴会上的客人和旅馆的住客里也不乏追求她的人。

“那个穿和服系角带的男人，是个浪曲[1]师，叫樱中轩京丸。四年前一直随曲艺团在乡下巡回演出。听说，他来高山时碰到去那里游玩的谷汤老板娘，两个人共度了一夜春宵。之后京丸离开曲艺团自立了门户，在下吕的旅馆里巡回表演。他还会弹三味线，可以自弹自唱呢。”

“就依靠这个生活吗？”

太田眼前浮现出大众餐馆里看到的那个肥硕的浪曲师的面孔。

“靠这玩意儿哪能生活得下去啊。京丸还在小坂跟下吕之间一处叫上吕的地方租了房子，据说房租和生活费都是谷汤老板娘出的呢。听人说，京丸拿表演赚来的钱去吃喝嫖赌，经常为了这事跟老板娘大吵大闹。不过呢，每次都是争风吃醋，回头准和好。这老板娘对京丸可是着了魔了。”

太田心想，自己在大众餐馆里撞见两人在一起的情形，印证了安子所说的话。

“这种关系居然能保持三年多啊。真是让人大跌眼镜……那谷汤老板对老板娘的行为就完全没有察觉吗？”太田问出了这句难以启齿的话。

1　一种日本传统说唱曲艺。

“老板早就发现了。这个桦原温泉里，老板娘跟京丸的关系可是尽人皆知啊。可老板就是装着毫不知情。”

太田眼前又浮现出那个穿着雨衣从山林里出来的男子在眼前走过的一幕。

“为什么老板不去责怪老板娘这么不检点的行为呢？”

“那是因为老板对老板娘着了魔啊。他大概是想，与其惹怒她，让她跑掉，还不如闭眼佯装不知吧。老板人就是这么忠厚老实。”

“可是……唉，原来是这样啊。”

“是的啊。他对老板娘着了魔了，什么话都不敢说。”

“这么说的话，我与这位老板娘虽是初次谋面，也觉得她长得颇有些风情啊。”

“你们男人可能都那么觉得吧。我们女人却是一看便知。之前，她可是在木曾福岛一家餐馆里做过女招待的，自然跟一般人不一样，也算是个老手了。八年前，谷汤原来的老板娘过世后，旅馆需要人打理，就是这位荣子进门做了老板的继室。老板对她，那可真是含在嘴里怕化了啊。”

“这样啊。怪不得那位老板娘的穿着打扮，看着有种风尘女子才有的韵味呢。可是，既然老板那么宠爱老板娘，发现了她跟浪曲师的关系，怎么没有发火呢？这真是不可思议啊。”

“老板说了，只要老板娘留在这个家里就行。他的年纪越来越大，跟老板娘之间的年龄差距也出来了。老板今年六十二，看上去还要老个四五岁，身体早就不行了吧。可老板娘今年才四十七，而且看上去还要年轻个四五岁，据说那身体也不是一般火辣呢。所以，老板也只能忍气吞声了吧。要是为她跟浪曲师的事发了火，万一惹得老板娘跑掉，那可就糟了。与其鸡飞蛋打，还不如忍气吞声呢。”

太田眼前又浮现出从防雨头巾掀起的一角里瞥见的那张满是皱纹的脸。

“那么，勇作跟阿元都知道荣子跟浪曲师的事吗？”

“当然知道了。不过，既然父亲咽下了这口气，勇作也可怜自己的老父亲，对继母什么重话都没说过。至于阿元，就更不用说了。”

“原来如此啊。”

“勇作把素风接回家里来，是在三年前。他跑去千叶时，也正是继母跟樱中轩京丸刚开始打得火热的时候。我想他应该是受不了了，才跑出去的吧。”

“那么，两年前勇作把那个素风留给阿元，再次离家出走，也是因为受不了继母的行为不检点吧？”

“我想应该有很大关系吧。”

“勇作都没有跟阿元和父亲打个招呼，就离家出走，而且音信皆无，这事真是让人百思不得其解啊。”

这个问题，太田已经不厌其烦地问了三遍。

之前两次都坚称不知的安子，忽然单膝凑到太田跟前，低声说道：“因为是太田先生您，我才肯说，您可千万要守口如瓶啊。”

安子表情严肃，一脸神秘兮兮。

“我绝不会跟人透露半个字的。”

“听说，勇作又有了新的情人，所以才会瞒着阿元，偷偷跟人远走高飞了呢。”

“啊？是这个村子里的姑娘吗？”

“不是的。听说是个在高山那边的咖啡厅里工作的女孩子。”

“高山？勇作常去那边玩吗？”

“勇作因为待在家里太无聊，经常去各地周游。去千叶那个时候就是。跟阿元确定关系，也是在富山那边的餐馆里呢。当时，阿元在那里做服务员。”

“啊，是这样啊。可你之前不是跟我说过，阿元是从能登的轮岛来的吗？”

“是啊。不过，阿元在轮岛是做什么的，就不知道了。”

“原来是这样啊。”

太田陷入了沉思。

“勇作私奔一事，阿元还不知道吧？”

“当然知道了。老板娘想让阿元自己主动离开，一早就把私奔的事跟阿元说过了。可是阿元认为勇作总有一天还会回来。她已经打定主意，就算十年八年也要在那里等下去。”

“勇作也真是做得出啊，把轻微中风的素风丢给阿元照料，自己却跟别的女人私奔了。”

“你们男人，不都是这样的吗？”

安子盯着太田的脸。

“呃，这个嘛，也是因人而异的啊……”

太田忽然留意到一件事。

“这个勇作私奔的消息，是从哪里传出来的呢？”

“应该是老板娘自己跟人讲的话传出来了吧。”

“哦，也就是说，最早的出处是谷汤旅馆的老板娘了？”

4

只不过在这里停留了短短五天，太田便从安子那里听来了关于谷汤旅馆的种种逸事。不过，倒不是安子主动告知，而是在他的追问之下才得到的答案。谷汤旅馆门口见到的阿元、旅馆背后别苑里与小藤素风站在一起的文学青年冈垣、河边桥头偶遇的谷汤旅馆老板敏治、大众餐馆里撞见的继室荣子和浪曲师京丸。这些太田自己亲眼看到的一切，全都交织在了一起。

太田脑海里通过这一幕幕所见所闻，恍惚间拼凑出各个人物过去和现在的种种经历。

不过是一间山峡里的温泉旅馆，竟然也会交织着如此复杂的人物关系。使这些原本平凡的感想不再平凡的原因，正是当中夹杂着一位自己早有耳闻的传奇小说家小藤素风。

太田没有想到，自己与这位仅仅有过一面之缘的小藤素风，居然那么快就有了当面交谈的机会。

太田听红叶屋的安子介绍说，仙龙湖那里特别值得一游。因此，他从邮局门口坐上了上午十一点发车的巴士。巴士开往高山方向，中间只停留一站，到人工湖畔大概十分钟的光景。

仙龙湖形状细细长长，湖畔公路曲折迂回。湖边并无任何观光设施。只有对岸郁郁葱葱的群山逼近，暗沉的倒影映在水面之上，一片湖光山色。山坡上覆盖着大片原生阔叶林，枝繁叶茂。其中多是落叶类树木，树叶已经微微泛黄。这一带地势偏高，人秋也较早。

四周空旷无人，太田信步闲逛着。每转过一个弯去，湖面都会呈现出不同的形状来。时而传来松鸦和山雀婉转鸣叫的声音，周围寂静得有些怕人。偶尔有公路上卡车的轰鸣声传来，反而为这里增添了一丝人气。湖面上不断有鱼儿摆尾画着圈，似乎是些鲤鱼和虹鳟鱼。

转过一个弯，路旁立着一块牌子。上面写着大字：

致各位钓鱼的游客：

岸边坡陡，请游客注意脚下。此处禁止夜钓。

渔业工会

“呀！”

身后传来一声惊呼，太田吃了一惊。回头望去，只见穿着薄坎肩和条纹裤子的秃顶老人小藤素风与那个名叫冈垣的青年就站在那里。

太田赶忙低头致意。

“你就是那个住在红叶屋里的客人吧？”

小藤素风的话语声铿锵有力。只见他骨骼结实，一副出家人的打扮。背有些微驼，脸上皱纹横生。眼角堆着眼屎，鼻涕连成了线。近看果然是一张已过古稀之年的面孔，这张面孔正朝着太田微微笑着。

“您就是小藤素风老师吧。上次看到您，没能跟您打个招呼问好，实在是有失礼数了。”

太田彬彬有礼地低下头。小藤素风的名字存在于他少年时代的记忆里。长大之后，这个记忆又存在于旧书店的角落中。

“本人就是素风。”

老人心花怒放地点点头，原本前倾的脖子似乎挺直了一些。他抬起下巴，朝旁边的青年示意了一下。那位西装革履的青年立刻主动说道：“鄙人名叫冈垣季一，是来向小藤老师请教小说写作的。”

冈垣季一的年纪有二十七八，外表其貌不扬。眼睛很小，上嘴唇微微翘起。

“我正在教冈垣写历史小说呢。现在的年轻人啊，对历史也没个概念。有些人净写些胡说八道的东西，说什么江户的南北町奉行[1]居然在江户分别拥有两个地区。”

素风不说自己教的是传奇小说，却说是历史小说。老人完全没有语言上的障碍，反而一口地道的江户方言，听上去口齿十分清晰。皱纹包围着的上下唇之间，洁白的假牙看上去格外惹人注目。

“老师的鼎鼎大名，如雷贯耳。没有想到会在这里遇见您，晚生真是三生有幸啊。”太田再次低下头行礼。

“过奖，过奖。”素风一只手用布擦着鼻涕，脸上喜笑颜开。他的瞳仁并不是纯黑色的，而是一种茶褐色。许是因为患有老年性白内障吧。

“您是来散步的吗？”

“嗯。今天一大早冈垣从岐阜开私家车过来的。他把我带过来看看这片湖，这里可真是久违了啊。”

四周看不见他所说的私家车。可能是停在了下一个拐弯的背

1　江户幕府的职称，初期只设了一奉行，后分为南、北町奉行。

阴处吧。太田心想，阿元没准儿还在车上等着呢。

“太田先生是第一次来这边吗？”

素风清楚记得刚才接过的名片上印着的名字。

“那，我来给你介绍一下吧。”

素风朝湖面方向走了两三步。他的一条腿稍微有些跛。脚上穿着草鞋，上面有绳子绑住脚面。

“老师，太危险了。”冈垣在一旁伸手想要扶住他。

“没问题。”素风一把推开他。

“太田先生，这座人工湖名叫仙龙湖。本来庙里的住持起名时，寓意是有龙潜底之湖，却被村民们讹传成了仙人的仙[1]。改成仙龙，可就完全没有意境了。有龙潜底，每次看到这湖，都觉得这个名字真是神来之笔啊。”

素风又抬手指向对岸的山上说：“那座山，海拔有一千三百五十米呢。不过，从这里看过去，并没有很高，对吧？因为我们这个地方就有一千多米了啊。那片原始森林里大多数是落叶林。你看，树叶都泛黄了吧。落叶树的品种有山樱、东亚唐棣、厚朴、花椒……”

素风一时想不起来了，冈垣接着补充道：“还有色木槭、阔叶枫、栎树等等。”

“对。鸟类有猫头鹰、三宝鸟、山雀，还有，呃……”

“还有松鸦、翠鸟等等。”

“有这些鸟，清晨傍晚都会听到成群的鸟叫，那声音可真是聒噪啊。动物呢，还有狐狸、狸猫、野兔、熊之类的出没。”

---

1 潜和仙在日文中读音相同。

“还有熊吗？”

太田凝视着对岸，仿佛要看穿山林一般。

“村民说走到那片山林的深处，就会看到有熊出没。不过，一般很难看到啊。”

湖面的中心部分不断有涟漪荡漾开来。

“湖里好像有鲤鱼和虹鳟吧。”

“有。还有西太公鱼。”

“好像这边来垂钓的人还不少呢。还立着那样的牌子。”

“因为坡太陡了嘛。这一侧公路两旁用水泥加固过了，对岸就没做过加固。可能会有小石头滚落下来，脚底也不安全。这个峡谷是个V字形的嘛，地势是顺着山谷的形状自上而下陷入湖里的。”

“原来这里的地形是这样的啊。”

“水面下最深的地方有三十米呢。那是之前原有的溪流河床。不过，这一带的话……”

素风指着左边近处的河岸，那里刚好靠近太田下车的地方。

“水深大概只有十米吧，溪流沿岸原来是梯田一样的山坡。这边曾经有三十多户农家来着，六年前全都沉入水下了，是个淹在湖底的村落。”

“哈哈，这样啊。”

太田极目望去，从湖面上看不出任何踪迹。说到湖底的村落，他突然有种莫名的伤感。

“不过，太田先生。沉入湖底的，可不光是农家啊。”素风将自己的视线也停留在了湖面上说道。

“啊，还有什么沉在下面呢？”

“沉在下面的可多了。”

素风仿佛在对着风说话。他眼角堆着眼屎，茶褐色的瞳仁里，视线似乎飘向了远方，一动不动。

“是什么东西沉在下面呢？”

“说不定是龙。”

“嗯？”

“潜龙。这样想，就会越发地感觉神秘莫测了。”素风露出洁白的假牙笑道。

头顶的阳光偶尔从云间投射下来，分成无数道光线，映照在湖面之上。

“啊，翠鸟‘猫’进去了！”

冈垣突然小声叫道，这句话的语意却很难让人明了。只见一只比麻雀体形稍微大一些的水鸟，从水面上猛然腾空而起，展翅飞向了对岸。就在横穿过投射下来的光线那一瞬间，可以看见水鸟身上闪耀着绿色的光。它那长长的喙，显然就是用来叼鱼的。

太田惊讶地望着冈垣的嘴角。冈垣的双眼还在盯着翠鸟飞进的那片森林。湖面上泛起了偌大的涟漪。

“差不多该回去了。有点凉了。”

素风穿着绑绳草鞋的脚向前迈了一步。冈垣好似刚刚回过神来一般，赶忙搀扶住素风。这一次，素风没有推开他。

“老师，我现在去把车开过来，您就在这里等一下。”

冈垣的双手似乎要按住素风的肩膀一般，他转头看向太田。

“抱歉了，麻烦您照应一下老师。”

“好的。”

太田点点头，走到素风身边。冈垣飞快地跑向了汽车停放的方向。

“此人热情倒是热情……”

正当冈垣的身影消失在公路转弯处时，素风撇了一下嘴角。

听到这句话，太田有些意外，转过头望向老人的脸。

“一年多前，他说想当一名小说家才到我这儿来的。可惜啊，还差得太远啊。他掌握的历史知识，也就初中生的水平。对我说过的东西，倒是会认认真真地做笔记，可是又理解不了多少。而且，有好几次拿来五十多页的草稿给我看，写得实在是很难让人满意啊。嗯，努力倒是挺努力的，再有个两三年，兴许能成器吧。不过，他本人倒是盼着能早日进京呢。”素风说道。

“所以啊，他想请我帮忙联系一些东京的大型杂志社，希望刊登他的小说。因为，东京主要的出版社管理层我基本上都认识嘛。以前跟我有工作关系的人，现在都做到社长啦、高层啦、总编级别的了。只要我说句话，回头肯定就能登出来。现在的畅销作家，可全都是那些年轻人了啊……”

素风举出了三四个出名的传奇小说作家的名字。年纪都是五六十岁，当中也有大师级别的人物。

“这些人初出茅庐的时候，都曾经向我讨教过。现在嘛，早都各奔东西，也没什么走动了。当然了，书信来往还是有的。所以只要我跟他们打个招呼，他们就会马上让杂志社刊登我引荐的稿子。不过，要是把冈垣目前写的这种稿子发过去，不仅让人家为难，我自己也颜面无光啊。”

“冈垣在岐阜那边是做什么工作的呢？”

“说是在纺织工厂的人事科，就是负责招收刚毕业的新人的。这家伙要到全国的各个村子里去，招募来年毕业的女高中生和初中生。现在纺织行业不景气，招新也停了，这家伙从去年开始就无所事事了。他自己也说了，在现在的公司里继续待下去，也不会有出头之日。所以，他下定决心要当个小说家。年轻人嘛，好高骛远也不是不可以，总得掂量一下自己的能力。虽说我指导得一丝不苟，可这小子还差得远呢。我也是看他实在是努力，才愿意关照的。”

拐弯处传来汽车的声音，素风缄口不言了。

一辆白色的中型车开过来停下，冈垣从车上下来。

“老师，让您久等了……太田先生，麻烦您了。”

冈垣以素风弟子的身份向太田道了谢，又恭恭敬敬地走近这位教自己写小说的师父，小心翼翼地搀扶起他的身体，打开车门把他抱到车内的座位上。

对于冈垣如此尽心的服侍，素风自己倒是很心安理得地接受了。

太田也被冈垣邀请搭上了便车，就坐在素风身旁。车上并没有阿元跟随，大概她是把老人托付给了冈垣吧。

“小坂这里不但有小坂车站，还有朝六桥呢。”

素风坐在冈垣驾驶的私家车里，开始向太田如数家珍起来。

“橘南溪的《东游记》里曾经说过，这座桥不论夜里有多黑，一到清晨六点就会朦胧亮起，因而得名。老话说，因为桥下的河床里埋着明珠，所以桥上才会如此明亮。南溪说，这纯粹是无稽之谈。古人认为，地上的光明来源于地下埋的东西。比方说，佐渡金山之所以被发现，就是因为从海上看去，岛上的山看起来好像在发光一样。说是地下的金子成了精，升起来，才产生的光明。“金精”一词也就出自这里。伊豆大仁金山被发现，也是一样的情况。那全都是因为在德川家康手下官至金银山奉行的大久保长安。当时，他还是一名四处巡回演出的猿乐师。因为听一个跟自己同住在三岛旅馆里的男子讲到前面的山会发光，才发现了大仁金矿……”

太田一早就闻到一股异味扑鼻而来，奇臭无比，是从前面的副驾驶位子上飘过来的。那座位上面，放着一只很大的帆布手提袋。太田暗忖道，这应该就是阿元每天要在井边水盆里洗刷的尿布吧。臭不可闻是因为放在手提袋里的尿布上面沾着素风的污物。

可是，就坐在副驾驶座位旁边转动着方向盘的青年冈垣，从背影看正在一本正经地听着素风讲话，似乎对这股臭味毫无察觉。

5

安子向太田讲了一件奇怪的传闻。

大约一年半前开始，仙龙湖里突然传出一种奇怪的鸟叫声。

“那个湖边的鸟，种类基本上都是已知的。像乌鸦、猫头鹰、三宝鸟、山雀啦，还有松鸦、翠鸟等。可是，这种奇怪的鸟叫声，跟那些全都不一样。”

“是其他种类的鸟迁徙过来了吧。”

“也有这个可能。不过，我听说，听到鸟叫的人却看不到是哪一种鸟。再说它也不是一直叫个不停。啾地叫过一声后，会歇上很长时间。然后再发出叫声。而且，也很难得听见一次。”

“也就是说，很少会叫吗？”

“白天是不会叫的。那些来游玩和垂钓的人都听不到。”

“那是谁听到的呢？”

“大坝值班室里的人。值班室在北面，高山那边的水电站附近。鸟叫声在最南边，其实离那边很远呢。”

“因为那个人工湖是南北狭长的吧。”

“是的。不过，就算是有点距离，像那样的鸟叫声，凌晨时分坐在值班室里，也能听得清清楚楚的。”

“素风老师说过，那片山林里一到天亮，就会百鸟齐鸣，湖面上很是聒噪。”

“就算混在百鸟齐鸣的声音里，值班室的人也听得出来这种不一样的鸟叫声。还有人因为听到了这种鸟叫，跑去那里调查过。可是，马上就听不到了。听说，值班室的人也不是经常能听得到。就算特地去找那种鸟，也找不到的。”

“都是在凌晨时分叫吗？”

“这种鸟在那个时间叫得最多。”

“傍晚也会叫吗？”

“据说这种怪鸟傍晚是不会叫的，好像没有人听到过。”

“会是什么鸟呢？”太田将香烟上积得长长的烟灰抖落到烟灰缸里，手托着腮。

“那么，这种鸟是一年半前才开始在湖畔森林里叫的吗？”

“差不多就是那个时候开始的吧。”

“一年四季都会叫吗？”

“不是的，据说秋末到初春是听不见的。可能飞去别的地方过冬了吧。”

“是一种候鸟吗？”太田感到很是奇怪，“而且，还不是每天都叫，隔三岔五才能听到叫声，真是稀罕啊。说不定是个新品种的候鸟。等我回到东京后，向鸟类专家请教一下吧。”

两人东拉西扯地聊了一阵之后，安子似乎对这个话题有些厌倦，脸上又现出对另外的事情好奇的表情来。

“太田先生，您说过四五天前去谷汤旅馆里素风住的房间了吧？”

那是从仙龙湖回来之后。他跟素风和冈垣一起在谷汤旅馆门口下了车，素风邀请他去坐坐。盛情难却，他便顺道去小坐了一阵。安子看起来对素风并无好感，太田便没有告诉她。她可能是听谷汤旅馆里不住店的女侍提起的吧。看来，这个地方还真是小啊。

“您感觉素风住的别苑怎么样啊？”安子笑嘻嘻地询问起太田的感想。

“别苑有六叠大小。不过，那里好像比主楼破旧啊？”

“主楼是后来改建的。那栋别苑是之前的主人三十年前建的旧房子，里面留下了三间屋子，给泡温泉的客人自己做饭用的。其中，离主楼最近的那间做了杂物间，另一间是阿元住。所以，老爷子的六叠房间是在别苑的背面。之所以把别苑跟主楼之间的屋子改成杂物间，就是为了防止老爷子屋子里的臭味飘到主楼里去。”

安子俨然是主人一般，向他一一讲解了谷汤旅馆里的结构。

“那么，阿元的房间不就紧临着素风的房间了吗？中间也没什么遮挡？”

“那就没办法了。说起来，阿元也算是老爷子的半个贴身女侍嘛。”

“那么，老板夫妻的房间呢？”

“跟别苑相反，在主楼的东端，也是个小小的独栋楼房。老板自己睡在靠近后院的房间里。因为他要去打理和巡视山林，早上起床特别早，那边比较方便嘛。其他的服务人员都是每天从家里去那边工作的，统一的休息室就设在主楼一进门侧面。”

“我也就去过那里一次，还没有完全弄清楚。原来是这样的格局啊？”

“老爷子的房间里不臭吗？”安子依然执着于太田的感想。

“啊，也并没有什么特别的感觉。房间里收拾得还算整洁，挺干净的呢。”

“那是因为阿元一刻不停地打扫啊，收拾啊。而且，只要那个房间里有客人来，阿元就会细心地喷上古龙水呢。”

的确，是弥漫着香水的气味来着。

“那古龙水，也是阿元用自己的零花钱买的。还是托来往高山市的巴士司机捎回来的呢。”

可是，素风的房间里，有些东西光靠古龙水的香味是挽救不了的。因为，老人的大小便失禁已经过了度。

而且，素风即便失禁了，仍然神态自若地端坐在那里。尽管左手和右脚已经麻痹，却并不影响他活动和站立。可是，只要阿元没来，他就佯装不知。也正因如此，外人也不好直言。穿着坎肩的素风居然也就厚着脸皮，稳坐不动。

太田去的时候，素风就是这副模样，没完没了地高谈阔论。

“如今，年轻学生们时常会半开玩笑地玩百物语[1]——夜晚大家围坐在一起，点上许多蜡烛，再一支支地熄灭，一面讲着各种

1　日本民间的一种习俗，据说讲完一百个妖怪故事，妖怪就会出现。

鬼怪故事。等蜡烛全部熄灭了，鬼怪就会现身，大家就用这个来练胆儿。这其实是过去武士们为了锻炼胆量所做的事情。

“曾经有过这么一件事：三河的安藤彦兵卫正次，唤上五六个人到野地里的佛堂去玩百物语。漆黑的夜里，点上一百支蜡烛。讲完一个故事，就熄灭一支。就在蜡烛还剩下最后几支的时候，一名武士突觉不适，实在坐不下去，就先行告辞了。不用说，余下的人全都笑话此人是个胆小鬼。接着，大家继续讲故事。终于，蜡烛的火焰全部熄灭了，周围一片漆黑。此时，天还未明，也没有发生任何特别的怪事，大家就准备离开佛堂，打道回府了。

“此时，正次忽然开口说道，自己还有些不得已的事情，得留下待一阵，请各位先行回去吧。众人便七嘴八舌道，你还有什么事啊？不肯告诉我们，我们就不回去。正次只说，没有什么大事，各位请先回吧。这样一来，大家也就越发好奇，此乃人之常情嘛。于是，越发盘问了起来。

“正次无奈，只得作答。他说，就在自己准备离开佛堂时，不知是何物从后面抱住了自己的腰，而自己也不打算让对方撒手，此刻抱得正紧，这才让各位先行回去的。听到这话，有人说道，必定是鬼怪。正待拔出刀要砍之际，忽听从后面抱住正次的‘鬼怪’开口说话了：危险，莫砍！仔细一听声音，原来正是之前那位自称身体不适提前离席的武士，众人都觉有趣，便结伴回去了。

“这个故事，是由鬼故事和笑话两部分组成的。从中可以看到那些即便被鬼怪抓住也不愿声张的三河武士形象。丹波筱山的青山下野守有个家臣，名叫松崎尧臣，在他所写的随笔集《窗边散记》中就可以看到这个故事。书里还写了许多德川初期到享保年间的见闻录。比方说，有一个接下来要讲的故事。话说……”

素风生性喜欢由着自己的兴致滔滔不绝，旁人的话一概不听。说话时，声音中气十足。

一旁正襟危坐的冈垣摊开笔记本，态度专心致志。圆珠笔在他手中上下翻飞，一字不漏地认真做着笔记。或许是因为素风老师讲话的速度过快，他还会时不时露出困惑的表情，停下笔来。

素风大概用余光瞟到了，便用茶褐色的瞳仁向冈垣翻了个白眼过去。老人脸上的表情俨然在说“这个年轻人认真是认真，可惜根本听不懂”。

“阿元！阿元！”素风突然焦躁地唤起阿元来。

阿元的回话稍微慢了些。“浑蛋！干吗呢！”一口字正腔圆的江户方言立刻从老人洁白的假牙缝间飞了出来。

冈垣开始如坐针毡，一只手里拿着笔记本，举止看上去仿佛在说“有何需要，谨遵吩咐”。但面对气势汹汹的素风，他却丝毫不敢吭声。

阿元从主楼背面跑了出来。她还必须同时兼顾旅馆里的活计，故而并不能时时刻刻守在老人身边。“对不起了”，她向素风道歉，又用眼神向两位客人致意。意识到自己作为弟子，没能帮忙照顾素风，冈垣垂下了眼睛，表示歉意。

“什么有什么事儿？你也看看时间啊！”素风一脸傲气地盘坐在那里，呵斥起阿元来。他的背是驼的，只有脖子部分向前伸着。

“实在是抱歉了，请回避一下”，阿元的眼神仿佛在向两位客人乞求。她嘴上虽然笑着，眼里却充满了哀求。

太田与冈垣两人一起落荒而逃，来到了门外。冈垣手里还紧紧攥着那本笔记本。

太田心想，照这个样子看，勇作要是不赶紧回来，阿元可真是太可怜了。她肯如此忍辱负重，一定是在等着勇作浪子回头来找她吧。

二人正坐在门口的椅子上，只见穿着工作服的老板敏治，拿着小型喷雾器和大大的药瓶从左手边走了过来。他缩着头，从两人面前走过去。上次遇到时，他的头上还蒙着防雨头巾。此刻，眼前的这张脸倒是毫无遮挡——满头白发，皱纹深深，鹰鼻隆起，颧骨高耸，嘴角凹陷。敏治似乎并未认出小雨中撑着油纸伞伫立在板桥桥头的人，就是此时此刻坐在这里的太田。他大概以为，不过是两个普普通通的住客在这里无事闲聊吧。他手上拿着的大药瓶里装着深棕色的液体，背影消失在了通往别苑的走廊里。

“这是要去灭虱子了。”冈垣望着那个背影，无限同情地告诉太田。

“灭虱子？”

“这里的老板娘让老板用那个喷雾器去给老师的头和衣服喷药。其实阿元始终注意保持老师身上干净整洁，所以并没有生过什么虱子。可老板娘就是要故意刁难老师和阿元。那些杀虫剂不但要喷在老师身上，还要喷在房间各个角落里。老板也真是听老板娘的话，老老实实照做啊。人是好人，可……”

“那种深棕色的液体是杀虫剂？好像没见过这样的药呢。”

“那是用马醉木的叶子煎成的杀虫剂。”

“哈哈，原来是马醉木？”

太田想起自己曾经教过学生《万叶集》里的和歌“马醉木生于岩上，欲以手折之”。这首和歌还附有题词“大津皇子遗体迁至葛城二上山处落葬之时，大来皇女哀伤所作和歌二首”。

说话间，坐在一旁的冈垣从口袋里掏出一盒火柴来，点燃了香烟。火柴盒上印着的下吕一流酒店名字，吸引了太田的目光。

6

一大早，外面风和日丽。太田想去仙龙湖边走走，便邀安子有空一同前往。

“下午的话，两个小时左右应该没问题。不过，光是看湖面多没趣啊。您钓钓鱼什么的，怎么样？”安子欣然同意，并向他提出建议。

“钓鱼？钓鱼我可真是不在行。要不，试试看？”

“那里除了鲤鱼、鳟鱼以外，还放流了西太公鱼和虹鳟鱼呢。旅馆里有收费券，我拿给您。”

钓鱼的人要向渔业工会支付使用费。旅馆里早就备有成套的收费券、鱼竿和鱼篓，以及鱼饵。

下午刚过一点，旅馆提供的轻型面包车连同司机一起过来了。司机也是外雇的，是一名二十一岁的年轻人。

仙龙湖畔依旧静谧如初。百鸟栖息的对面山林在湖面上映出暗沉的倒影，落叶林较之前越发染上了一层金黄。

想到要待上两个小时，太田对自己的钓鱼水平毫无自信，便让司机在湖畔等候。太田深一脚浅一脚地走到公路下面。安子已经帮忙在钓钩上装好了鱼饵。这个时间，似乎很少有鱼儿游过来，周围也看不到垂钓客的身影。

鱼竿的线垂在了水面上，鱼儿却只在一旁跃着，丝毫不肯上钩。隔岸相望的山林里一片寂静，听不到一声鸟鸣。

“上次来的时候，还有一只翠鸟猫进水中，叼起鱼儿来呢。”

太田说完，安子一愣。于是，太田一字一句重新强调了一遍：“我刚才说的是有一只翠鸟‘猫’进水中，你明白什么意思吗？”

“就是钻进水中的意思吧？”

太田颇有些沮丧。

“这一带，都把‘钻’叫‘猫’吗？”

“不，不说。还是说‘钻’。”

“那你怎么听得懂‘猫’的意思呢？”

“阿元这样说过啊。她看到旅馆背后的河里有鱼儿钻进去的时候，就会说‘猫’进去了。”

“这样啊，那你当时就听懂了啊。”

太田的沮丧又一下子烟消云散了。

“这么稀罕的说法，就记住了呗。”

“你说过，阿元是出生在能登的轮岛。具体是轮岛市的哪里呢？我去轮岛的漆器工厂里面参观过，对那里还是有所了解的。”

“阿元自己不太愿意说，我们也就没有问过。也不知道她是不是在轮岛出生的呢。”

不知是否因为太田对此事过于关注，安子有些闷闷不乐。

“这样啊。这种事嘛，无所谓啦。”

太田换了一只手拿钓竿。

“可是，我钓不上来啊。一条也钓不到。阿安，要不，你来试试。”

太田把钓竿递给安子。

“我也不行啊。”

她口是心非地接过钓竿，脸上却立刻眉飞色舞起来。太田则一面抽着烟，一面四处闲逛。不一会儿，个子娇小、体形圆润的安子手里拿着的鱼竿上，已经钓上来了一尾虹鳟。

“厉害！厉害！果然不一样啊。”

“哪里啊。碰巧而已嘛。”

虹鳟在大大的鱼篓里活蹦乱跳。安子又往钓钩上装好鱼饵，将线甩向水面。湖面上泛起小小的涟漪。

“好深的感觉。下面深不见底啊。”太田出神地望着湖面说道。

“水下就是陷落的深谷。湖底原来有一条河。六年前修建大坝的时候，把河水堵住，造了这个湖出来，很是费了一番工夫呢。”

“素风老师说，有三十多户农家院落沉入了湖底，是在哪一带呢？”

“就在那边。”安子换了一只手拿鱼竿，用左手向湖面画着圈，示意道。

“那个湖底的村落，从水面上望去，能看得见屋顶吗？”

“绝对不可能。都已经沉在水下很深的地方了，不可能看得见……是吧，次郎？”安子回头看着离开汽车走到身后来的年轻司机。

“嗯。湖上是看不到的。”被喊作次郎的司机把手插进裤子口袋里，表示赞同。

"从水面到湖底村落，能有多少米呢？"太田问道。

"十米左右吧。下雨涨水的时候，水位还要更高一些。"次郎答道。

素风也说有十米，也是从本地人那里听来的吧。素风还说，淹没之前，这些人家所在之处都是梯田一样的山坡，当年的河床现在已经变成三十米以下了。看来，这些应该也是转述人家的话。

"下雨的话，湖面的水位还会上涨？"太田丢掉手中的香烟，"……就是说，就算夏天一直干旱，水位也不会下降吗？"

"那是会下降的。"

"那种时候，湖底村落也不会浮出水面来吗？"

"不是相当程度的干旱，是不可能浮出来的吧。"

"好像，是有过这样的事情吧？"安子稳住手中的鱼竿，脱口而出道。

"湖底的屋顶曾经浮出来过吗？"

"不光是屋顶，还曾经浮出一部分房屋来呢。只不过，就是这一侧靠近岸边这两三家而已。"

"啊，这么说的话，是有过这样的事情啊！曾经有几栋半塌的房子原封不动地从水底浮出来，附近的人都觉得稀罕来着。房子周围的地面也都干涸了。那里是梯田状山坡的高处，也是湖底村落距离湖面最近的地方了。后来又下了一场雨，四五天后又重新淹没在水底了。"次郎也回忆起来了。

"那是什么时候的事？"太田朝他问道。

"应该是前年夏天吧？去年也一直干旱来着，可没有旱到那个程度啊。"次郎向安子求证道。

"是的。是前年夏天，七月末左右吧。干旱从六月中旬就开始了，持续了一个半月呢。附近的村子都说没法种田了，人心惶惶的呢。对，我也想起来了。”

“湖底村落有两三家浮出水面来，是在前年的七月末啊。”太田在心中默念。

“呀，不上钩啊。”安子提起鱼竿的线，“太田先生，鱼竿还给您吧。”

“不了，回去吧。不钓了。今天收获上来的这尾虹鳟鱼，晚餐时帮我烧好端上来吧。”

太田坐在轻型面包车里靠窗的位置，望着波光粼粼的湖面。

（这个湖里，沉了太多的东西下去，说不定果真有龙潜底。这样想，就会越发神秘莫测了。）

小藤素风站在湖岸时的喃喃自语，又在他脑海中响起。湖面上流动着一道耀眼的秋日阳光。

过了湖畔，两岸出现连绵起伏的群山。前方并无转弯处，面包车却减速行驶了。

“怎么了，次郎？”安子在座位上对着司机的后背问道。

次郎向左边侧过脸，脸上拼命地忍住笑意。

“啊！那不是谷汤旅馆的车吗？”安子向着次郎面朝的方向望去，不禁轻声叫了起来。

路旁紧临着山坡，山坡上是杂树林，再往上是杉树林，最下面野草丛生。一丛芒草中，还未及腰的白色穗子随风摇曳。山坡下面凹进去之处，半掩着一台黑色的中型车。这一幕是太田坐在减速慢行的车上，透过车窗看到的。黑色汽车上并没有谷汤旅馆的标志，但女侍和司机作为旅馆业同行，一看便知。

“车上又没人，又没有司机，是谁开过来的呢？”驶过那里之后，安子说出了自己的疑问。

“明摆着的嘛。这么有意思的事儿，我们把车停在这里，去瞧瞧怎么样？”次郎脸上露出笑意，一副老成的样子。

“那可要尽量停在靠边的地方，别影响巴士通过啊。”

“知道。我也不想被他们看到是红叶屋的面包车，不然可就尴尬了。”

次郎把轻型面包车驶向山崖下的凹陷处。他停下车，从驾驶位上下来，轻轻地关上了前车门。安子也紧跟着下了车，等太田下车后，又轻手轻脚地把后车门关上了。

次郎沿斜坡走上去了几步，又回身向两人招手示意。那里也是芒草丛生。安子随着次郎蹲下了。太田也赶紧跟着蹲了下来。他心中也隐隐约约明白了大概是怎么一回事。

“别出声。”藏身于芒草丛中的次郎小声提醒道。

太田瞄了好多次手腕上的表。短短十五分钟，却让人感觉无比漫长。忽然，对面的灌木丛开始窸窸窣窣晃动起来，一个穿着和服的肥硕男人从斜坡上跳了下去。正是之前在大众餐馆里遇见的那个樱中轩京丸。灌木丛还在继续晃动着，看上去好似随风摇曳一般。京丸朝那个方向抬头伸出双手。只见一只白白的手分开灌木丛，从里面伸了出来。接着，衣袖飞动。果不其然，跳到他怀中的，正是谷汤旅馆的老板娘荣子。次郎和安子转头对视了一下，心照不宣地笑了。

荣子手里还拿着一把用绳子捆住的灌木叶子，似乎是杜鹃花或是毒八角。青翠欲滴的叶子上闪着光泽，上面却没有花。

两人钻进了那台黑色的中型车。京丸是打开后面的车门坐上去的。荣子却上了前面的驾驶位。那把绿叶已经换到了京丸的手上。

“他们的车要是开过来可就糟了，很可能会发现我们的面包车。”安子担心起停放在下面的白车来。

可是，黑车开到公路上后，径直朝相反的方向驶去了。车开得小心翼翼的，很符合女子驾车的风格。

“居然会到这种地方来幽会啊。”安子从灌木丛中站起身来，一面朝下走去，一面发出感慨。听上去她的呼吸有些急促。“也没有必要大老远跑到这里来啊。这两个人不是一向都在上吕、下吕那边见面的吗？”

“可能是那边太无聊了，不刺激了呗。”到底是温泉旅馆外雇的人手，次郎一副老成的口吻说道。

“两个人钻到那种树丛里去，也不知道做些什么？好像是在采马醉木？”

“采马醉木啊，顺便在灌木丛里再亲热一番呗。”

次郎说完就笑了。“啊，讨厌！”安子夸张地皱起眉。

“老板娘手里拿的是马醉木？”太田站在两人身后说道。

“嗯，是啊。要煎那个叶子给素风做灭虱子的药吧。”安子笑嘻嘻地回头望了他一眼。

“哦，这么说，灭虱子的材料，都是老板娘亲自到山上来采的？”

“一般不是，今天估计是幽会的时候顺带着采的吧。”

7

搜索小藤素风尸体的工作，是十月二日中午在仙龙湖开始的。

最先发现素风不在谷汤旅馆别苑里的，是阿元。上午九点半前后，她把这个消息通知给了老板娘荣子。

荣子是经营生意的，晚上都要待到很晚。所以，早上起床一般要到十一点左右了。阿元跑去通知她的时候，她埋在被窝里回了一句，那老头子没可能一个人跑去哪里的，你们到附近再找找。接着，又睡眼惺忪地翻了个身。

当然，在通知荣子之前，工作人员就开始分头在旅馆内外到处搜寻了。按理说，这样一位老人，一条腿跛着影响走路，应该走不远的。

素风早上起床一向很晚。在别苑里喊阿元过去服侍，通常都要到八点左右了。不过，他在夜里两点会醒来一次，四点左右再次睡去。

这样睡完回笼觉，素风起床就要在八点前后了。在这之前，阿元并不需要去素风的房间里查看。因为，老人只要一起床，必定会大声地叫道，阿元！阿元！

当天早上，都八点半了，素风的房间居然还没有动静，更没有往常的大呼小叫。在主楼里干活的阿元，特地放下活计去别苑里查看了一下情形。这才发现素风本人居然不在房间里。

工作人员全体出动进行搜寻。可是，到处都找不到老人。旅馆面积不大，搜寻工作短短三十分钟就结束了。此时，老板敏治早就像往常一样五点半起床，进后山去割草了。

老板娘荣子还一直磨蹭着不肯起身。阿元便说，素风老师说不定去了仙龙湖那边。因为先前素风曾经说过想独自一人去仙龙湖看看，所以不是没有这样的可能。

那样一个东倒西歪、腿脚不灵的老爷子，没可能不跟人打招呼，就从这里跑去足足三公里开外的仙龙湖吧——一开始，荣子对此事颇为不屑一顾。接着，她也只能无奈地起了床。

阿元说，素风许是去了湖畔。老师或许想故意捉弄一下人吧，有时会瞒着我走过后边河上的桥，到山林里转悠一下。虽说一条腿不便，可他还是很能走路的。外人看到他时，他老是喜欢故意把走路不便的那条腿给人看。而且，他也说过，有朝一日要做出些让大伙儿都吃惊的事来。这次，说不定也是瞒着我一个人偷偷离开房间，跑去湖边了呢。

旅馆里面有两名上早班的女侍，早上七点就到了。倘若担心她们在来的路上撞见自己，老人离开别苑应该会赶在那个时间之前，阿元推测说。那么，应该就是在六点或六点半左右，天色刚刚亮的时候。那段时间，这边的人还没有起床，路上也还没有车辆通过。

就算素风是六点半前后离开的，眼下也已经过去两个多小时了。荣子决定先开车过去看看情况。荣子在前面开车，阿元跟另一个叫梅子的女侍坐在车上。

到了湖畔前，汽车速度慢了下来，三人向公路两旁的树林里仔仔细细左右查看——只因担心素风会不会蹲在什么地方。

仙龙湖上，成群的野鸟鸣叫声不断地向四周扩散。湖面一如明镜，没有丝毫杂物漂在上面。汽车在湖畔西侧的公路上自南向北缓慢地行驶着，四周看不到任何人迹。

回程时，汽车依然沿着湖畔缓行，仔细地查找着。公路另一侧是一面生长着杂树林的山坡，也已经查看过了，还是没有发现一个人影。

——太田听到安子说起搜索素风的工作正在仙龙湖进行时，已经是下午一点左右了。据她说，湖面上出动了一艘水电站的救生艇和两艘渔业工会的小船，正在湖底开展打捞工作。

太田在两小时前听说了素风失踪的事，一时间难以决定是否应该去谷汤旅馆登门探望一下。无论如何，在来到此地结识了素风之后，他是到素风的房间里做过客的，去看看情形也是应该的。出于这样的缘由，也理应前去探望一下。

可是，应当向谁表达慰问之情呢？他有些踌躇了。遇到素风，并非经过谷汤旅馆老板夫妇的介绍，甚至，还没有正式见过这对夫妇。要说慰问，也只能是慰问阿元。可越过老板，向一名女侍表示慰问，未免太过夸张。听安子说，阿元因素风失踪深感责任重大，现在已是半疯癫的状态，更不要说去慰问人家了。而一味在人家旅馆门前转来转去，只会给人感觉像个看热闹的外人，必会招人反感的。

“冈垣刚才从岐阜那边开车赶过来了，好像现在也去了仙龙湖那边。”安子又汇报了新情况。

“是谁通知了远在岐阜的冈垣呢？”

“老板娘打电话告诉他的。可能是觉得，素风是冈垣的老师，必须通知他一声吧。”

还以为电话是阿元打的，居然是老板娘。这有些出乎太田的意料。

“两小时前还没找到素风失踪的线索，现在居然就出动了救生艇到仙龙湖湖底搜索。难道说已经确定素风是掉在湖里了吗？”

“听说是有证据了。”

“什么证据？”

“说是在湖岸上发现了一只素风穿过的草鞋。就在公路下边，石头中间，之前一直没能发现。”

“那草鞋上绑着绳子。应该是素风怕鞋子掉了，自己绑在脚上的，怎么可能会掉呢？要是素风自己脱下的还罢了，可是只脱掉一只，也未免太奇怪了吧。”

“草鞋上的绳子有时会自己松开的。那老爷子有一只手麻痹不能动，自己系不紧绳子。即便要系紧，也得花上一番工夫。所以，平常都是阿元帮他系好的。”

“就因为有一只鞋落在湖岸上，就断定了素风是投湖自杀，或是失足跌入湖里的吗？”

“不光是这一点。湖上还发现了那玩意儿呢。”

安子眼里流露出复杂的笑意。

“就是……老爷子垫在裤子里的尿布。发现了两块那样的浴衣布。因为泡在水里，尿布外面固定的地方松动了，就掉出来了吧。”

“是吗？那样应该没错了。”

“哎！太田先生。您说，素风究竟是失足跌进湖里的呢，还是自杀的呢？”

“那可真不好说。”

“素风是不是因为自己常年在谷汤旅馆里寄人篱下，担心自己的晚年光景才会投湖的呢？反正我是这么想的。”

“这倒是个理由充分的想法。”

“阿元情绪特别激动。也不是不可以理解。她受了勇作托付，肩上有着照料老爷子的重任。而且，她自己也一直像对待公公一样照料着老爷子呢。”

“这么说的话，阿元是最可怜的了。”

“太可怜了。阿元还眼泪汪汪地说，老爷子昨晚吃到味噌拌蔬菜时，吃得可香了呢。”

“就是说，终于吃到他最爱吃的菜了？无论如何，我要搭下一班巴士，去仙龙湖那边看看。”

“我也想去。可是我还要干活呢，去不了。等下方便了，我说不定也找次郎开车一起去看看。”

仙龙湖岸上，人头攒动。公路与湖面之间的斜坡很窄，人群就站在那里，向湖面上眺望。公路上看热闹的人们开来的私家车排起了长龙，巴士和运载木材的卡车只能减速通过。而路边停放的白色救护车与巡逻车，越发增添了发生异常事态的沉重气氛。

就在人群眼前，湖面上漂浮着一艘白色救生艇和两艘小型船，分别来回往返着。救生艇上隐约可以看见三个人影，小船上也有五个人。若干条钢索垂入水中，前端带着锚一样的钩子，是用来拖曳尸体上来的。有一艘船还拖着网。

这项搜索从上午十一点开始，现在已经过去了整整四个小时。隔岸相望的原始森林在湖面上投下深深的倒影，救生艇和小船拖着白烟来来往往，看似一幅优美动人的画面。

好像根本找不到啊——站在岸上的人群里，有人发出了叹息声。这个夹在两侧山中的人工湖尽管南北方向狭长，宽度却很窄。过了四个小时还没能打捞上来，或许是因为尸体卡在了钢索或是打捞网够不到的深处。不然的话，由于体内有气体，尸体早就该浮上来了。

搜索的场面虽然紧张，眼前的情景却无聊至极。救生艇和小船只是不断地重复着同样的往返。有人因为一直期盼看到老人的身体被钢索或打捞网拖上来浮出水面那一刻，盯到头晕眼花，便有些泄气了。人们开始三三两两地离开了湖畔。

太田忽然发现了冈垣，他正站在看热闹的人群里。这名青年正全神贯注地盯着湖面上的搜索工作。

太田走近冈垣，从后面拍了一下他的肩膀。冈垣肩头一缩，回过头来，显然吃惊不小。

“啊，是太田先生啊。”他垂下眼帘。

“真是意想不到啊！”太田心想，冈垣作为素风的弟子，应该有资格接受慰问了吧。

“啊，真像做梦一般……我到现在还不相信老师会变成这样。一个星期前，我来拜访他的时候，他还红光满面，毫无异样呢。”冈垣说话时，声音都在颤抖。

“阿元来这里了吗？”

“啊，应该在那边警车附近吧，跟老板娘一起。”

“老板娘也来了吗？”太田翘首望向车顶红灯正呜呜旋转的警车方向。

8

到傍晚为止，今天的湖上搜索就要结束了——站在岸边的人群里，传来了议论声。

实际上，眼下湖面上的救生艇和小船看起来只是在义务性地巡逻。

“这种时候，应当让潜水员潜到湖底去找才对啊。就算没有潜水员，至少也得找海女[1]才行啊。”

听到太田这样说，冈垣不由得一愣。

“冈垣先生，说到这里，我想起一件事来，想向你请教一下。当然了，选择这种时候问你，可能有些不合时宜。请问，你老家那里有海女吗？”

“……”冈垣一时语塞。

“这是我上次来这里时想到的，就是第一次遇到素风老师跟你的时候。当时，刚好有一只翠鸟飞落到湖面上，用长长的鸟嘴叼起小沙丁鱼还是什么小鱼飞走了。那一瞬，看起来就像翠鸟钻进了湖水一样，你是不是脱口喊出了，翠鸟‘猫’进去了？”

“啊，说不定那么说过。”冈垣低声答道。

“把‘钻’说成‘猫’，很是少见啊。我问过红叶屋的安子，确认了这个词不是本地的方言。我是教国文的老师，知道《万叶集》大伴家持的和歌里曾经有过这样的说法。那是家持任

1 不带辅助呼吸装置，只身潜入海底捕捞海产品的女性。

越中守一职时，去能登的珠洲那里巡视，看到海人[1]后，吟咏出的一首和歌。内容是，‘……珠洲海人猫入海中，采撷贝珠奉予神明’。这首和歌的注解书里说，‘猫入海中’就是‘钻进海中’的意思。即便现在，能登舳仓岛那里的潜水海女还把‘钻’说成是‘猫’呢。”

“……”

“我听到你说‘翠鸟“猫”进去了’时，就立刻想起了这本注解书里的解释。哈哈，冈垣先生的老家原来是个有海女生长的地方啊。”

冈垣依旧沉默不语，双眼望着湖面上正准备向岸边撤回来的船只。

“后来，我又听安子跟我讲起这个湖上有奇怪的鸟叫声。凌晨时分偶尔会听到啾的一声凄厉的鸟叫。而且，从秋末到初春季节还听不见。也就是说，在湖水冰冷的冬季期间不会鸣叫。起初，我还以为是某种候鸟。后来我意识到这种啾的叫声跟潜水海女的口哨声非常相似。我曾经在伊势的英虞湾看过海女表演，她们从水中浮上来呼吸的时候，就会发出这种口哨般的声音。跟我们吹的口哨不同，是一种更凄厉、更沉重的音调。”

“……”

“因此，我就想到了阿元。据说她是轮岛人。我问过安子，她说阿元也会把‘钻’说成是‘猫’。而且，轮岛市内有个海士町，住着舳仓岛的海女们。这件事在我刚才说的《万叶集》注解书里也曾经提到过。阿元，正是一名海女。据说，在她们那个地

1　此处同海女。

方，海女们到了十三四岁时，就会跟着母亲潜入海里，边嬉戏边学习。听说，谷汤旅馆的少东家勇作是在富山的餐馆里跟阿元开始交往的，阿元那个时候应该已经到富山去打工了吧。海士町的姑娘们到了一定年纪，就会到地方上的城市去打工，了解一下世事人情。这一点，你应该非常熟悉吧。你也是轮岛出生的吧？”

“不。我不是轮岛人，我是九州人，福冈县的。”

“福冈县？”

“太田先生您看过的《万叶集》注解书里，是不是写着潜水海女的发祥地是福冈县宗像郡钟崎？”

“这么说的话……”

“我就是钟崎那里的人。我的姑母和表姐妹都是海女。那里也把‘钻’叫作‘猫’。冈垣这个姓氏，在钟崎的邻村里也存在。”

这一次，轮到太田沉默不语了。他在给自己的香烟点火之前，深深地吸了一口气。

“冈垣先生，你应该一早就知道阿元以前是个海女了吧？”

“一开始我并不知道，但后来听到阿元说话时，我就发现了。因为她会用一些海女之间通用的渔村用语。我想，应该是来自钟崎的海女方言吧。”冈垣终于点了点头。

“冈垣先生，你对同样生长环境里走出来的阿元备感亲切。而这份亲切又渐渐演变成了同情。这份同情……”

太田嘴里慢慢地吐出了烟圈。

“就产生于看到阿元被素风像使唤丫头一样呼来喝去的时候。老师那种身体，总是会不断地失禁。阿元要像照顾婴儿一样，不停地给他更换尿布。近些年来，即便是亲生女儿也做不到这些，连自己的老婆都会万分嫌恶的。可阿元却要每天干着这样的脏活，无微不至地照料他。我看到的只是偶尔的一次两次，应该还有很多辛苦的活计。你常去素风的屋子里走动，耳闻目睹到的应该更多吧。”

“……”

“再加上，素风对阿元颐指气使的态度，成天大呼小叫，吹胡子瞪眼，实在让人看不下去。阿元每天当牛做马被他使唤着。从阿元来讲，照料素风老师本是受自己爱慕的勇作所托，等于是为勇作奉献，所以她一直忍辱负重。而当你看到素风如此傲慢无礼时，对阿元的无限同情，又演变成了义愤填膺。”

冈垣的太阳穴上暴起了青筋。似乎，听到太田的话，他对素风老人的愤怒也在此时此刻涌上了心头。

“而且，你也渐渐了解了素风老师的真实能力。老师对东京的那些杂志社，其实根本没有影响力了。你一度被老师过去的名望误导，天真地以为，只要请他帮个忙，就可以让自己的小说登在东京的大型杂志上了。素风自己也对你说了很多大话，让你信以为真。可是，那些不过是素风把过去的辉煌历史当成了现在的事实来吹嘘而已。他应该也只是通过跟你说说大话，得到一些心理上的安慰吧。素风老师的心里，大概有些分不清过去和现实了。”

湖面上的船只陆续撤回到停放着警车和救护车的岸边来。留下来看热闹的人群开始渐渐向那边移动，这边的人影越发稀疏起来。

“你也知道自己的梦想破灭了。你绞尽脑汁想当上一名小说家，这种理想倒是可以理解。通常，地方上立志成为作家的青年，想法都大同小异：找机会结识出名的小说家，再以此为跳板走出去。所以，你才拜素风为师，每个月从岐阜赶过来三四次，对起居在谷汤旅馆里的素风以弟子身份尽心服侍……可是，慢慢地，你开始意识到，自己的期待只是个虚幻的泡影而已。”

冈垣缓缓地点点头，说道：“我没有写小说的才华。只不过碰巧有那么三四回，自己写的短篇小说中了地方报纸的评奖，就自以为很了不起了。当时我以为，只要找位名师指导一下自己，再努力努力，有朝一日就一定能成器了。因此，一年多前，我听说小藤素风老师就住在谷汤旅馆这里时，就来找他接受指导了。”

冈垣的脸色发白，继续说道：“是素风老师主动说，要把我的小说引荐给东京杂志社的。我对这句话特别上心。因为，我现在所在的公司经营状况也不好，不知何时就会裁员。我已经受够了这种前途未卜的朝九晚五生活，只是一门心思盼着，总有一天通过老师引荐，自己的稿子也能风风光光地登在中央的杂志上。”

“你是什么时候得知素风老师在背后批评你的呢？”

“就在三个月前吧。我听说老师跟别人提到了我。人家说，他当时说的是，那家伙根本没有写小说的才华，历史知识也就初中生水平，怎么教也学不会，我说的话倒是记得挺认真，可惜根本理解不了，把他写的稿子拿来一看，内容幼稚不堪，简直不值一提，要是把那种稿子引荐给东京那边，我自己也颜面无光。这小子空有一腔热情，根本看不到潜力。现在想来，我觉得这话说的也的确是事实。我的确没有写小说的才华。可是，让我不能接受的是，既然是这样，老师为什么要在背后批评我，而不是开门见山地当面直言呢？”

就在冈垣去取车的当口，太田站在原地，回想着素风当时对他的评语。那时老师与自己还是初次谋面，他对冈垣的评论也还有所顾虑，就已经尖刻到了那个程度。不过，这段背后的批评里，其实还包含了另外一部分内容。

“冈垣先生，对于现在的素风来讲，你是他唯一的弟子了。想当年经济状况好的时候，素风那里应当有十来名弟子登门吧。可是，对于如今已被人遗忘的素风来说，来到这里之后又收了你这名关门弟子，他也算了却心愿了。虽说对东京的出版社、杂志社已经毫无影响力，可他并不想失去你这名唯一的弟子。他不敢对你毫不留情地批评，大概就是出于这个原因吧。素风其实并不是想欺骗你，只是他自己已被杂志社和老朋友们逐渐淡忘，所以才会自欺欺人吧。”

“我知道。”冈垣轻声说道。

从救生艇上上岸的人员正在把湖上搜索的情况一一向警官们汇报，四面筑起了人墙。荣子和阿元的身影也淹没在其中。

“好像湖里的搜索工作明天要重新进行了。”太田望着那里说道。

“嗯。”冈垣也转头望向那里点头道。

“明天开始才是正式的搜索吧。不只是出动船只了，应该也会派专业的潜水员潜入水底打捞。这里是堰塞湖，不可能让尸体一直泡在里面。”

“可能是这样吧。”冈垣神情并无异样。

“可是，冈垣先生。正式搜索的话，打捞上来的未必是素风老师的遗体，也说不定，还有其他意想不到的东西哟。”

“意想不到的东西，是什么意思？”他一脸愕然地问道。

“素风老师第一次在这里与我相遇的时候，就曾经说过，想象这个湖底有龙潜入，会感觉更加神秘莫测。关于小坂朝六桥的来历，他也在回程的车上提起过。他讲的是，小坂川河底有明珠发出光来。之后，他又说过，佐渡和伊豆大仁金山之所以被人发现，都是因为地下的金子成精，从地面上发出光来，就是以这个为线索的。总之，他的话，大意都是围绕水底和地底一些奇怪的东西产生的神秘现象。”

冈垣一脸讶异。

“素风老师恐怕是猜测这个湖底可能沉着什么人的尸体吧。而这一点上，阿元也有着同样的想法。她时常在湖畔四下无人的黎明时分潜入湖底，换句话说，猫进湖底，就是为了寻找这具尸体吧。作为旅馆里的女侍，阿元有许多活儿要干。因此，并不能经常过来。三公里的路程，她得快马加鞭，还得找准时机悄悄地赶来。而且，在水里潜上二十分钟左右，又得马上赶回旅馆。三公里的路程还要火速赶回，不能被任何人察觉。再说，入冬之后，湖水冰冷刺骨的时候，就不能潜水了。海女们每潜入水中三分钟左右，就要浮出水面来呼吸一次，这时候就会发出口哨声。不，那种声音听起来就像断断续续的鸟叫声。”

“……”

“这么说的话，事实已经明了了吧。素风老师的猜测，跟阿元的想法刚好不谋而合了。两年前就已沉在湖底的，是把素风亲自带回这间山峡里的温泉旅馆的谷汤旅馆少东家。阿元的未婚夫——勇作的遗体，已经变成一堆白骨的遗体。”

冈垣睁大了双眼，望着湖面。

“大概就是在那一带吧。”

太田指着湖底村子沉落的位置。

“据说，前年夏天由于大旱，湖面水位下降，露出了一部分沉在湖底的村落。此时，有人在其他地方杀害了勇作，又把尸体藏匿到露出来的湖底房屋里或是地板下面。为了防止尸体漂浮上来，用柱子或者什么东西塞住了出口。只要再下一场雨，那间房屋就会重新沉入湖底，到时就谁也看不到了。那种由于干旱导致湖底房屋再次浮出水面的情况并不多见。而勇作离家出走也正是在两年前。据老板娘称，他是跟高山一名女子私奔去了。可是，他出走的时间，跟湖底村落因大旱而浮出来的时间完全一致，未免也太过巧合了吧。”

对面的搜索队似乎终于商议完毕了。

“明天如果派潜水员潜到湖底搜索，很有可能打捞上来的是一堆衣着完整的白骨。衣服泡在水里并不太会受到腐蚀，因为不接触空气。尸体腐烂得也慢，说不定还能看清面容呢。”

夕照之下，冈垣的脸色显得越发苍白了。

“阿元花了一年多时间潜入水中想要寻找的东西，这回可能会被潜水员一次性打捞上来了……可是，关于阿元潜水一事，我还有个地方，怎么也想不通。”

太田说到这里，一边苦苦思索着，一边喃喃自语道：“她是怎么处理潜水服的呢？如今的海女，已经不再穿从前那种白衣了，都穿着像水肺那样的全黑潜水服。也正因如此，并不会引人注目……可是，从湖里上岸后，那湿漉漉的衣服，她究竟是怎样弄干的呢？明明得马上赶回旅馆去啊……若是放在那里不管，过后只要有外人来，就一定会被发现的。那么，她又是在哪里，怎么换的衣服呢？凌晨时分，水底光线还是很暗的。当然了，应该是戴着探照灯的。就算每次只潜水三分钟，其间也需要带上一些寻找湖底村落的工具啊。比方说，小型的鹰嘴钩之类的。而这些工具，她平常又是藏在哪里的呢？这件事真是让我百思不得其解啊。”

回到红叶屋后，太田查了一下周边的地图。

9

第二天早上九点左右，安子匆匆跑进太田的房间里。此时，太田刚刚与东京的朋友以及下吕一家酒店通完电话，正在把通话内容记录下来。

“太田先生，听说今天仙龙湖的搜索工作暂停了！”安子来通风报信。

“哎？为什么？”

“听说，谷汤旅馆的老板娘昨晚主动去找警察供述说，素风并没有去过那个仙龙湖呢。”

“谷汤旅馆的老板娘？咦？会有这种事吗？”

太田在安子面前极力掩饰着自己的表情。

“这又是为什么呢？不是说湖畔掉落了素风老师的一只鞋，湖面上还漂浮着老师的尿布吗？”

“听说，那是老板娘在昨天早上素风失踪后，故意叫老板敏治扔在那里的，说只是老板娘的恶作剧。老板对老板娘啊，那真是百依百顺，菩萨一样的好人啊。”安子咬牙切齿地说道。

“那么，老板也向警方承认了此事吗？”

“听人说，夫妻俩都挨了一顿臭骂呢。据说，敏治跟人家又是赔礼又是道歉的。”

“这么诡异的恶作剧。这种行为当然会被派出所里的人痛斥了。就因为这件事，就停止在湖里搜索了吗？”

“还没有完全确定是否停止呢。因为还没有找到素风的下落。”

“是吗？那，冈垣先生还在这里吗？”

“刚才我在谷汤旅馆门前的广场上看到他的车了。昨晚应该是住在这里了吧。不管怎样，对于冈垣先生来说，这可是恩师的大事啊。”

“那倒是。的确不是冈垣先生该回去的时候。”太田沉吟了片刻，说道，“安子，你能不能帮我给谷汤打个电话？问问旅馆的女侍们，老板夫妇现在在不在那里。”

“那我问问梅子她们吧。”

“然后，再顺便问问阿元和冈垣在不在。”

“太田先生，您好像对阿元很上心啊。”

安子笑着出去了。这期间，太田匆匆写了封短信。刚把信放进信封里，安子就回来了。

“她们说，老板从派出所回来后，就去山上打理山林了。老板娘还在的。还说，阿元跟老板娘打了个招呼说要去趟仙龙湖，一个小时前就出去了。冈垣还留在主楼的房间里呢。”

“是吗？谢谢了……对了，还有件事，要麻烦你跑一下腿。”

“什么事？”

“我想请你把这封信转交给谷汤旅馆的老板娘。”太田把刚刚封好的信递给安子。

“好的。您要是急的话，我现在就送过去。”

“那麻烦你了。啊，还有，不用回复了。交给她就好。”

“好的，好的。”

安子回来了。她汇报说，信已经确确实实交给了谷汤旅馆老板娘。过了半个小时左右，太田换上衣服，跟安子说要去散散步，便离开了旅馆。

他拐过特产礼品店的屋角，沿着那条小径走下去，经过了谷汤旅馆的背面。又看见阿元洗刷素风尿布的那口水井，旁边那簇大波斯菊比先前越发怒放了。

他走上细长的板桥，就是上次小雨中，穿着雨衣的敏治背着装着割来的杂草和砍刀、镰刀的竹筐现身的地方。今天却没有下雨。

走过桥，山坡上有条羊肠小路，上面是层层叠叠的杉树密林。就在小路旁，一棵枝繁叶阔的厚朴树掩映下，站着冈垣和谷汤旅馆的老板娘。

今天的荣子，与上次跟樱中轩京丸出双入对时判若两人。脸上没有涂脂抹粉，肤色显得黯淡无光，身上穿着简单朴素的毛衣和裙子，一身便装打扮。荣子见到太田，微微低下了头，脸色阴沉。

冈垣表情僵硬地向太田简短介绍道，这位就是谷汤的老板娘。青年脸上的不安清晰可见。

“我看了你让红叶屋的安子送过来的信。”谷汤老板娘说话时，声音里充满了不安。

“……你在信中说，知道素风在哪里。究竟是在哪里呢？”

“这个嘛，我们走上去一段再说吧。被外人听到了可不妙。”

太田这样说道。荣子和冈垣默默地紧随其后，走上了山坡上的羊肠小路。眼前的杉树林渐渐比杂树林多了起来。小路两旁堆着上一年的落叶，已经腐蚀到发黑，上面又积了新的落叶。

“这里，就差不多了吧。”

太田停下了脚步。旁边是一棵小橡树，树干上有三四个孔，是啄木鸟用长长的尖嘴凿穿树干或房屋板墙形成的那种孔。

“那么，我们来谈谈吧。在这之前，我首先声明一下，本人既不是警方人员，也并非私家侦探，只不过是一名小小的国文教师。因此，我的推断也说不定会有误。如有不对之处，还请多多包涵。”

“你在信里说，要告诉我素风的下落，这是你自己的推断吗？”荣子似乎略放下心来，说道。

“是的……首先要说到，昨天在仙龙湖我跟冈垣先生所说的话，他都已经告诉你了吧？”

荣子的眼神又变得阴沉起来，她无奈地点了点头。一旁的冈垣神色有些慌张。

“对吧。听说，今天早上，老板娘你去派出所里主动声明素风并没有去过湖边。我就知道，我的话这么快就已经传到你那儿了。让你丈夫把素风的草鞋和尿布扔到岸边和湖上，用这种恶作剧行为当借口实在是太拙劣了。不过，你拼命想要阻止警察派人到湖底正式搜索的心情，也可以理解。这种拙劣的借口也让人看得出，这的确是被逼无奈的结果啊。因为，倘若让潜水员开始水底搜索，不知道除了素风的尸体以外，还会打捞出什么东西来。这事我昨天也跟冈垣说过了，你应该也都知道了吧——无论是海女姑娘阿元秘密潜入湖底也好，还是素风隐约感觉到了湖底沉了什么东西下去也好。”

二人都没有吭声。

“我发现，冈垣先生好像受到了老板娘的特别关照。有一次，我去素风老师的别苑房间里聊天时，老师让阿元处理他失禁的污物。冈垣先生和我从别苑里一道出来，躲在门口。当时，冈垣先生无意中从上衣口袋里拿出一盒印着下吕温泉一流酒店名字的火柴来。像冈垣先生这样的工薪阶层，竟然会住在那么高级的酒店里，我觉得非常不可思议。好像冈垣先生每次来看望素风老师，都是当天往返的吧。那时候，我就突然想起，曾经在这里的大众餐馆里看见过老板娘和浪曲师在一起。这样说，似乎有涉及个人隐私之嫌，实在是抱歉了。老板娘二人离开餐馆之后，店里卡车司机的一席话钻进了我的耳朵里。他说，接下来，他们俩要去下吕的一流酒店了吧……不好意思，老板娘好像有个爱好，喜欢帮别人支付一流酒店的费用，出手很是阔绰。那么，冈垣先生应该也是由老板娘出钱，才住进下吕的一流酒店里吧。我又以这一猜测为基础，推断出一些事情。至于这些推断是否合理，就不知道了。从结果上看，综合各种因素来说，前后倒是刚好吻合得上。首先，从冈垣先生方面来说，也有一半是我昨天在湖边跟他说过的，他对素风老师的幻想已经破灭，自己又喜欢上了阿元。老师却对阿元颐指气使，连收拾自己的污物都厚着脸皮要阿元帮忙，这使他开始对素风老师产生恨意。其次，从老板娘方面来说，由于素风猜到了湖底所沉的东西，他也成了老板娘的一块心病。即便没有此事，素风在这里白吃白喝了这么久，也早已成了一个大包袱。对旅馆行业来说，就更是如此了，房间里面臭气熏天，自然也会波及其他地方。有个中风的老人成天在旅馆里脏兮兮地走来走去，也会让其他客人看不下去。故而，老板娘用马醉木叶煎成的汁作为灭虱剂和杀虫剂，让老板拿喷雾器喷在素风身上和房间里，也是情有可原的。可是，却不能直接赶走素风。老板娘你也不敢那么做。因为你害怕那样做的话，素风会突然态度强硬起来，直接指证湖底沉着两年前被害的勇作的尸体。素风很可能会把自己的猜测告诉警察。据传闻说，勇作瞒着阿元出走，是因为在高山那边有了别的女人，所以两人私奔去了。可是，这个传闻归根结底是老板娘你自己散布出来的吧。至于勇作的新恋爱对象姓甚名谁，在高山哪家咖啡店里工作，这些具体内容全都不得而知。假如勇作永久失踪的话，老板敏治的财产，山林也好，房子也好，就全都可以被老板娘你占为己有了。不仅如此，勇作如果是‘私奔’的话，他领回来的大麻烦——素风也就可以堂而皇之地赶走了……可是，你却丝毫没有料到，素风老师居然就厚着脸皮，一直留在这里了。”

太田吸了一口气，树梢上有鸟儿摇动树叶簌簌作响。

“是谁杀害了勇作，并趁前年的大旱把尸体搬到了浮出湖面的房屋中或是地板下，准确情形不得而知。可是，我听说，老板娘你开始跟樱中轩京丸打得火热，就是在三年前啊。我并不知道杀害勇作的行动是怎样实施的。所以，也只能说一说这些背后的情况了。”

荣子一动不动地站在那里，身体僵硬，无言以对。“那么，就像我刚才所说的，要解决掉素风老师，既有老板娘的因素，也有冈垣先生的因素，至此已经明了了。既然彼此想法相似，动手的目的自然也就一致了。我猜，老板娘也一定跟冈垣先生许诺过，只要素风不在了，就会放手让阿元离开这里，那样你就可以如愿跟阿元结婚了。动手的目的就这样渐渐具体到动手的方式了。”

太田又向上走了三四步。

“接下来，我要说一下关于动手过程的推测。动手杀害素风的方式，是有两种备用方案的。一是毒死，一是淹死。说到毒死，用到的材料完全是日本农村常见的毒药。那就是马醉木。马醉木的叶子煎成汁，的确有杀虫的效果，还可以用来驱除农作物的病虫害。老板娘经常吩咐老板用喷雾器把这种叶子煎成的汁喷过去，也是为了杀虫。马醉木的叶子和茎都含有有毒成分，牛马食用后都会身体麻痹，因而得名马醉木。可是，人食用了它的茎和叶子之后，会引起呼吸中枢麻痹。我想，凶手就是把马醉木的叶子煮熟切碎，再用味噌与河鱼刺身拌在一起，让素风吃下的吧……马醉木里的有毒成分叫作马醉木毒素。据说，它可以引起的症状包括痉挛、身体麻痹、血压降低等等。这一点，我是今天早上向东京一位研究药物学的朋友请教得来的。”

三个人站在那里，全都纹丝不动。

“那样的话，问题就是，凶手是何时让素风吃下马醉木的呢？据说事发当晚，素风吃到阿元端来的味噌拌蔬菜时，曾经开心不已。这是红叶屋的安子听阿元说的。可是，阿元是在海边长大的，并不熟悉蔬菜。她只知道做了味噌拌菜，跟她胡编些蔬菜名字，她也分不清楚。素风老早就想吃些味噌拌蔬菜、醋拌菜、芝麻辣椒拌菜之类的了。而且，他平日里吃的东西可以说相当糟糕，根本没有什么像样的吃的。听说，阿元会偷偷把客人吃剩的东西拿给他吃。也因此，凶手只要把马醉木拌好，然后吩咐阿元端给老爷子，阿元就会以为是普通的味噌拌蔬菜，欢欢喜喜地把它端给素风了。毫无疑问，素风一定是心满意足地吃了个肚圆。因为，老板娘很少能让他吃到这么心爱的美食啊。”

荣子死死地瞪着太田。

“那么，是什么时候呢？我想，应该是十月一日晚上吧。而且是在深夜。当然了，用马醉木拌好的蔬菜是老板娘一个人偷偷做好的。可是，素风吃了竟然没有死掉——这位老人的生命力还真是旺盛啊。只不过身体麻痹了而已，可这也在老板娘的预料之中。所以，又采用了第二个方案，淹死。这时，就需要一直留在下吕一流酒店里待命的冈垣先生出马了。”

冈垣嘴里发出短促的声音，却不是在说话。太田望向了他，说道：“今天早上，我向你拿出的那盒火柴来源的酒店打过电话了。酒店说，你并没有回到岐阜，而是在十月一日傍晚驾车驶入了酒店。素风失踪后，打电话通知你的居然不是阿元，而是老板娘，这让我觉得非常奇怪。看来，你跟老板娘果然早就商量好了。你在二日凌晨四点半左右又驾车离开了那家酒店，这也是前台的人告诉我的。选择在这种黎明时分退房的客人并不少见，但这本来就是冈垣先生你跟老板娘计划好的行动时间。那个时间出发，汽车开到谷汤旅馆前，刚好是五点四十分左右吧。有一个体形偏胖的男子背着身体失去知觉、发不出声音、瘫软无力的素风，上了你的车。那名男子的说话声音显然是浪曲师特有的声音。他不会开车。老板娘虽然会开车，但在这种黎明时分并不方便离开旅馆。而且，汽车一旦离开车库，就会被人发觉。所以，这里一定要出动冈垣先生和他的车。”

太田仿佛为了缓解腿部疲劳，用脚跺着地面。

“京丸把素风从别苑房间里背出来的时候，担心隔壁房里的阿元会听到动静。但是老板娘认为，阿元因为白天干活劳累，那个时间一定睡得正香，即使稍微发出点响动来，也不会被发觉。这种担心其实是毫无必要的。因为带出老人的时间是五点四十分左右，此时阿元根本没有待在自己的房里。这也算是凶手的侥幸了。”

太田低下头，继续说道：“冈垣先生驱车赶到湖边的时候，大约是六点。天色刚刚亮起。冈垣先生从车上把身体麻痹的素风老师抱下来，站在湖岸上抛了下去。那个湖边没有平地。因为是V字形峡谷堰塞而成的，从湖岸就可以直接抛进深深的水底。从岸上把老人抛下去的时候，老人的一只草鞋掉落了。也就是说，京丸把素风从房间里背出来时，没有绑紧草鞋上的绳子。正所谓忙中出错。冈垣先生也没有留意到草鞋掉落，接着，就立刻驱车驶离了湖畔。就这样，素风老师沉入了水中，他的尿布却漂浮在湖面上。这并不像老板娘跟警方说的那样，只是因为恶作剧，才让老板把那玩意儿丢在了湖面上。”

荣子一只手搭在山樱树的树干上，终于开口说话了。

“你的推断果然很完美，可全都是废话。就算冈垣先生一大早离开了下吕的旅馆，也没有证据能证明他一定经过我们家旅馆的门前，又一定开去了仙龙湖啊。冈垣先生说不定是开车去别的地方转悠了呢。只不过，早上六点多的话，也没人能看得到。”

太田缩回下巴。

“……而且，你说我让素风吃下了马醉木，是因为之前我们把那玩意儿的汁喷在了素风身上吗？”

“不单单是因为这个。事发前两天，老板娘你还跟京丸上山采马醉木了。这件事，红叶屋的女侍安子和司机次郎也可以做证。”

“红叶屋那辆轻型面包车当时从下面公路上减速驶过，车里就是你们吧？那么，你们是把车停在了附近，躲起来一直偷看的吗？”

“冒昧了。”

“那也没关系啊。我们去采马醉木，只是为了做素风房间里要用的灭虱剂和杀虫剂而已。”

“需要老板娘你亲自去采吗？”

“我也是要干活的呀，总不能事事都交给女侍们。”

“你一定要采摘新鲜的马醉木。因为，要伪装成拌蔬菜，必须用新鲜的马醉木叶子和茎。假如只是做杀虫剂，用干叶煎成汁就可以了，味噌拌菜可不行。”

“你说的话毫无证据，纯粹是没事找事。”

“我有证据的哟。”太田斩钉截铁地说道。

荣子眼神凌厉地紧盯着他问：“什么证据呢？”

“素风的尸体并不在仙龙湖里。”

荣子和冈垣两人同时大惊失色。但是，可能出于谨慎，两人都没有马上发问。

“因为搜索的船只无论怎样用钢索和打捞网打捞素风，都一无所获啊。你既否认把马醉木拌的菜拿给素风吃，又否认让冈垣开车到湖边抛尸。可是，若是素风本人出来做这番证词的话，你觉得怎样呢？”

“本人做证词？”荣子瞪大了双眼，“这是什么意思？”

“就是说，素风有可能还活着。既然昨天的搜索并没有发现尸体，也可以这样想吧。”

“昨天一天当然发现不了了。如果明天开始正式搜索的话……”荣子脱口而出。接着，她又赶紧把后面的话咽了回去。

“假如派潜水员进行正式打捞，或许发现的不是老人的遗体。也可能会从湖底村落里发现一堆年轻人的白骨哟，老板娘。”太田对荣子说起话来毫不客气。

“那位勇作的遗体，才是当天凌晨阿元潜入湖底要寻找的对象。我刚才说过，京丸把身体麻痹的素风背出去时，阿元并不在自己房里。因为那时候，她正像往常一样，在仙龙湖里潜水呢。”

“你能断定吗？”冈垣居然开口质疑了，说话时的尾音还带着颤抖。

“这个推断几乎可以说是断定吧……不过，我也只能断定阿元当时在湖里潜水。还有一件跟这事有关联的事情，我却一直想不通。这事我应该也跟你说过，就是，她要怎样处理潜水服呢？她一定要在湖边把湿衣服弄干，绝不能带回谷汤旅馆里去。那里并不是公路经过的东岸这边，而是原始森林茂密的西岸那边。可是，尽管如此，潜水服也是弄不干的，很可能会被过来钓鱼的人撞见。不光是潜水服，还有在水里照明用的探照灯、寻找湖底房屋的工具等，都不能被外人发现，必须找个地方藏起来。那里虽然写着禁止夜钓，白天还是会有人来钓鱼的。因此，我想阿元可能有个协助她的人。”

“协助她的人？”荣子大吃一惊。

“是的。这个人就留在那片林子的湖畔，协助她收拾那些潜水服、探照灯等搜寻湖底的工具。这个人，还应该是个每天天不亮就去那里也不会让人生疑的人。”

“我丈夫？一派胡言！我丈夫可是去山林里巡视打理的。”

“可是，从这片山林向北走上两公里，就可以到达森林茂密的西岸那边了。这可比走公路距离要近啊。我也是在红叶屋里查过了1：25000比例尺的地图才得知的。因为藏在深山密林里，一般人是看不到的。”

荣子牵动嘴角，低声哼了一下。

“我意识到这一点，也是因为在小雨中遇到老板从这座山上走下来经过桥头时，老板身上背的竹筐里装着割下来的树枝和野草，还有砍刀、镰刀。那种镰刀，就是海女割海底海草时要用的工具。那尖尖的头，让我联想起用来搜寻湖底房屋的鹰嘴钩。把阿元的潜水服弄干的地方，隐藏那些工具的地方，一定都是在只有老板能出入的山中设施里。听说，老板在打理和巡视山林时，休息的杂物小屋就在这上面。我想起安子曾经说过，一般人是不会去那里的。”

荣子渐渐目露凶光。

“老板协助阿元是必然的了。无论如何，自己的爱子就陈尸在这个湖底。因为没有证据，他也只能隐忍，对你闭口不提。可是，他一定发现了，儿子被你和京丸杀害之后藏在了湖底的村落里。他想要寻出儿子遗体的心情，跟阿元并没有分别。”

“这件事，又跟你所说的，已经淹死的素风可以提供证词，有什么关系呢？”

荣子焦躁不安地问道。三人不知不觉间已朝山上走去。

“因为素风还活着。可以说，这不是可能，而是事实。”

“为什么这么说？”

“我说过，就在冈垣先生把素风抛进湖里时，阿元正在湖里潜水搜寻勇作的遗体。碰巧把沉入水中的素风救上来的，也正是阿元。”

“……”

“素风胃里的马醉木毒素，也已经没有了。”

“嗯？”

“因为，就在阿元帮素风把灌进肚子里的湖水吐出来时，他也顺便把胃里的马醉木一并吐了出来……所以，素风现在已经平安无事，又可以滔滔不绝了。”

“不可能！”荣子脸色大变，尖叫道，“不可能，不可能！你编出这样的谎话来试探我们也没有用。冈垣先生，可不能上他的当啊！”

“我没有骗你们。我们去看看活着的素风吧。阿元和老板把素风救上来以后，从湖畔把他带过来的地方——老板的小屋，就在前面不远了。阿元把素风带到那里之后，就悄悄回到旅馆里，故意向你报告了失踪一事，把事情闹大。目的就是要让人开展湖底打捞，从而找到勇作的尸体。因此，素风昨天早上就已经待在这间山上的小屋里了……光顾着说话，一不留神已经到了。”

冈垣刚要转身逃离，就被太田一把拉住。荣子的双腿也在不住地发抖。太田在阴暗的杉树林里，把二人拖到了被风雨侵蚀得发黑的小屋门前。他叩响了入口的门。

“素风先生，素风先生。我是太田。素风先生！”太田喊道，“里面有人在吗？”

门从里面打开了。伸出头来的，是阿元。

“来迟了。”阿元满面悲伤地说道，“不，我是说老板和我来到这里时，迟了一个小时。”

她指了指小屋里面。

只见素风的身体吊在了正面横梁上。

蹲在一旁的谷汤旅馆老板敏治，递给太田一张纸片。

虽已得救，不想再活。

素风

纸片上面潦草地写着这样两行字迹。

图书在版编目（CIP）数据

卖马的女人 /（日）松本清张著 ； 李力丰译. -- 上海 ： 文汇出版社，2019.6

ISBN 978-7-5496-2858-2

Ⅰ. ①卖… Ⅱ. ①松… ②李… Ⅲ. ①推理小说—小说集—日本—现代 Ⅳ. ①I313.45

中国版本图书馆CIP数据核字（2019）第079509号

卖马的女人

作　　者 / （日）松本清张
译　　者 / 李力丰

责任编辑 / 戴　铮
特邀编辑 / 孟　南　　许明珠
封面装帧 / 李子琪

出版发行 / 文匯出版社
上海市威海路 755 号
（邮政编码 200041）
经　　销 / 全国新华书店
印刷装订 / 三河市龙大印装有限公司
版　　次 / 2019 年 6 月第 1 版
印　　次 / 2019 年 6 月第 1 次印刷
开　　本 / 890mm × 1270mm　1/32
字　　数 / 187 千字
印　　张 / 8.5

ISBN 978-7-5496-2858-2
定　　价 / 39.90 元

读客

读客外国小说文库

熊猫君激发个人成长